中国版《忏悔录》

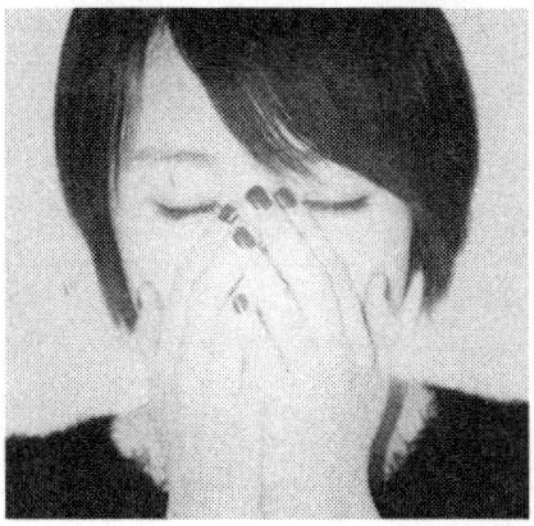

交口称赞

阿顺/著

北京师范大学出版集团
BEIJING NORMAL UNIVERSITY PUBLISHING GROUP
北京师范大学出版社

图书在版编目(CIP)数据

交口称赞／阿顺著．—北京：北京师范大学出版社，2014.2

ISBN 978-7-303-11884-7

Ⅰ．①交…　Ⅱ．①阿…　Ⅲ．①长篇小说－中国－当代　Ⅳ．①I247.5

中国版本图书馆 CIP 数据核字（2014）第 012701 号

营销中心电话　010-58805072 58807651
京师心悦读新浪微博　http://weibo.com/bjsfpub

JIAOKOU CHENGZAN

出版发行：北京师范大学出版社 www.bnup.com
北京新街口外大街 19 号
邮政编码：100875

印　　刷：北京京师印务有限公司
经　　销：全国新华书店
开　　本：148 mm × 210 mm
印　　张：9.75
字　　数：220 千字
版　　次：2014 年 2 月第 1 版
印　　次：2014 年 2 月第 1 次印刷
定　　价：32.00 元

策划编辑：谢雯萍　　责任编辑：谢雯萍
美术编辑：袁　麟　　装帧设计：红杉林文化
责任校对：李　菡　　责任印制：陈　涛
营销编辑：张雅哲　　zhangyz@bnupg.com

给 L， 你曾努力包容我的所有错

狗鱼阿顺

宋方金

（著名编剧，作品有《手机》、《美丽的契约》、《胜算》、《家是一座城》、《一生高贵》、《飞》等。）

日本北海道盛产一种味道鲜美的深海鳗鱼。但这种鳗鱼生命力脆弱，一旦离开深海区，很快就会全部死亡。独有一位老渔夫，他打捞的鳗鱼，总是能存活下来新新鲜鲜地卖个好价钱。人们究其原因，终于发现了鳗鱼存活的秘诀，就是在鳗鱼群中，撒进几条狗鱼。狗鱼和鳗鱼是死对头。几条狗鱼被放进鳗鱼群中，虽势单力薄但求生欲望猛烈，它们四处乱窜试图逃离；于是死气沉沉的鳗鱼，因为死敌狗鱼的闯入而被激活。

中国颇有一些行业已成为封闭窒息的鳗鱼群落，比如足球，比如食品，等等。影评业虽然小众，但也不幸位列其中。在国际上，影评人皆独立不群，不跟导演、演员、制片人交朋友，老死不相往来。人们可以放心地根据自己喜欢的影评人的影评做出看与不看的判断。独立是影评人成为观影风向标的根本原因。影评人应该而且必须是观众的一双眼睛。

但到了中国，事情发生了变化。影评人非但不能独立，还成为影视圈的一个藏污纳垢之地。眼下活跃的这帮影评人甚至把影评这个行当变成了一条灰色利益链。听钱的话，给钱推磨，而且不以为耻反以为荣。他们不但不是观众的眼睛，还悄悄蒙上了你的眼睛让你猜猜他们是谁。真可谓斯文扫地，将文人帮闲的劣风推向了极致。

至于这帮影评人怎么暗度陈仓暗箱操作，阿顺这部名为《交口称赞》的小说里有更为精彩生动的描述，暂且略过不提。让我感兴趣的是，阿顺曾经是影评人群落中的一条鳗鱼，是既得利益者；当他决定写这部小说的时候，他应该知道，他将从一条奄奄一息但人见人爱的鳗鱼，变成一条钻入凶险之地的狗鱼。这是一个富有意味的变化，关乎身份，更涉及心理。从小说中，我们可以清晰地看到这种曲线和变化如何发生以及为何发生。也因此，我将阿顺写的这部《交口称赞》称之为“狗鱼小说”。它从头到尾充满了狗鱼精神：虽势单力薄，但求生欲望猛烈；既是逃离，也是闯入；并且自身带有一种侵略性。

——好的小说必然是狗鱼小说。我喜欢这样的小说。

写出狗鱼小说的阿顺是一个文艺青年，喜欢朴树，喜欢梅西，喜欢摇滚，喜欢话剧和电影。一切具有热力的事物他都张开双臂拥抱。但写小说这寂寞的事业并非他的理想。事实上，当我两年前第一次听说他要写一部小说的时候，我及时地送上了冷嘲热讽。当时我告诉他，对于他来说，还不具备写出一部长篇小说的能力，原因有二：其一，写小说不光需要热情，还需要技术和见识。一部长篇洋洋洒洒至少十几万字，特别考量作者对语言的把握、对人物关系的透视、对生活的见识。阿顺之前作为影评人写下的那些虚虚实实的文字没有给他提供写小说的技术准备。其二，写小说需要把自己焊到板凳上。阿顺不是在饭局就是在奔赴饭局的路上，他最可能成为小说中的人物而不是一部操纵人物的小说的作者。

后来，有一段时间，阿顺消失了；再出现的时候，阿顺交出了这部《交口称赞》，算是对我的冷嘲热讽做了一个行动上的回应。捧读之下，不禁为之欣喜。我想阿顺写出这部狗鱼小说的原因同样有二：其一，我手写我心。阿顺比我想象得更真实更勇敢，他用狗鱼的处境和眼光，写出了他作为鳗鱼的一段真实的心路历程。因其真实，所以凶猛，而且鲜活。其二，阿顺自身处在一个生命的关口，他需要对自己进行一次梳理并一吐为快。小说中一个耐人寻味的情节是，作为一个并不独立的影评人石小川，特别想做一个独立影评人奖。这是一种撕裂和缝合，一个矛盾的对立，一种奇怪的统一。由此我看出，阿顺写这部小说并非仅仅要揭示影评人的内幕，他展示了更大的野心，写了各色男女，写了人的漂流与孤独，写了青春的纠结、梦想的幻灭，写了内心闪烁的灯盏、理想主义者沉重的肉身。狗鱼冲破窒息与昏庸，将鳗鱼群落激活并引入大海。

《交口称赞》作为阿顺生命中一个地标性建筑，喻示着他变成了一条一天到晚游泳的狗鱼。但仅有阿顺是不够的，仅有《交口称赞》也是不够的。除了影评、足球、食品，我们还有无数个行业都急需狗鱼，急需狗鱼精神。狗鱼是激活我们的希望。

变成一条狗鱼吧。从阅读《交口称赞》开始。

每次忏悔都是一次怒放

我是个矫情唠叨的人，从下面的自序就可以看出来。

就我的初衷来说，这是一本跟忏悔有关的小说。人总是很不自然地回头去看自己，那些被自我误读的或高或低的自己，都像一个笑话在白驹过隙中呼扇着醉醺醺的冷风。所以想到一些不够纯粹的过往，对内心上纲上线自我批判一番还是挺虚荣满足的，看，我是多么纯粹的人了。这又成了矫枉过正。然而对自我梦想的追逐和对善良公义的坚守，则必须是再矫情奢靡堕落的人生都要呵护的底线。在底线徘徊一圈，有些人向左，有些人向右，忏悔和作恶过后都会怒放，可能心灵得到的涤荡不同。你选择的是你的，我说的是我的。

很多时候，很多人看不到的时候，我是个挺烂的人。我也是很多人眼中的大好人，是很值得交往的朋友，这我承认：我是值得交的朋友。但这跟做错事是两码事。就像这本小说中所设定的传媒、影视环境我熟悉，很多人可以是朋友，但他们做错了很多事情。当然，对或错，哪里是我以个人道德所能裁定的。我只是将一些道听途说的故事串起来，找一个灯火通明的深夜，在你耳边喃喃诉说。

这不是我的自传故事，连百分之一的内容都不到。但很多情绪上是有贯通的。这小说的原型本来是我的好哥们儿影评人云飞扬，我跟他聊过好久这个事儿，飞扬作为影评界无法超越的“枪王之王”，给过我很多人物塑造上的建议。后来写着写着，云飞扬化身成的“杨五郎”渐渐模糊，每个人物都变得异常纠结起来，我也便跟着人物情绪写了。加上我对这个世界和人们的一些看法在悄然渗透，故事就成了现在的样子。

书名本来是想叫《交口》，可惜没通过。那就《交口称赞》吧。所谓“交口”，是说一部国产片出来后，领了红包的媒体人、影评人、从业人员等或者跟主创有关系的达人，在各类媒介上公开交口称赞，简称“交口”。这本来是市场行为，但有时候较真起来，又跟底线相关。整个大环境一般，没有规则，又到处充满规则，北上广的达人们多数也远没有到对着送上门的红包甩甩手不要非得我手写我心的桀骜程度，谁都不容易，谁都别说谁，每个人有自己的活法，每个人也有自己的原则。所以我是讲了个故事跟你分享，你觉得对或错，那是你的事。但我想，人还是要有些追求的。

于是我就追求了一把梦想，结果伤得不轻，虽没战死沙场，好不容易抢来的生辰纲却又成了黄粱梦。你看有追求不一定对，我前女友之前总这样教训我。虽然教训我，我想做，她还是选择了支持我。女人也挺不容易的。

但这本书并不都是在说“交口”，它只是个引子，更多的，它是在讲一个情感上“想得却不可得，你奈人生何”的故事。这跟我的很多情绪有关。

我犯过很多幼稚可笑的错误，比如话剧《你在红楼我在西游》的版权，比如有过一次跟影评相关的红包事件，都是我心中难以挥去的痛。说一下红包事件，是 2010 年某次看个什么影片，结束后，我往影院外面走，看到负责该片宣传的是我在《新京报》时的前同事张文伯，我说没有车马费啊？他跟我寒暄两句后马上让工作人员给了个红包。我走下楼，已经在为刚才这段不到一分钟的事情忏悔。我竟然跟人要红包?！这是唯一主动跟人要红包，这也是我要忏悔的缘由，至今想起来，都是我一生难以启齿的羞耻。我不仅想对当时的张文伯说声对不起，也想给自己曾经“刻意影评”过的影片说声抱歉。时间过去了好几年，人生最大的美德是宽恕，我似乎宽恕了自己，原谅了别人，希望下不为例。

其实这两年过得特别“上天入地”。突然赚了好多钱，又突然陷入各种浮华，突然一无所有，突然自信爆棚，突然负债累累，突然陷入绝望，突然觉得自己是个英雄，突然觉得自己特别傻，突然感觉幸福，突然被孤独笼罩。我知道很多事情，我错得铭心刻骨。我太相信别人，我对不起很多人，我梦想有一天一个投资人说阿顺我终于找到你啦我给你投两千万吧。我的教训：可能最不能相信的就是关系。也千万不要相信馅饼会掉到你身上，不要相信那些跟你说阿顺我一定会投你多少多少一定会做这个那个的人，这些你只有经历了才会懂得。我为自己将每个人都当作善良的人而忏悔。我曾热爱一个女性朋友，我觉得她很好。然后在她迷茫的无人照看的下午，我费尽心力买了一堆东西去看她后，还没聊两句，她就眼神游离了。我说我要走了，她就马上起身。我去电梯，她也没送。我很矫情。所以我很在意。从此，再也没主动联系过这个曾经的朋友。而在我陷入生意低谷赔掉自己辛苦赚的对我来说很巨额的钱后的戒酒岁月里，我跟一个姑娘上床，姑娘后来说有了，需要钱。我费劲巴拉找钱。后来知道她并没有。如果她真有了我的孩子，那么轻易地打掉，我还是很痛恨她的。我并不痛恨她讹诈我的钱财，即便在我人生失意时。那会儿就罗列人生做过的所有事情，值得忏悔的太多，上帝都叹气离开了。于是不自觉去冰箱拿水蜜桃罐头吃，两年多了，每天吃一个。噢，才发现原来一直在失恋。这些都是之前的经历，这些经历给了这本小说贯通的情绪，感谢生活！

今年李宗盛在北京开演唱会，他把一个老男人的沮丧和渴望唱得淋漓尽致，他说在自己的国度为王，把仅存的“欲望去骨”，突然回望这两年的自己，泪流满面。

半年前，爸爸在电话里骂我心浮气躁，我说我还以为我是你的骄傲呢。从此尴尬。如今想起，只想说，对不起。我确实不是不想结婚，我也确实很浮躁，我在改。我确实很多东西都在改。比如我之前是对曾轶可无感的，但现在我很喜欢她，觉得《狮子座》也是可爱又温暖的。

不唠叨了。

感谢父母对我从小不加节制看书的纵容。感谢一直任劳任怨默默支持我的老妹。感谢二舅给我最初的童话书和三舅在我初二看到我发表的一篇跟眼镜有关的作文时的鼓励。

感谢我热爱的达里奥福、马尔克斯、毛姆们。

感谢高中时高兴国老师缴获我看的课外书又以各种方式还给我、

鼓励我。

感谢当年阿丁、阿乙、艾国永、阿顺“深夜四条 A”的刺激。

感谢魏鑫。我朋友魏鑫是个经纪人，她前男友总怀疑我和她有一腿，其实我俩特坦荡。魏鑫说如果你出书必须要第一个感谢我，不然绝交。唉，摊上这样的朋友你也没办法。

感谢金秋。感谢戴戴、文婕、竹聿名、果子最初给的建议。感谢班笑阳、寇宇凡后来的意见。感谢尚娜和王羚在“影评人交口”专题呈现时的果敢。感谢阿丁的推荐。感谢云飞扬。感谢璐璐和申林的安慰。感谢夏娃的各种意见。感谢湫哥支持。感谢阿飞的帮助。感谢海宝、张鹏、会强、马子等老家兄弟的情感提供。感谢老吕的经典金句。感谢阿牧的音乐捆绑。感谢君君和蘑菇。感谢晓岚的宽容大度。感谢“417”的兄弟。感谢以哥。感谢惠琪。感谢朱玲。

感谢静秋，谢谢你帮我运作我的第一本长篇小说。感谢王岳。感谢北京师范大学出版社的诸位，感谢你们的选择，我想说，你们很有眼光。尤其感谢张雅哲。

感谢所有买书的朋友，你们敢买我一个新人的处女作，说明你们都是勇敢无畏的人。

感谢所有在这本书写作过程中帮助过我的人。感谢所有帮助这本书推广的好朋友们。感谢每个给我鼓励的人。感谢我所经历的职场生活。

感谢笑阳在仓颉影视为我做的一切，感谢她为这本书拍摄封面。感谢冷酷帅的摄影师猫哥。

感谢宋方金为我作序，方金给过我很多人生教益。其实还有潘采夫写的另一个序，因出版周期紧，没赶上。感谢潘采夫。

感谢那些给我挫折的人和忽悠我的人。

感谢姜汶妍，人生如梦幻泡影，如露亦如电。

感谢热爱我的姑娘们。感谢至今依然热爱我的姑娘们。

写这本书及之后的很多个早上，我都会去朝阳公园西门沿河边跑步，太阳每天都会照常升起，再矫情的心脏都会滚烫。但即便所有的都从零开始，也很想说，一切都很好，只有你未到。

这是我的第一部长篇小说，不足之处请多吐槽。下一部争取比这部好。

其实我的人生梦想是成为中国最牛的童话作家，很可笑吧。是的，梦想都可笑。

就这样吧。

阿顺

2013 年 11 月 30 日

一

·1·

每当石小川看到蓝天上鬼斧神工的白云，都会觉得里面必定藏着一个为所欲为的王国。他幻想是这个王国的重臣，礼贤下士，钩心斗角，男欢女爱，一番浴血战斗，他站在不胜寒的云之巅俯瞰芸芸众生，成为新的王。

这么想时，石小川心里是纠结的。他是国内最大门户网站虎狼网文娱副主编，内心纯善，外表斯文，却在裹挟着名利的世俗欲望中越走越远。偶尔，抬头的瞬间，他看到蓝天、白云，风吹过脸面，拂过脖子上柔嫩的毛孔，太阳照在他坦荡的大心脏上，他会觉得世界还是单纯的。

“你单纯？呵呵。”四十多岁的韩俊后不屑地笑，他将“呵呵”拖得慢条斯理，意味深长。

“韩总，我说真的，发自内心的，剖心挖腹的。”石小川总是能够这样轻易地“剖心挖腹”。他大学时有个朋友华子，喜欢一个女孩菲菲，但明眼人都看得出菲菲喜欢石小川。华子就经常约石小川吃饭，每次下饭语都是：“小川，我跟你剖心挖腹地说，我是真喜欢菲菲啊，你得帮我，不帮我你就不是好兄弟。”石小川给华子支了很多招，可惜大学的狗血感情是很难让她喜欢上她心上人的朋友而朋友还跟她心上人整天在一起“剖心挖腹”的，两人最终劳燕分飞，可见“剖心挖腹”也不是都管用。

韩俊后侧脸笑着瞅石小川，眼镜背后的瞳孔里有着四十多岁成功男人的城府：“我是你大哥你说对不对？我说的话小川你听不听？你点头或不点头，你说对或不对，哥是相信缘分的，哥也发自内心地告诉你，哥不希望你离职。”

石小川笑了笑，他只是想试探着问一下几个前辈，仅此而已。

韩俊后可不是石小川的顶头上司。韩俊后在娱乐传媒行业二十多年，人脉丰厚，开了好几家公司，圈里八卦，说他吃饭必须用银筷子，坐便必须用金马桶，出手阔绰，心狠手辣，口碑毁誉参半。他主办的某本杂志想跟虎狼网建立战略合作，就找到了石小川。

石小川按照韩俊后说的地点来到北京朝阳公园时，没想到熙攘的人群和拥挤的游乐设施后面，还有一个静谧幽深的高级会所。他想，韩俊后应该就是光顾这种场所的人吧。

韩俊后看着石小川说：“小川我跟你分析，不夸张地说，你一旦离职，100个朋友会少80个，你信不信？”

石小川微笑着随口说：“不会吧。”

韩俊后脸上的肌肉舒展开：“嗨，我说小川，你就信哥的，别离职，你还年轻，慢慢会懂的。你看咱们的合作，没有你，我都觉得跟虎狼网合作没意义。呵呵。”

现在人们说“呵呵”，倒多了一分别的含义。石小川之前没觉得，他可是“呵呵”高手，跟任何人在网上聊天都会不经意地“呵呵”。

韩俊后说完这个“呵呵”，眼神里掠过一丝冷光。

石小川端起酒杯，笑容满面地说：“感谢韩总看得起。”一饮而尽。

石小川不信，他如果离职，100个朋友会少80个？尽管这些所谓的朋友基本都是经常找他办事的。他对朋友都是“发自内心，剖心挖腹”，他们即使不肝胆相照，起码不会落井下石。

他总会纠结。他没有自己想象中那般好，甚至还是个混蛋。他经常做些五迷三道的糊涂事，很容易跟追他的姑娘们义无反顾地上床然后第二天义无反顾地淡漠，越来越着迷于名利的诱惑，但他也经常给属下多多少少地涨工资，和善地对待所有不亲近的人。他心里有个堡垒，他觉得自己的坏只是跟姑娘们你情我愿的坏，这不算坏，这么想时，他又难过得要命。石小川，你堕落了。他又开始纠结。他总是这样。他确实是个混蛋，但也没那么坏。他其实跟所有人一样，如此普通，光明磊落又怀揣各种小九九。他们像蜗牛一样一步步往上爬，他们在星火璀璨的夜里眼泪汪汪地肯定这是一段励志的人生。

“小川，你在虎狼网待着，好好跟我合作，你要真想自己干，哥给你介绍些政府项目，也不影响你上班的。”

“谢谢韩总。”石小川瞧着一本正经的韩俊后，答应着，心里却迷惑。也不知道从何时开始，他开始对每个“好意”总要打上个问号，况且韩俊后这样的人，应该想的是石小川对他会有什么用处吧，不然，他会有这样的好心？石小川不相信。

其实离职的想法已经渐渐淡漠了，那就继续搞点不一样的东西，比如他想做的“独立影评人奖”。虽在淤泥中，但底线还是要维护住比较好。

·2·

吃饭的会所是个玻璃房子，石小川看到外面一个个的大人拉着小孩，悠闲地享受天伦之乐，他就生出一种羡慕。看到石小川往外看，韩俊后也瞧了一下。

“怎么，想要孩子了？”韩俊后问。

“还没女朋友呢。”

“你还愁女朋友？这个不急，我都快五十了。”

“韩总你怎么还不结婚呢？”石小川试探着问。

“谁先怀孕就跟谁结婚。可惜就是没人怀孕。哈哈。”韩俊后自嘲地笑了下。

正说着，一个姑娘风风火火地来到两人跟前。

韩俊后瞧这个姑娘，眉眼眨巴着，粉扑扑的脸蛋有着丁点婴儿肥，让人想去亲热一把，柳条一样火辣的身材撩拨着骚动的心，你只能用一个词儿来形容她：风情万种。

石小川一脸惊愕，但还是放下筷子，拉过姑娘的胳膊，坐在他身边。韩俊后脸上的肌肉挤起来，牙齿很整齐地列队欢庆，笑得很浩荡。

石小川镇定地说：“韩总，这是我朋友，郭渺渺。”

还没等他说完，郭渺渺就站起来探着身子跟韩俊后握手了。

“韩总好，我是小川的朋友，郭渺渺。小川说这两天胃疼，喝不了酒，又要去赴个大人物的酒局，我想着大人物的局一定少喝不了呀，小川这小子又对朋友两肋插刀的，我用词还对吧？所以我就过来了，我对朋友也是两肋插刀。一来我才知道原来是韩总，您导演的春晚我看过，您做的杂志我都买呢，厉害，佩服您。”郭渺渺说了一堆。“嗨，服务员，加个杯子。”

韩俊后看了下石小川：“就是嘛，小川，来，我跟你女朋友喝一杯。”韩俊后若有若无地强调了“女朋友”这个词儿。

“啊，不是，她不是我女朋友。就是好朋友。”石小川忙辟谣。

郭渺渺嗔怒起来，瞪着石小川：“做你女朋友怎么了？我就这么不受你待见吗？”郭渺渺马上又对韩俊后笑起来：“韩总，我是小川的好女朋友啦，来，干杯。”见石小川也要端酒杯，郭渺渺斜翻了一个白眼，暗示他放下杯子，石小川无奈地笑了，只好放下。

韩俊后看着两人眉目传情，脸上的肌肉舒展开来。他干杯，郭渺渺也豪爽得不留一滴。

也不知是韩俊后喜欢跟美女聊天，还是郭渺渺生来就是做“公关”的料，韩俊后跟石小川吃了将近一个小时一直波澜不惊不咸不淡的，倒跟郭渺渺第一次见面就热火朝天啦。

石小川心想，是不是韩俊后看上郭渺渺了，这要真是如此，他心里也是有醋意的吧？切，才不会。他对郭渺渺可真是好朋友关系。好朋友跟大款在一起，该高兴还是不高兴呢？他石小川对韩俊后还是没多少深度的了解！

郭渺渺问韩俊后，小川不离职了吧，小川值得您看好吧，小川实在就是个傻瓜吧，小川要做独立影评人奖呢是吗，小川又在不断强调确定是单身吧，小川是个很有梦想的人呢。郭渺渺故意嗲着嗓子学日本动漫里的卡哇伊女生，酸得人牙疼。韩俊后就哈哈笑起来，说姑娘你加油。郭渺渺笑得眼睛眯成一条缝，加油加油。两人又干杯。

石小川听得云里雾里。他确如郭渺渺所言，是个很有梦想的人，谁没有梦想呢，整个国家都在做“中国梦”。石小川平时很少谈梦想，只有喝高了才会，他耻于梦想久未达成，也羞于谈起。

石小川曾有过很多梦想，要成为拿破仑一样的人物，要成为基耶斯洛夫斯基一样的导演，要跟乔布斯一样种出个苹果，要跟萧峰一样侠肝义胆，要像唐伯虎一样风流倜傥，要是成为韦小宝艳享齐人之福也是人生大运。朋友萧远山说你要专注，尤其梦想这个东西，不专注怎么称得上梦想。他不听。他也想专注，他太急。他告诉自己，要追寻更多的梦想，生活时常像灰太狼的媳妇拿着平底锅砸过来，他不过是只弱小的喜羊羊。

现在说起梦想，他有两个，一个是做最牛的制片人；一个是做最牛的童话作家。第一个很好理解，他本就是这个行业的。做童话作家？像郑渊洁一样？对。他点头肯定。有一天石小川懒洋洋地坐在北海公园的长凳上，柳条轻轻荡在脸上，屎壳郎在脚下忙碌搬运，他就想，其实他的梦想就是每天趴在没有 PM2.5 的树下，看各种各样的屎壳郎滚各种各样的粪球，然后太阳落山，他坐船回家，湖面一道道波纹像一个个笑脸在他眼里绽放，他坐在家里电脑前，开心地写童话：今天我跟屎壳郎小伙伴们玩得可开心了。

瞧，他的梦想多没出息。

· 3 ·

石小川跟郭渺渺坐在朝阳公园的草皮上，旁边一群人在踢球，郭渺渺就问石小川多久没踢球了，石小川没回答，一直盯着郭渺渺看。

“看什么看？再看也是大美女！”郭渺渺喜滋滋地笑。

“之前真没发现你这公关才能啊，你俩倒是挺聊得来，够般配的。”

“吃醋了？吃醋了？”郭渺渺声音提高了八度，都有点颤抖了，她兴奋地拉住石小川的胳膊，石小川轻轻挪开。

“说正经的呢，韩俊后可是超级钻石王老五，你们老板亓干同志都没法跟他比的，你还不抓住这块肥肉。”

“我不喜欢肥肉，我喜欢你这样瘦的，细皮嫩肉。”

石小川见郭渺渺总这样没头没脑地说，就不搭话了。他是能感觉得到郭渺渺对他的喜欢的，但那又怎样，他们是朋友，是合作伙伴，他对郭渺渺还真没有心动或想去上床的欲望。他只是肯定地知道，郭渺渺人好，率真，是值得交的朋友。这就够了。

他有喜欢的人，可惜那人还不认识他。

郭渺渺见石小川不搭她的茬了，也转变了话题。她说韩俊后走过的桥比石小川走过的路还多，有些话还是要听的，切，韩俊后远没有传说中那么坏。

石小川顿了下，问：“大家觉得韩俊后很坏？”

“就是还行吧，挺一般，没多好。”

石小川瞅了郭渺渺一眼，说："他还好，但我不离职了，跟他没关系。"说完，石小川一阵没来由地难过。他每天的生活，除了谈和工作相关的事儿，也没别的事儿了。前女友离开他的时候，曾说受不了他每天这样只顾着工作工作工作。石小川就反驳说，他这么赤诚地工作还不是为了以后两个人的美好，前女友抛出一个大白眼：去找你的美好过吧。她觉得石小川是虚情假意呢，还是觉得工作这个事儿本身就是挺虚情假意的？石小川也并不是每天都工作的，他也每周踢球，跟朋友们相聚，不过在他想离职做自己的事儿的时候，这些缥缈的完全不相干的东西竟成了左右他想法的畜生一样让人讨厌。是呢，人们都是用一颗颗赤诚之心喂养着一只只虚情假意的畜生。

他只是不想再做违背自己内心的事儿。他下了很多次决定了。现在的生活，嗯，无聊？可能是很久没有爱情的滋润了？他是个宁缺毋滥的人。他是吗？他是的吧。灯红酒绿，那不是他真正想要的。有时候跟客户在夜总会觥筹交错，看着一条条白花花的大腿缠绕起一个个雄心，他血液里一种文人的酸腐的小宇宙就会若无其事地燃烧。他太想拯救这些大腿们了。

"你是想拯救了带回家上床吧？"郭渺渺讥笑他。

石小川笑了笑，没回答。他是有些闷骚的，但还不至于将拯救的姑娘们全部带回家。郭渺渺倒是很可能会跟石小川回家，可他对她提不起兴趣。但郭渺渺再怎么着也不是石小川讨厌的人，恰恰相反，除了爱情，两人应该是最搭配的吧。石小川讨厌的人多是些演员和制片人，他会想尽办法在他所能控制的媒介方面对这些他讨厌的对象挖苦讽刺。当然，嫉恨也接踵而至。

石小川瞧着郭渺渺，认真地说：“我就是想做一下那个影评人奖。给你们的电影也整个奖。”

“好啊好啊！小川最好了！”郭渺渺高兴地拨弄着石小川的头，就要亲一口，被石小川躲开。

郭渺渺不屑道：“甭不珍惜老娘，失去的时候你就知道疼了。”

石小川笑起来：“哈哈，别说的咱俩跟男女朋友一样，叫人误会，不好。”

“好吧，您石老师是知名媒体人，是知名影评人，是枪王之王……”

“我才不枪，枪王之王是杨五郎。”

“你不枪，你不枪，你抢！”

石小川听得出，郭渺渺的语气里带着别样的味道。他是很少写枪稿的，偶尔也写，不过已经很久不写了。国家在文化大跃进，影视行业看上去欣欣向荣，片子如过江之鲫，有那么多人抢着写，也被人抢着骂。被骂收钱乱说话，被骂没底线。他的好兄弟杨五郎写得多，也被骂得多，是圈里名副其实的“枪王之王”。但杨五郎不在乎，他就是写，一直写，写得别人无话可说。

·4·

“你最好像泥胎一样沉默！”杨五郎盯着杂志扫了半天，冷不丁冒出这么一句。

“切！反正你就无所谓了！”石小川顶不习惯杨五郎逆来顺受的姿

态，别人骂影评人难听至极，杨五郎比谁都清楚，可他总是笑着自嘲奚落一番，然后该干吗干吗。

“都在娱乐迷糊的小时代，一旦认真，你就败了。”

“不是我认真，咱也不较真儿，就李大南说全中国影评人都在交口，他自己又不是没交过，你我也交过，可都没伤天害理啊！”

所谓交口，是说每当一部电影新片上映，领了红包的影评人、媒体人、公知等各类达人，公开在报刊、网络、微博上交口称赞，简称交口。至于片子真正好不好，那是私下里再说的事儿。片子越来越多，这两年，似乎少有不交口的片子啦。观点独立，就是个很奢侈的事儿。有时候看到好的文章，即使作者没名气，他也会给最高的稿费。财务问到，他就绷着脸说这是虎狼网的良心。财务每次都会被噎着，却也无可奈何。石小川觉得这种自我安慰很高尚，所以，石小川坚持要做“独立影评人奖”，或许，这不仅仅是为了标榜。

郭渺渺听说后曾极力毛遂自荐来写，结果被杨五郎揶揄得很不痛快。

杨五郎放下杂志，这期《电影世界》做了个影评人“交口称赞”现象的大专题，引得微博上沸开了锅一样聒噪。杨五郎戴上他那副老花镜，眼睛里闪出唯有写到一些好句子才会乍现的光。“你我都交过，确实都交过。现在咱算从良了？”

“我从良了，你还继续勾搭着。”石小川扫了眼这个叫“失恋咖啡”的咖啡店，该是遇见百分百姑娘的四月下午，只有他和杨五郎窝在沙发上叨叨，老板坐在柜台边玩游戏，偶然看到微博上冒出的新事儿叫唤两句“我擦”，音乐是咖啡店每个角落的占有者。

一旦认真，你就败了。一直认真，你就赢了。再也不想说违心的话写违心的评论，他觉得日子一天天过去，那曾生龙活虎的做自己的电影的梦想快要被觥筹交错的生活给扯淡没了。这也是他想离职的原因之一：虎狼网其实是个适合养老的地儿。

“雁过留痕啊，从良可从来都不是道德特赦令。”

“那交口一次就必须终身羞愧啦？”

“看看，你就是矫情，谁让你羞愧的，当初拿红包时咋不羞愧呢？有良知有底线的人才羞愧，现在谁他妈还羞愧啊？你可别说你多么有底线啊！你看咱前天去百老汇影城，排队领红包的人群多壮观，记者、影评人、片方的，哪个人名字前面没有一长串虚无缥缈的名号啊。都他妈是红包党。”杨五郎轻描淡写着他的影评人同行。

“那红包党也有不交口的呀！”

“你说你，不交口的那不是红包党，拿了人家红包还要骂人家，这跟当了婊子又立牌坊有区别吗？俗话还说吃人嘴短，拿人手软，民主和自由不是一两天就建成的。”

“跟民主自由屁关系嘛，别什么玩意儿都往这里扯，大的不改，小的闹腾再大也是瞎闹腾，书看多了就容易联想是吧？最近看啥书？”石小川问。

杨五郎没搭理石小川书的问题，接着道：“关系大了。但交口这个事儿，跟转型期的行业性质有关，跟中国人穷怕了的素质有关，跟民族性有关。我倒觉得，你们回头可以做个这样的专题，太值得说道了，有意义、有情怀啊。”

“屁！我还不信，一次做贼就终身是贼啦？”

“不一定。在中国，总归是特事特办嘛！你要筹备中国独立影评人奖，中国哪个影评人敢说自己独立？都是为了生活被逼上梁山的，逼上梁山的哪个没做过偷鸡摸狗的勾当？武松没对潘金莲动过心？”

“多了去了。不过这个比喻可不恰当。我还想上梁山去耍耍呢。嘿，推荐你听一首苏阳改编的歌，叫《官封弼马温》，带劲儿。”

“对他还是不感冒，就那首《贤良》还能喝大了时吼两嗓子。还是先弄完自己的事儿再去梁山吧，哈哈。做上游，让别人交口咱们的片子，那样你心里会不会跟现在的想法不一样？”

石小川细想了想，不知道答案：“这个……谁知道呢！”

石小川心里是清楚的。有天杨五郎在中国最大的一个影评人群“电影大阵线”里抛出一句：“咱们这拨影评人，谁会最先去拍电影呢？答题开始。”钱小丽恨不得抢答说：“那不就是石小川嘛。”大家七嘴八舌讨论的重点很快转移到了片子出来后骂不骂的问题，片子的质量已经被战略性放弃。无所谓了，朋友的片子嘛！

不过又有什么关系?!

石小川是无比热爱电影的。他想，他基本上是一个纯粹的善良的人，他想要在这个风刀雪剑严霜逼的圈子做上游搞制作，不留点心眼是挡不住一个跟头连一个跟头地翻的。他又不是没少翻跟头。

但那都过去了。每每想起，石小川就会这样自我唏嘘安慰。

他觉得自己还算是个有底线的影评人。底线这回事，在一个底线都难以保持的社会，究竟算是贞操裤还是壮阳药，石小川不想探究。他的好兄弟杨五郎被业内人称为“枪王之王”，凡事一旦达到极致，总会跟名利相关，枪稿写多了，杨五郎也成了片方必请的影评人。

石小川心目中的杨五郎不是“枪王之王”，有多少影评人交口起一部影片来恨不得顶礼膜拜呢，杨五郎至少在遣词造句上没那么明显，且对于他不喜欢的片子，他会用另一个化名“穆桂英”去鞭辟入里地骂上一番。

“你觉得写一篇相对温吞的，然后用制片方不知道的另一个名字再去骂人家，这样变态不？豆瓣上好多这样的吧？或者说，这样是能感觉心里好受点？就不能直接做个坏人？”石小川问。

杨五郎笑而不答。有时候，想象中的完美生活和现实中的残酷生活交织得如同梦境，每天都会发生混沌的事儿，实际上没忙什么，却觉得每一分钟都在忙碌，竟搅得梦跟现实交窜，既想为梦想去表达什么，又碍于压在脑子里柴米油盐那些怒火汹汹的俗事，一会儿短兵相接，一会儿觥筹交错，一来二去，就从了。然而酒醒后的清晨，谁会在乎眼角那两行清泪？

石小川理解杨五郎，兄弟之间一个眼神就都懂的吧。

“你是多爱杨家将啊，还是穆桂英，还不如佘太君呢，德高望重。”

“咱要的是范儿。穆桂英多飒爽，虽然是女的，谁说女子不如男，那豫剧怎么唱的，小白玉霜还是小香玉来着？花木兰吧？他娘的这些知识都学杂了，啥都得掌握啊！我叫穆桂英别人猜不出性别来吧，本来生活就够悲催的了，还不自我意淫一把！”

“那你还真是一朵想得开的帅汉子！”

两人大笑。

·5·

“多少年之后，我要让他们都知道，我石小川是个多牛逼的人。”石小川经常这样想。“他们”是谁，他也说不清，但他就是想要告诉世界，他来了，他希望得到主流社会的认可。这样，他心里偶尔冒出的自卑才会彻底消逝，他所想要的地位名望和姑娘才会如约而至。

石小川是有这样的条件的：他是国内最大的门户网站虎狼网的娱乐副主编，他是知名影评人，他还参与过多部电影的策划和宣传，他现在不过是想转型做个制片人。这是他的梦想。为什么是他的梦想，他也说不清楚，他就是挺想将心里很多想法通过电影表达出来的。他心里想，这有什么难做到?！他知道最难的是扭转那帮人的观念，他们总觉得你是媒体人、影评人出身，你能制作出专业的电影，切，开玩笑吧！石小川想到可能出现的这种情况，就会升腾起无数的冥界黑暗小宇宙：我要将这帮人都干掉，我要拿出片子来让他们佩服得五体投地!

他做了那么多影片的宣传，做了那么多年媒体，写了那么多影评，他知道其中的酸苦——有多少是真正发自内心的呢。他做一百部宣传的片子，有哪部可以说是他石小川的呢？他的想法很简单，他只是不想被制片方牵着鼻子走。所以他想成为制片方，他想做甲方。他想为了电影奋斗终生。他每天看一部片子，他开始尽量地少去参加饭局。他想是不是走冷门边缘题材会更容易出来，他甚至考虑过要去尝试做一个月的“鸭”。为了电影，让他去死都好，只要让他去做他爱的电影。

机会就摆在了眼前。

石小川高中时最好的哥们马锐宝凭借出色的口才和过人的酒量，这两年平步青云，年纪轻轻就当上了贵山市副市长，分管广电、旅游等肥缺。

2008年奥运会，还在江川大学做水利项目的阿根廷球迷马锐宝来北京，石小川给马锐宝搞到了最好位置的足球决赛门票。那天，阿根廷1∶0胜了尼日利亚。

晚饭吃喝完毕，两人到洗浴中心按摩。马锐宝戏侃了半天按摩技师后表情迷离地叹了一句：“再好的按摩女也比不上看梅西一眼啊。”石小川觉得马锐宝不去管足球真是可惜了。

毕业十年聚会上，马锐宝跟石小川在家乡有名的“豪门夜宴”夜总会连着合唱了五首歌，也可以说是连着吼，陪酒的姑娘high得鸡飞狗跳。两人嘶吼完对瓶吹完啤酒，马锐宝搂着石小川的肩膀说：“你说是不是，你说是不是，我走了狗屎运?”石小川说：“是啊，是啊，谁走狗屎运也没想到你走狗屎运!”这话石小川是发自内心的，为什么他的狗屎运一直没降临呢?

狗屎运来的时候挡也挡不住。前些日子，马锐宝给石小川电话，说政府要大力发展影视文化，要拍个电影，以贵山市为拍摄背景就好，其他的全部自由发挥，市场需要什么就做什么，资金上不封顶。石小川头皮一阵发热，然而马上稳下了情绪，说，当然还是要多一些贵山市广电和旅游方面的内容吧，这样也能让你更快升迁。马锐宝在电话里哈哈笑着。石小川觉得有戏。

狗屎运的是，刘忠明很快给石小川打来了电话。他想跟石小川合作这个项目。看来这个圈子还真是小，稍微放点风，谁都能吹到。

刘忠明是北京忠心耿耿影视营销传播公司的老板，此人做影视宣传起家，如今也开始涉足制片。刘忠明所有负责营销的影片，石小川基本都参与写过影评，两人合作默契，但石小川对刘忠明是防备的，总觉得像隔了层什么，总觉得刘忠明不是能当朋友的那种人。

当然，石小川愿意一直跟刘忠明合作，最主要的原因是因为彭洋。被影评人一直叫作“冷美人”的彭洋在刘忠明公司做宣传，石小川喜欢她好久了，确切地说，是喜欢她照片上的模样。石小川一直没有直接见过彭洋，只是每天都会默默关注彭洋的微博。石小川从中也知道一些彭洋的“事迹”，她办事利索，不拖泥带水，有创意，爱旅行。他还在郭渺渺手机里看到过彭洋的照片，跟微博上的工作照不同，瘦高的个子，穿着一袭长裙，依旧美得跟小龙女一样。就这样，一个没见过真人的人，他竟然就暗自喜欢起来，而且这种感觉越发强烈。石小川是那种藏不住事儿的人，有次聊天，杨五郎说起彭洋，刘忠明就说，她每次都跟石小川的编辑联系呢，石小川说怪不得没见过。刘忠明说见她干吗，杨五郎抢过话头说，小川暗恋她呗。石小川就嗔怒起来：谁暗恋一个没见过的人啊！

而刘忠明放光的眼睛不会放过任何一个有利用价值的表情，他给石小川的电话因为项目的事儿也多了起来，俩人在失恋咖啡馆口若悬河地谈判也成了常态。

“你就不觉得咱俩合作是天底下最好的事儿？政府出一部分，我们再出一部分，你是政府的人，咱们双剑合璧，票房搞定了。我再找几个其他想投资的，咱们哥们儿也有得赚，再定个好导演，找俩有市场的演员，这事儿必定能成！”刘忠明张牙舞爪地说着，表情丰富得就像失恋咖啡馆没有装饰的顶棚，各种管道、线路层次分明。

“嗯，故事也很重要……”

“你和杨五郎说的那个就挺好，有悬念、有话题。”

刘忠明说的是一个抢银行的故事，听上去特别有好莱坞范儿。失恋咖啡馆简直成了石小川跟所有朋友谈事的据点，那天他跟杨五郎说了这么个创意，两人还想到了各种可以通过电影局审查的方式，兴奋地聊了一夜，大纲也快速给整了出来。

这事儿杨五郎没憋住，跟刘忠明透露了。刘忠明就问哪里来的钱，杨五郎提了下大概可能好像似乎有政府这么那么层关系。刘忠明意味深长地“哦”了声。时针指向了六点，杨五郎说那我们刚才说的影评就这么干了，每人发五篇博客，都是正面夸赞的。刘忠明伸出“V”手势，杨五郎轻快地走了。刘忠明记住了这个对他来说特别重要的大事儿，他觉得是个机会。他想做自己的电影好久了，一直都没有真正做成，他等的花儿还没谢，女朋友倒是换了一个又一个。他想，要是搞电影也能跟搞女人一样简单就好了。

石小川真心觉得这个故事不错，国内近期也没有具体的同类型题材。有天在跟电影局某领导的酒局上，石小川特意提了下这么个故事，主管领导有些头晕了，大腿有些痒，也不知是哪个陪酒的姑娘这么没眼力见儿，没看到领导头晕了还在人家大腿上摸来摸去。领导头也没抬，说，当然没问题，小川你就是在里面加上苍井空演的情色戏，只要别过分也没问题，来，酒干了！

“那……就暂定这个吧。不行的话，我这边还有几个备选，但我想贵山市也不会那么挑剔。”石小川犹豫了一下说，他很认真。

“不会挑剔的，政府嘛，投其所好就行了，况且还有你好兄弟在当副市长呢。”刘忠明笑起来，很大声。可能之前联系比较少，石小川是难见刘忠明笑的，但是这段时间他见得似乎有点过多。

“你这边准备让谁来跟这个项目？”石小川试探着问。

刘忠明看了眼石小川，笑说，常小磊啊彭洋啊崔娜啊都行，无所谓了，关键是咱们谈好。

“那，就彭洋吧。”石小川微笑着看着刘忠明，说得很坚定。

“行……嗯，……成嘞。”刘忠明又笑了，脸上的皱纹像开了花一样。

·6·

石小川养了只黑漆漆的鱼鹰，学名叫鸬鹚，他喜欢鱼鹰忠诚的个性，跟对了主人就不再换。他有时候将鱼鹰放在家里阳台上，有时候带去朝阳公园遛。在朝阳公园，他也会直接将鱼鹰放湖里，第二天再去，只要石小川一声口哨，鱼鹰就会哗啦啦扑棱棱地从湖面上蹿起，飞到石小川的胳膊上。杨五郎就说：“你这鱼鹰都比得上我家那只大哈士奇了，贼拉忠诚！”

杨五郎对石小川给这鱼鹰起的名字很不满意，唤作“卡尔”。“明明是只威武警犬的名字，偏偏长了对天使的黑翅膀。”杨五郎嗤笑说。

是的，当年有一部电视剧叫《警犬卡尔》，石小川喜欢得要命，他给家里养的狼狗起名就叫“卡尔”。石小川六岁时，政府要求不能养大狗，必须打死。石小川将狼狗卡尔兜兜转转藏了好多天，还是被打狗队找到，活生生用锄头给打死了。石小川的爷爷拜托打狗队手下留情，死了就别再打了，于是一张狗皮就留了下来。石小川哭着哭着睡着了，直到闻到一阵刺鼻的香气，原来爷爷将卡尔的肉煮了，一家子人都在吃。看到石小川醒了，爷爷抿了口酒说，川儿，过来吃狗肉。石小川突然就一阵反胃，眼泪跟着涌上来，哭得昏天黑地，谁哄也不消停。后来爷爷去世，在读大学的石小川将狗皮放进了爷爷的坟墓。而他后来也一直未养狗。

时间来到了四月的一天下午，阳光灿烂，失恋咖啡馆在三里屯soho钢筋水泥的坚固包裹下显得不合时宜。阳光斜射进咖啡馆，整个楼层也似印染了失恋的味道，走在跟失恋咖啡馆相连的阳光里，一切都好像是为了爱情而来。

这样好的天气，石小川、杨五郎、郭渺渺和刘忠明，在讨论一部叫《孤岛迷魂》的烂片怎样交口称赞，这该是多浪费生命的事儿啊！

他们毫不觉得！

几个人争论不休，石小川说多评明星，突出明星效应，搞点病毒视频什么的。杨五郎说要主打公知，让加V的微博大号多多转发评论。郭渺渺则说一切为了票房怎样都行，就是没说出个三四五六。刘忠明则不言语，他在想怎样花郭渺渺他们公司给的宣传费用才更实惠，当然他更想借此跟石小川建立最密切的关系，毕竟虎狼网平台太大，不密切合作肯定不行，而他又想傍上石小川拉来的电影项目。这时，一个灵动的影子就突然晃荡在了跟前。

这人穿着碎花绿裙子，帆布鞋，长发扎着马尾，眼睛像清晨山涧的水一样透着清澈的冷光。

她跟刘忠明说："刘总，媒体都OK了。"

刘忠明头也没抬回了声"好"，只听郭渺渺咋呼着叫起来："洋姐，你这裙子在哪儿买的，真有范儿。"

那姑娘笑了下，说："新光天地。周末一起去逛啊。"

郭渺渺就走过来摸裙子的料子，似乎特别懂一样："嗯，好啊，果然不是一般货。"

杨五郎就扑哧笑了，说："这个你也懂？"

郭渺渺白了他一眼，捶了一下杨五郎的肩膀后回答道："不行啊？姑娘我没啥本事，就对这个在行了。"她转头对彭洋说，"洋姐，你看我鼻子！"

那姑娘看着郭渺渺的鼻子，问怎么了，郭渺渺气不打一处来："你说好看不？我觉得还不赖呢。昨天啊我去做指甲，店里的服务员就问我，小姐，你的鼻子真好看，是做的吗？我当时就疯了，什么意思啊，凭我自己长不出好看的鼻子，还是我的五官难看到配我的鼻子突兀得不像一个人的？服务员小姐你到底什么意思？我的鼻子天！生！就！这！么！好！看！"

那姑娘笑起来，众人也都笑了。

石小川则一直盯着绿裙子姑娘，他想起了村上春树在《挪威的森林》里对绿子的描写："像是蹦跳着来到世界上的一头小鹿。"

绿裙子姑娘觉察到了石小川一直在看她，面色冷静地坐在了早已成家立业的刘忠明身边。

石小川心里一阵紧张，又带着失落，这就是他暗恋的姑娘吧?!分明就是！可他冷静得要命！他都佩服自己，没上电影学院学表演真是白瞎他这个人儿了！

刘忠明却看到了石小川脸上微妙的变化，脸上露出夸张的惊讶表情，他指着绿裙子姑娘问石小川："你们不认识?"

石小川笑着摇头。

刘忠明客气地说道："喏，我们公司的媒介总监彭洋，这两位是大名鼎鼎的影评人杨五郎和石小川，小川还是虎狼网的娱乐副主编，都是自己人，咱们以后还得多合作呢。"

彭洋笑了，笑得很淡定，说："两位老师久仰，都看过两位老师写的东西，还请多帮我们的项目出力。"

杨五郎叹着对郭渺渺说："看，还是人家员工得力，上来就各种工作事儿，多客气。"

郭渺渺笑起来："哈哈，这当然，洋姐是说一不二的人。但是杨老师，我工作效率也是极高的呀，不信给你来段甄嬛体你见识一下，是吧洋姐，我才不会浪费时间跟你们影评人瞎扯淡呢。"

杨五郎坐直了，喝了口水，心平气和道："这话我就不爱听了，什么叫不爱跟我们影评人瞎扯淡?"

彭洋冷静地插进来一句话："我觉得《孤岛迷魂》可以主攻两家媒体，多几次有深度的分析，然后再炒明星，这样对票房应该更有帮助，而且花费也不会特别多。"话题一下子被带入了工作，杨五郎无奈地苦笑，郭渺渺努了下嘴巴，也不再说话。刘忠明不动声色地观察着众人，尤其是石小川的表情。郭渺渺听到对票房有帮助的话，凑过来献计献策。

郭渺渺在洞房夫妻联合影业集团做宣传总监，他们是《孤岛迷魂》的投资出品方，票房多寡跟她的收入是有莫大关系的。

而石小川则一直没怎么说话，他心里稍微安慰了些，通过一些对话和两人对眼的感觉，他确定彭洋跟刘忠明是没什么亲密的关系的，真是美好的事儿啊。这时候石小川感觉到了他一直被阳光笼罩着，失恋咖啡馆仿佛也刹那之间像个人儿一样活了起来，她跟石小川说，兄弟，就是她，就是她了。是的，就是她了，仿佛被什么刺中一般，这就是一见钟情吗？是吗？是吧！

当然，这也是典型的单相思。

石小川的肩膀被人拍了一下，他还在恍惚中，嘴里竟吐出这么个词儿：“彭洋！”

所有人都朝他看，然后又看着彭洋。

彭洋忽然一阵脸红，杨五郎笑着说做梦呢，郭渺渺脸上尴尬了一秒钟，马上笑着说洋姐你成鸟名儿了。原来是石小川的鱼鹰被失恋咖啡馆的人遛回来，正问石小川的鱼鹰叫什么名字。

“卡尔。”石小川稳定了情绪，说道。

“这只鱼鹰叫卡尔？”彭洋问。

郭渺渺“哇”地叫了声，“洋姐你真博学，竟然知道这个东西是鱼鹰。”

“学过的嘛，之前去云南也见过，学名叫鸬鹚。”

石小川表情有些紧张地笑着说：“是的，彭洋真是有学问，这是鸬鹚，我叫她卡尔，一只狗的名字。”

"哈哈，这个有故事，我知道，洋姐，你不知道。之前小川他们家养了只狗，养了很多年，后来死了，小川再养所有宠物就都叫卡尔。"郭渺渺跟喷机关枪一样说。

"哦。挺威武。那……《孤岛迷魂》在深度评论这块应该找谁来写比较好呢?"彭洋白皙的手指在 iPad 上比划着，又带动了工作话题。刘忠明笑着说，"你看你这话题转的。谁来写让小川和五郎定吧，他们对那些评论人更熟悉更有经验。小川，你说咱们的深度合作从此就开始了吧……"

石小川随口说"好"。可他怎么会说"好"呢，他是为了杨五郎的面子才跟刘忠明谈合作的，他是顶看不起《孤岛迷魂》这些烂电影的，他怎么会果断说了"好"呢？然而"好"又怎样呢？他还不是经常这样？可是都无所谓了，石小川只是想起彭洋，就觉得自己好久没有这样紧张的感觉了。

·7·

石小川 2011 年春天失恋，那次失恋像永远爬不出的泥沼湿地一样，他陷在里面，越陷越深。六年的感情，不是一朝一夕可以消解的。

郭渺渺就说："你是故意陷在里面，让别人知道你有多爱她，这样别人知道你多痴情，就爱上你了，比如我。"说着，郭渺渺兀自笑起来，又解释："可不是开玩笑哦。"

石小川没有理会郭渺渺。但他对郭渺渺说的话上心了。那个未走出的自己，爱的大概也是那个特别投入的自己吧，就像怀念年少时别致俊朗的容貌一样。

郭渺渺问，“为什么这么久还分？”好像所有人都会这么问。

“可能，可能太久了吧。”石小川不想说，也不知道怎么说。前女友跟父母相处不好只是个表面的引子，各种复杂的感觉或许连当事人都无法说清。既然这样，就让时间解决吧。时间作乱一番，留下了美丽和一片狼藉，这个贼可以打包带走一切，包括最纠结的感情创伤。

“你不是羡慕杨过、小龙女、萧峰、阿朱吗，你就不打算再追了？反正你们分分合合很多次了，说不定这一次也是？”郭渺渺不死心。郭渺渺心里想的是，萧峰和阿朱的感情多悲催啊，杨过和小龙女即使最后在一起了，两人却经历了太多生命中难以承受的苦痛，值吗？

石小川试图再去挽回，但快三十了，他觉得前女友也没有他想的那么爱他，只是在一起时间太久了，彼此都把对方当成了生活的一部分，爱情的成分消减了，亲情的成分增多了。

石小川还是蛮自我的，觉得女友要爱他就要为他的理想为他的事业做出牺牲。当然他现在知道这样是天大的错误，可是年轻时的那些没有理性的自我膨胀一旦起来，是无法看到最亲近的人的眼泪的，除非他对她的爱足够比得上杨过和萧峰对小龙女和阿珠的爱。

石小川失恋后的第二个春天，他在好兄弟萧远山的生日派对上哭得昏天黑地，见人就跟人对瓶吹，见人就跟人抱着哭，就像当年狼狗卡尔被打死时他的心情。

第二天，他去跟萧远山道歉，说将一个好好的生日派对搞成了石小川的失恋终结趴儿，他决定连续请萧远山跟兄弟们吃饭一个月，每周一次。萧远山欣然答应，他反问石小川，真的终结了？

石小川想了想，郑重地唱起《爱的代价》里的歌词："也许我偶尔还是会想她，偶尔难免会惦记着她，就当她是个老朋友啊，也让我心疼，也让我牵挂。只是我心中不再有火花，让往事都随风去吧，所有真心的痴心的话，仍在我心中，虽然已没有她。"

文艺老青年和文艺老愤青萧远山也跟着合唱，他心中的对那些姑娘的伤痛，又何尝比石小川少！

"忘了吧，让我怎么忘了她……哈哈哈。"萧远山唱了句《要我怎么忘了她》中的词，大笑起来。

石小川也大笑，跟兄弟在一起的感觉，就是这样。

他说："谢谢她。发自内心地。新生活开始了。"

郭渺渺很快知道了这个消息。

她马上给石小川发了条微信："朋友公司下月有个免费的爱琴海七日游，我有两个名额，一起吧?"

一分钟后她收到了石小川的信息："没时间。你好好玩。"

郭渺渺叹了口气，自嘲道："好吧，你个没时间先生。"

她给旅游公司打去电话："你好，我预订的下月爱琴海两人七日游，先取消吧。"

郭渺渺爱石小川，这是大家都不得不知道的玩笑事儿。就在石小川刚彻底失恋那会儿，萧远山为了缓解石小川的痛苦情绪，专门组了个"分手庆功局"。杨五郎边喝酒边跟萧远山说："你这兄弟当得可真值!"大家就笑，石小川也笑。

那天喝了不到一个小时，萧远山还刻意不提感情的事儿，石小川没忍住，眼泪都可以酿酒了。郭渺渺就跟着哭，说，人家单身都一年了，不也还好好活着，不也还是很多人追很多人爱，不就是个女人嘛，有必要这样鼻涕眼泪一大把吗？

那天喝到最后，郭渺渺抱着痛哭流涕的石小川大声跟大家伙说："现在我宣布，我喜欢石小川，我要嫁给石小川。"所有人就都起哄，石小川也不知道听没听到，反正日后他总说没听到。

那天他也确实没听到，他就觉得天地万物都是虚有，爱人没了，什么都是虚有，脑子里黑漆漆一片，只有鱼鹰卡尔的翅膀在扑棱。

·8·

刘忠明看出了石小川对彭洋的好感，也觉察出了石小川对自己重视了起来，因为从来都是刘忠明约石小川吃饭，这回反了过来。

"怎么着，吃饭还带秘书？"看到刘忠明带着彭洋一起来，石小川露出了意料之外的表情。

三个人笑着落座。石小川让刘忠明点菜，刘忠明将菜单给了彭洋，彭洋犹豫了一下，问了句有没有忌口，三下五除二将菜点了。

刘忠明说："今后我就让彭洋多跟你对接了。"

彭洋说："请石主编多多指教。"

石小川忙端起酒杯说："哪里哪里，有什么需要随时说。"

说完这话，石小川的脑子里马上一阵发热，什么叫"有什么需要随时说"，嗯，如果是彭洋，那可能真是"有什么需要随时说"吧。胡适当年为爱人写诗曰："为她起一念，十年终不改。有召即重来，若亡而实在。”他忽然有了同样的感觉。

石小川单独约过彭洋无数次，彭洋只答应了两回。

第一回，以纯粹私下聊天的名义，在失恋咖啡馆，石小川这个没有耐性的男人，忍不住将心中对彭洋火热的想法和盘托出：“是的，从第一次见你，就感觉不对劲，后来我知道这种不对劲应该叫作爱情。我知道拽文不好，但是我真的很想跟你说喜欢你。我想你要是能做我女朋友该多好，我想跟你在一起，我想让你感觉到整个世界在我对你的疼爱面前都是渺小苍白的。”

石小川那天说了很多，彭洋始终在微笑着。

石小川以为彭洋要接受了，谁知道彭洋完全是另外的想法。

“他们说你跟杨五郎都是枪王之王?”彭洋问道。

“啊?”石小川忽然从深情表白的情绪中掉入了另一个世界，“哦，可能说的是杨五郎吧，他是，我不是。”

“你没写过枪稿？你没交口过?”彭洋问道。

“写过，也交过，不过屈指可数。但我没做过违背底线的事儿。”

“违背底线是?”

“嗯……底线这个东西，……总之我没有伤天害理过。”

“可是依然很多人看了你写的影评会对某部影片产生好或坏的印象，然后很可能去影院买票消费，并且你做媒体主编，如果有这样跟你有关系有利益导向的片子，会不会不好?”彭洋冷静地说道。

“这个，还好吧，大家都这么做，我已经是这个行业这个圈子里最洁身自好的了。”石小川没想到一个整天要跟自己谈怎样交口称赞影片的人在跟自己论证这件事的对错，并且这个人还让石小川有点招架不住。

他见到她就有些招架不住了，何况她还咄咄逼人。他特别讨厌女人对自己咄咄逼人的姿态，但他觉得彭洋皱起眉来的样子很动人，像谁呢？小龙女？赵敏？木婉清？还是哪个武侠小说里的人物，总之特别脱俗。

那天的见面不到半小时就以彭洋说有急事而匆忙告终。说有急事，石小川觉得是托辞。他能感觉到彭洋在公事方面的认真，也能感到她对自己没有好感。

她讨厌没有底线的人，而她觉得石小川杨五郎他们都是。但可笑的是，她竟然还在做影视宣传——影视宣传不就是个睁眼说瞎话的没底线的工作吗?!

第二回，以谈论公事的名义私下约出来聊，石小川想变被动为主动，先说："咱们一会儿再聊公事，我想说我并不是你想的那类人。"

彭洋笑道："你是哪类人？我想的你应该是哪类人?"

石小川想了想，说："有个叫财神爷的微博达人说，他夸一部国产片好，你可以不用信，因为十有八九是人情。当他夸一部电影牛，你可以信一半，因为它可能仅仅是不难看。当他劝你掏钱买票进场时，你可以试着相信，因为不直接骗票房是他最后的底线。你厌恶这样的事情对不对？你一直看不起影评人对不对？你觉得我是那种给钱就能说好话的媒体人，是不是?"

彭洋冷笑道："没有，我还要请你帮忙呢。不过工作归工作，私人情感归私人情感，我也没有看不起谁，我只是不喜欢做媒体的人也在一步步蚕食底线。"

石小川又听到“底线”这个词儿从宣传总监彭洋的嘴里说出来，忽然就很生气。他憋住了，他还记得约彭洋出来的初衷，他对这个女人充满了必须要追上的动力。他想还是转移一下话题比较好，他觉得既然彭洋那么标榜独立，那么随着她说应该就没错：“我想做个独立影评人奖，你觉得靠谱吗？”

“你做？虎狼网？你觉得中国有独立影评人？别开玩笑了！”

彭洋这话像北冰洋的水愣头青一样扑过来，淹没了石小川本来觉得做这个独立的评选会让彭洋觉得很有范儿的兴奋劲儿。

石小川认真地看着彭洋：“彭洋，你一直都这样说话？你就不能顺着说句好听的？”

彭洋冷笑道：“好听的用得着我说吗？”

说得倒是。石小川马上深呼吸了一口气：“哈哈，好吧。那个不管独立不独立的，我还是要做。”

“如果你觉得对，就做。”彭洋说。

彭洋说话的时候，石小川总觉得冷峻，然而那些柔软的冷峻中又带着些许别样的感觉。他一点儿都不想跟彭洋谈公事，可彭洋说不了几句话就又谈到了公事。

“咱就不能不谈公事？”

“石主编，我们没办法啊，先将公事弄完。再说，我也不觉得除了公事咱还能谈别的什么。”

“哦，……”石小川一时语塞，“这个……彭洋，你是一定要每句话都堵我是吗？”

“没有啊。我跟谁都这样。”

“我听说你很平易近人呀，每周去做义工，还资助了三个西部山区的小孩。”

“你调查过我呀，哈哈。其实这个项目已经差不多了，你看回头如果能在上映前再推一次头条，那就完美了。”彭洋笑说，脸上的表情并不是那么自然。

“没有调查过，只是想知道你，所有。”石小川觉得又到了可以深情的时候，老不死的害羞你赶紧滚蛋。

“能吗？”

“能，如果你愿意告诉我。”石小川心里被热水溅了一下，烫得心脏跳了起来，事情看来有了转机。

“我说能推一次头条吗？”彭洋叹了口气，笑道。

那次之后两人就没单独在一起过，直到刘忠明要跟石小川合作“抢银行”这个有政府参与的制片项目。

有时候想起来，石小川会忍不住笑，“生活啊还真是一杯二锅头。”但也从那天起，被拒绝后反而越发来劲了的贱人石小川，看着生活不知不觉就长成了海子的诗歌：“所有的花儿都为她们开，所有的日子都为她们破碎。”

·9·

成为魔都电影节亚洲新势力单元的评委会主席的消息发布后，石小川觉得启动“中国独立影评人奖”的时机到了，而他准备的“抢银行”的大手笔项目，也在萧远山的建议下，有了个可爱得发萌的名字：

《山中的铁甲银行》。

杨五郎和刘忠明对这个巨山寨的名字都竖起了代表“2”的手指。他们认同。石小川笑起来，那就启动吧。

“低调！低调！”杨五郎边说边喝完了杯中的水，就像他一个下午要将失恋咖啡馆的所有水都要喝完一样，他自己的解释是尿尿有点疼，医生给他检查完没什么大碍后，建议他每天多喝水。

石小川说：“我还不够低调？”

“哈哈，你低调？全世界的猪都笑了。”刘忠明笑起来，然而他马上认识到了不该笑，说：“高调就高调呗，石主席。”

石小川觉得自己特别低调，但基本所有人都觉得他很高调，这是什么原因呢？他想不出，他已经在最大限度地本分做事，有底线做事了。他一直这样觉得。

“五郎，你看宋志达这个导演怎么样？”刘忠明问杨五郎，眼睛里满是期待。

“一般吧，没有什么重量级作品，主要是之前的作品一看名字就知道这个导演什么德行，什么《抹胸天骄》、《一路向北妹》、《夜店没有蒲团》，我看还不如中戏毕业的学生作品。”杨五郎客观地说。

“嗯，说得很客观，但也别侮辱中戏的毕业生。最主要还是作品没情怀，我说宋志达。”石小川插话进来。

“但我看他的作品，感觉还是夹杂了很多个人情怀在里面的，尤其是这个导演非常有市场观念，你看这么烂的片子，每部票房依然都过千万，说明观众好这口呀。”刘忠明为宋志达狡辩道。刘忠明说得没错，现在市场上走情色重口味路线的微电影成堆成堆的，每个点击率都高得吓人，按照刘忠明的理论，这是人类的天性，这是性解放的萌芽。

“刘总这话是有几个意思?”杨五郎问道。

“你们看啊，宋志达还没红起来，但在中国这样有心眼的导演一定都能起来的，他的作品有一定的市场，他想红，现在国内又非常缺少有实力有卖点的中青年导演，我是说，咱们《山中的铁甲银行》让他来导，价钱不贵，咱们让他导，还炒作他，他还不感激涕零死咱们，他红了咱们也有大好处啊。”刘忠明看来对这事想了好久的样子，分析得头头是道。

“炒他？他跟谁?”杨五郎又问。

“小禾。你看这样啊，小禾本来有一定知名度了，他参演过宋志达的片子，咱们可以俩人一起炒，连骂带夸，再在媒体的各个位置推广，想不红都难。”刘忠明信心十足。

“小川，你看呢?”杨五郎看了眼石小川，他是觉得石小川如今顶讨厌这样的炒作的。

杨五郎之前跟石小川合作过香港演员森山。森山跟小模特潘白白搞在了一起，潘白白想红也想了好多年，趁森山睡熟，拍了艳照发到网上，结果俩人一起爆火了。而在网上的各种有序、有针对性的推广和评论，都是杨五郎跟石小川干的。后来森山炒作上了瘾，找石小川要再把个妹，石小川问，“怎么搞都行?”森山一个劲儿点头，就给了一个条件：“最好是跟行星卫视的某个人搞搞。”

“为什么?”问完这句话，石小川觉得白问了，真是没必要问。然而森山很认真地回答说：“因为我是行星卫视的投资人之一嘛，再说，台里的人，我谁都没睡过，不信你可以看新闻，从来都没有传出过吧。”

石小川笑着说好的。他心里却在暗骂，你当老子七年媒体白干了呀，让老子还去相信娱乐新闻，新闻不都是老子给你们这帮人整出来自我意淫的吗？谁都没睡过？真是像刘忠明说的，全世界的猪都该笑了。要真谁都没睡过，那天皇娱乐公司的几个老板还都是拿艺人当自己亲生孩子教养的好人了呢！

石小川跟森山沟通好，拍了他跟行星卫视的当家女主持温碧碧温馨共餐又拉手进房间的照片，至于进房间后做了什么，石小川策划的新闻里说得模棱两可。观众就喜欢猜测嘛！

这是石小川做得最触及底线的事儿了。在石小川跟杨五郎说要“洗白”的时候，他总要提及这个，说再也不会做这样的事了，要是温碧碧真被森山上了该怎么办呢？杨五郎则不以为然，认为温碧碧都追着赶着要去成为这次绯闻的女主角，还亲自 PS 要散布到媒体上的照片，石小川也没必要为此介怀。但杨五郎从那会儿就确凿地知道，石小川以后不会再去无底线地炒作艺人了。

“蛮好的。我相信他俩都能火。”这话从石小川嘴里蹦出来，如果不是亲眼看到亲耳听到，杨五郎还真不信。刘忠明却相信，他知道石小川也想借此快点出头。“出名要趁早”，这话像 110 米栏一样，让这些很少跑步的人迟迟迈不过去。

“你确定？要做？宋志达和小禾？”杨五郎看着石小川，脸上的表情始终微笑着。两人十年的兄弟情谊，早有深厚的默契，这样连着追问倒是极少。

“确定！做《一路向北妹》吧，正在香港上映，小禾还在里面客串了几个镜头，都能找到点的。”石小川想了想又说，“这样咱做《山里的铁甲银行》，招商、制作、推广之类，都会更容易嘛。”

刘忠明觉得这事儿成了，端起咖啡刚想喊声“干杯”，扭头喊道：“老板，你们这里有香槟吗？”

失恋咖啡馆的老板蘑菇边说边晃悠了过来：“有，有，有，这就给你们开。”失恋咖啡馆地处三里屯 soho，这个地方租金贼贵，人流却少得可怜，跟对面热闹的三里屯 Village 形成鲜明对比，一个咖啡店如果能有一拨固定的客人时常光顾，那是即便卖身都想说可以考虑再用尽办法挽留的呀。

“嘿，蘑菇老板的衣服很潮哦，你看昨天新闻里，小禾就穿了这么一件。”杨五郎说道。

“小禾的是我给买的！咱这眼光！”刘忠明立即接过了话茬，然后就遭到了杨五郎跟石小川的一致质问。

什么情况？八卦总是在调侃着的有心机的不经意间有意无意地露馅。

“开玩笑，开玩笑。”刘忠明解释不清楚，用最容易解释的解释做了解释。

谁信呢？估计石小川和杨五郎心里都这么想。

二

·1·

四十岁的青年导演宋志达和二十五岁的青年演员小禾火了。

这还真得说刘忠明“慧眼识英才”，俩人不仅是炒作火的，而且这俩人配合得天衣无缝，火得简直燎原。刘忠明见到石小川就说：“我怎么说来着，我怎么说来着，火了吧，火了吧!”

石小川倒是忘了刘忠明怎么说了，但是宋志达和小禾的突然出名，却是拜他直接所赐。

先前几个人就商量好了怎么来炒宋志达，他那部《一路向北妹》在港台地区的票房也很争气，一路直窜，差点都要坐上香港地区的票房头把交椅了。

石小川知道彭洋列好了详细的炒作计划，刘忠明却说彭洋不负责这个炒作项目，石小川问，“为什么，她不是宣传总监吗?”刘忠明气不打一处来，“嗨嗨，还真没见过这么气我的员工呢，如果不是工作能力实在太出色，早就炒了她了。”

石小川笑起来。刘忠明看了眼石小川，又说，“嗨，开玩笑，自己人。”

魔都电影节在六月的细雨中开幕，各路明星拥挤着走红毯，却没几个真正的大牌。入场口，小禾和宋志达挽着手出现在了镜头前，石小川安排好的摄影师假装往前冲，一不小心踩到了小禾的长裙，腰带跟着松了，要不是石小川眼疾手快给接住，私处恐怕是要泄露天光了。

安排好的摄影师做好了他的本分工作，咔嚓咔嚓给了俩人早就准备好的惊恐、慌张和暧昧表情一个特写。

其他摄影师也在这次突然而来的意外中，将镜头转到了小禾的身上：咦，这个女演员不是之前演过什么什么吗，身材还蛮不错的来，咦，身边挽着她手的导演是谁，不是之前导过什么什么的谁吗，他的《一路向北妹》据说在香港卖得不错，三级片哦。这俩人在一起，一定有问题。拍照先！咔嚓咔嚓！

第二天，在一堆争芳斗艳的白肉中，女演员小禾的惊慌露点照成为最大亮点。

石小川作为主席的亚洲新势力单元上有小禾参演的3D三级片《一路向北妹》，虽然镜头不多，但客观说，演技还不错，可能也是本色出演的缘故。

石小川力排众议，认为《一路向北妹》在开拓华人电影的3D市场领域具有革命性的成就，香港影院在观影后能闻到一股精液味就是明证。影片故事性、趣味性与现实的巧妙结合，也让其成为一部雅俗共赏的有质量的片子，而这，导演宋志达功不可没。最终，这部片子得了个奖：港台地区电影技术开拓奖。

郭渺渺在这部影片获奖的当晚对石小川发去了埋怨，“你说，你是不是看上哪个演员了？是小禾？不可能吧，她是个谁都能上的女人，刘忠明追了半天，现在转手给了宋志达！你晕不晕啊？怎么着也得给《孤岛迷魂》一个安慰奖呀！”

最后一句才是正题吧？石小川没搭理郭渺渺，他想着将宋志达和小禾做火了，《山里的铁甲银行》也就有了快速筹备下去的动力和砝码。

“你不是有其他想法吧？”郭渺渺将石小川堵在了“小禾与宋志达关系澄清发布会”现场门口，笑着问道。

“哪里有。快别磨叽了，我得看看这俩人怎么说！”

石小川认为要趁热打铁，小禾露点的第二天给了她参演影片一个奖，经过一天的发酵，所有圈内人都在议论小禾跟宋志达的关系，第三天就必须要以一个弱者受害者的身份召开发布会做出澄清。并且必须要做个发布会了，有些事情已经超出了石小川的“期待”，小禾出道之前的很多不光彩的履历也被搜了出来，像改名、曾在夜总会出台等，新闻不用策划就跟下饺子一样扑腾，这算是惊喜吗？但石小川内心的良善还是为这个刚入行不久的姑娘着急，他担心她真的迷失了。

看着石小川脸色确实很着急，郭渺渺放过了他。

宋志达出现在了现场，一副很有精神的样子，微笑着跟大家打招呼，稍微有些静的现场开始喧哗。还未落座，小禾出现了，现场骚动起来。小禾眼圈通红地低着头坐在宋志达旁边，跟媒体打招呼，刚要说话，声音马上哽咽起来。宋志达很有眼力见儿地递过去一块纸巾。

“多谢各位媒体人的抬爱，我要声明，不要因为我拍的是三级片就要玷污我个人的人格，更不要因此对一个手无缚鸡之力的女演员横加猜测。况且我觉得自己拍的是有情怀的三级片，而小禾是中国女演员里当仁不让的希望之星，很不容易，希望大家不要误会我们。我再次对网络上一些恶意的评论保留申诉的权利，尤其是那个叫杨五郎的，希望还是多了解点现实，少谈些主义吧。”石小川觉得宋志达这回台词背得真是铿锵有力，不当演员可惜了。

小禾发言了。“我跟宋导很多年前就认识，他之前想找我拍戏，但那会我还上大一，想好好学习，后来有机会，就参演了他的新片。那个角色对我来说突破很大，我跟宋导走红毯是组委会安排的，不知道怎么会引发这么没来由的炒作。我难过的是，大家觉得我就知道炒作，我一个姑娘家怎么会胡乱拿自己的清白来炒作。真的辛苦各位，谢谢大家了。”

小禾说的时候，表情不再难过，却带着一些委屈，这跟当初设计的有些出入。但无所谓了。只要说话了，媒体在听了，回头报道了，老百姓关注了，她有了知名度了就行了，何况她还绯闻缠身。

郭渺渺看着小禾要哭不哭的样子，很夸张地在石小川面前打了个哆嗦，小声说：“真恶心。”石小川笑了下。他已经想好接下来的安排。

杨五郎找了三四个有名的评论人在第二天的微博、网站、纸媒中开始对“小禾与宋志达澄清发布会”大肆批判，也出动了数百水军对俩人做了下点到为止的人身攻击，与此同时，他又找了五六个有知名度的人在微博、网站、纸媒中利用各自的资源支持艺人表达自己的想法维护自己的权利，这其中，石小川亲自写了一篇，当作虎狼网娱乐频道的当天重头内容在头条推荐。作为一个每天有数千万流量的页面，那么多人看同一条信息，想不火都难。

特别的是，杨五郎和石小川还“内部对掐”了一把，这直接引发了讨论的高潮。

杨五郎匿名写了篇评论，说宋志达和小禾的炒作能不这样瞎搞吗，没底线没良知没道德，简直不要脸。

石小川也匿名回复了一篇，针对杨五郎的每一句话做出了相应的批判，说他看不清形势不懂语文完全没逻辑就是在诽谤，还号召业内人士咱都别这样砸同行成吗？

你来我往，炒得无比火热。这招挺管用，《蛤蟆传说》上映时，电影吐槽大师就左手说《蛤蟆传说》好得要革了中国所有好电影的命，右手改个ID用户名，再说他所在公司同期上映的《不是窑子》是同档期最好的片子，同时还不忘将《蛤蟆传说》骂得狗血淋头。

小禾是名利的既得利益者，这一切都是她该得的，她眼含热泪这样坚定地告诉自己。她去年演的第一部片子《我们约会吧》，虽然只有短短一分钟，但那一分钟的角色可不是天上掉下来的。本来是由已经出名的演员张雪落来演，但机缘巧合，小禾在北京电影制片厂门口转悠时碰见了《我们约会吧》的投资人汪上晶，汪上晶邀小禾去三亚试镜顺便游玩，该发生的自然都发生了，回来后，张雪落的角色就换成了小禾。

张雪落可不是善角儿，小禾和宋志达的发布会一开，张雪落就在微博上各种透露不便明说的八卦："你就招了吧，当年去三亚都发生了什么，有种你说啊！"小禾当然不会说。但她也知道了这个圈子的利害，她更知道了怎样利用什么人达到自己的目的。她是真的喜欢镜头下众人簇拥的感觉，人生如戏，她自己也清楚，她早不是几年前的她了。男人哪，跟猫见了腥一样都会跑过去，没有例外的。至于媒体竟然扒出来了当年夜总会的照片，她就生气了，现在每天在媒体上招摇的谁谁，谁谁谁，谁谁谁谁，不都混过夜总会吗，不都曾被谁谁和谁谁谁包养过吗？

那天在澄清发布会上有记者就问到了这个尖锐问题，小禾的泪马上就下来了，她说很后悔学生时代去 KTV 跟同学疯玩，但绝不是去夜总会当三陪。其实小禾发自内心地感谢在北京电影制片厂等待伯乐的那一周，那周她碰见个五十多岁的老阿姨，阿姨告诉她，当演员得能哭会笑，尤其是哭，阿姨教小禾怎样能一秒钟进入情绪，三秒钟眼睛发热，五秒钟眼泪啪嗒啪嗒掉下来，这门神功小禾学会后，闯荡江湖百试不爽。

“不火也不难啊，你看我们公司那么多艺人，能火的有几个?!”郭渺渺说道。

郭渺渺所在的洞房夫妻联合影业集团有上百个艺人，红的也就三四个，多数都是不上不下。也有一些女演员，老板给重点投钱，只演女一号，演了上百个，就是火不了，而有的演员参演一两个配角就红了。“人啊，你得信命!”石小川对着郭渺渺说。郭渺渺很赞成地点头，她提起了几年前虎狼网做的一个半红不紫的女艺人康诗妇的专题，因为对这个女艺人从被老板包养到被各种戏推荐演出女一号，到拍什么片什么片烂，再到成为笑柄做了全方位的细节性描述，石小川着实火了一阵，并因此被业内很多人提及。“你看康诗妇，每个戏都是女一号，都被你们传说成史诗，还是火不了，挡不住烂片滚滚啊。”郭渺渺笑着说。

郭渺渺是对小禾没什么亲近感的，她是真爱至上的人，这种成名靠上床的伎俩在她眼里就是狗屎和浮云，当然，工作归工作，表面上她还是跟小禾嘻嘻哈哈的。

但无论如何，小禾和宋志达火了。两个人在魔都电影节闭幕的当晚喝得大醉，面对那些慕名而来敬酒的，两个没有大明星经验的人来者不拒。第二天在酒店的床上，他们都对莫名其妙地一夜爆红感觉到有些迷惘，但时间这把利刃啊，刀锋所及是眨眼之间的快，他们的迷惘很快就被晒到屁股的晌午阳光给驱走了。

·2·

萧远山有个钢琴吧会所，叫“KKTIME”，石小川有一部分股份。会所是台湾风情，那是萧远山和石小川向往的地方。他们计划了好几次要去台湾环岛骑行，一直因各种事儿搁浅。

这天在KKTIME，诺拉琼斯轻吟的音乐环绕在流光溢彩的会所四壁，石小川、杨五郎、刘忠明、彭洋、宋志达、小禾、张弋静、郭渺渺、亓干等人，要正式签约《山里的铁甲银行》项目。

“为什么选在KKTIME而不是失恋咖啡馆，因为KKTIME是小川的地盘，不过失恋咖啡馆的老板很漂亮，小川你可以去收购了，起码参个股，一来二去她就成老板娘了。”刘忠明做了属于他的开场白。

彭洋没说话，在石小川眼里，彭洋应该是个对待工作认真细致的姑娘，工作之外的事儿她好像都没什么兴趣。但石小川也确实不怎么了解彭洋，即便他喜欢她。

石小川让人关掉音乐，介绍了在座的各位。

他重点提了下张弋静，说张弋静是他最得力的助手，基本石小川在虎狼网这边所有执行的事儿，都是张弋静一手操办。“干练!”这是石小川对张弋静的评价。

“志达和小禾现在火得不得了，咱不用介绍了……”

“渴望得不得了，满足也不得了，拥抱有多么牢，快乐就有多少……”郭渺渺打断石小川的话，哼唱起陈慧琳的《不得了》。

石小川笑起来，“还唱上了，你敢跳吗？”

郭渺渺这个人哪，你别激她，石小川就很快见证了。

只见郭渺渺刷地站起来，边跳边唱：“燃烧得不得了，火花也不得了，有梦想会明了，下一次会更好。”

“行了，行了，开完会你跳鸟叔的《江南 style》。”身边的亓干将郭渺渺拉下，“没见石主编在介绍人嘛，谈正事，别整天不正经的样子。”

郭渺渺在众人的呵呵笑声中吐了吐舌头坐下，石小川继续介绍。

“最边上这位是亓干，亓总，让忠明介绍吧。”

刘忠明眼睛笑开了花儿，他这两年的变化真够大的，之前一个基本从来不笑的人，这两年变得爱笑，尤其跟石小川密切合作后，那笑简直成了他的标志。

“大名鼎鼎的亓总，身家嘲笑福布斯富豪排行榜的亓总，洞房夫妻联合影业集团的亓总，每天都要看一部艺术电影的亓总，大家欢迎亓总亲自出席咱们的小聚会。”

亓干站起来，接受众人的掌声。

“客气了，之前都是郭渺渺跟诸位联系，这回项目比较大，希望能跟刘总、石主编、宋导、小禾、杨大影评人，这位是……”亓干指着彭洋。

“彭洋，刘总公司的。”彭洋站起来，挤出几丝笑。

“你好。”亓干快速拉住彭洋的手，握了下。“希望能跟大家合作成功，一起发财，一起为中国电影史写下光辉的篇章。”说完，亓干鼓起掌来，众人也跟着鼓掌。

签约很顺利，合同规定了石小川以政府授信投资作为第一出品方和制片方，亓干四分之一的投资，刘忠明以宣传费用置换投资，同时做第三制片人，杨五郎做监制，导演是宋志达，小禾出演女一号。

“程序有些不正规，但我们都是正规企业正规的专业人，我们相信会将这部片子做成中国有史以来最出格的最类型化的类型片。”亓干在签约后端着酒杯说。

宋志达这天表现得极其沉默，他基本上处于刘忠明让他干吗他就干吗的态势。

“宋导今天心情不佳呀好像?”杨五郎揣摩着问。

“每个月都有这么几天。”

郭渺渺随手从包里取出一叠卫生巾扔过去，“免费送给宋导，防侧漏，不过是夜用的。”

众人笑。宋志达接过卫生巾，把玩。

彭洋笑了下，很快将脸别向会所的顶棚。

她是第一次来 KKTIME，之前好多次石小川邀请她来，她都拿事儿拒绝了。

顶棚很简单，却错落有致，蛮有格调。彭洋心里想。

刘忠明捅了下小禾，“你不给亓总敬个酒？这么点礼数都不懂。”

小禾笑着倒满酒，刘忠明就起哄，“交杯，交杯，交杯。”

交杯算什么！两个大方的人没有任何犹豫，交杯，干完，一滴不留。

刘忠明去洗手间时，亓干跟了上去，耳语了几句。

临别时，亓干问杨五郎：“这么多年，你只做过媒体策划工作，只写影评，并没有进过影视剧组，做监制，有信心吗？”

杨五郎知道亓干不放心，所有的事情不都是从无到有吗，你亓总当年不也是对做这么大集团的老总没经验嘛！

亓干拍着杨五郎的肩膀大笑。他又问石小川：“半年前就在微博上说再也不交口了，后来又给宋志达和小禾吹嘘，是不是跟宋导及这个漂亮女演员有亲密关系？我就是随便问问，呵呵呵。”

业内人都叫亓干笑面虎，也不知道他笑容背后藏着什么。

石小川笑了笑，没有直接回答，他该怎么解释呢，或者他一直想漂白的交口之路，其实也充满了各种妥协？他认为是的，他觉得在这个社会做点什么事儿都需要妥协，何况是理想。至于这个理想有多清白，他并不在意，或许他觉得理想本来就不是多清白纯洁的。

亓干看出了石小川笑容背后的深意，“这是个有野心的男人！”

石小川这一笑，在亓干眼里充满了玄机。亓干不想说，或许也不知道该怎样说，是他还没有完全征服石小川，但石小川总会将他当作靠山的。他从来都是这样自信。

·3·

石小川在运作的政府电影项目《山里的铁甲银行》进入了筹划阶段，因为跟马锐宝副市长的那层关系，他甚至在一个月不到的时间内就已经拿到了政府要做这个项目的批文和前期的一百万人民币启动资金。他觉得离制片人之路越来越近，他得好好规划一下在媒体这块儿的“退路”了。

他借刘忠明公司在宣传一部叫《乱世红尘》电影的机会，跟数十个影评人透露了这个事情。石小川说：“等到拍出来上映了，大家还得多多帮忙啊。”众位影评人一致说没问题。

影评人签到拿红包，他接了个马锐宝的电话，回虎狼网他的办公室取个材料，给马锐宝快递过去。

等他回来，只见刘忠明气得在一旁嘟囔：“现在的影评人，真难伺候。”

石小川也是做影评出来的，看刘忠明这么说，有心要为影评人说两句话。“他们也不容易啊，生活这么艰难，写文字的，又不作奸犯科，看个电影给你夸点好话，你给人家几百块钱打发掉，已经够可以的了。”石小川接着刘忠明的话茬。

彭洋在一旁就说：“那也不能没底线啊。”

石小川没有直接反驳彭洋，看着刘忠明，笑说：“刘总，你们的片子每天被影评人骂来骂去，你们才开心，是吗?”

这句话显然激怒了彭洋，她要跟石小川论战一番，刘忠明不时搀和着，乐见两人无聊地争执，不然这个阴天的下午可不好过。

彭洋眼中的影评人分为枪手型、娱评人型、学者型、业内型，但都没个绝对说实话的。虽然她也理解人在江湖难避人情，虽然她还是做这块的，她还是需要影评人来为她的影片交口称赞的，但她对影评人应该有骨气这个话题有点过于情绪化。“难道只有解决了经济问题，才能保证影评人不为五斗米折腰?”她有些失落。

“我觉得这个问题的答案是肯定的。”

“那古代也有很多有骨气的文人呀。”

“那是文人。你所说的有骨气的，后来都是大家。而影评人，不过是一种工作形式而已。”

刘忠明又插进来一嘴：“对，对，我就很喜欢那些有骨气的文人骚客，不过他们下场都不怎么好。”

彭洋倒是觉得这是两码事，现在她也不是非得要求影评人必须要交口称赞某个片子，只要不是无故谩骂就好了，但人哪，都是吃人的嘴短，拿人的手软，收了红包，姿态上就有了立场，很多可能一篇影评就只有一句话是点中了命门的，偏偏那句话是制片方的软肋，只好嚼碎了牙生咽下去。当然，那还是好的，多数还是无所谓吧，一篇影评，能影响那么多？笑话！

彭洋说：“可既然这样，很多没收到这个片子红包的人，说起片子来就毫无底线地放肆地骂，也是应该的吗？好像他们从来没收过红包一样。一些媒体记者也是，搞得媒体现在不叫媒体了，叫媚体，真想骂人。”

“陪你骂。去他大爷的。”石小川说。

彭洋就笑了，笑起来真好看。但也仅仅一笑而过。

“你不也是吗？身在媒体，还这么自毁，你比他们更下贱。”彭洋说完，有些冒失地瞧着石小川，是不是说得过分了呢。

石小川的表情有点僵硬，好在是彭洋跟他这么说。他不仅没有被激怒，反而顺着彭洋的思路反思自己。唉，爱情真是有魔力。都说兴趣是最好的老师，那爱情就是最大的动力了。自从对彭洋有了一种“愿意为她而死”的冲动后，石小川想起彭洋来，总跟站在云朵上一样。云朵里有他的王国，彭洋就是他的图腾。他有天早晨起来丢魂儿了一样，凌晨的梦里看到彭洋被一个高富帅带走，梦里还有三里屯的logo。哼。他爬起床来就去了三里屯，一整天，电话不接短信不回的，就在三里屯看着每个走过的人，到处逛，一遍又一遍。可惜呀，梦里终究是水月镜花，偌大的三里屯，没有他的爱人。那天晚上他饿坏了，活生生丢魂儿了一天，什么也没干，他在想，怎样才能讨得彭洋欢心呢，让她骂，让她打，还是让她笑，或者这样的文艺青年该用最原始的方式给她写一封情书，对，就这么干。他确实做了，每周写一封，快递到彭洋公司，可惜都无音信。

刘忠明见石小川被彭洋说得有些走神，忙说：“彭洋，住嘴，别瞎扯淡。小川是咱们的轴心国战友，是好朋友，能这么说嘛！”

石小川说：“彭洋说得对。”

彭洋说：“对不对我不知道，我就是心里憋着，憋了一年多了。影院放的很多国产片，也是，也不知道他们怎么会这样拍，难道这就是热爱电影的人拍出来的东西吗？还不如在影院放些赚钱的东西呢。”

刘忠明说：“对，对，放AV，赚钱。”

石小川想起他们老家的电影院，平时就主要用来跳艳舞。不过他好久没在老家影院看电影了，也不知道现在什么样。他记得高三时，课业繁重，压力颇大，他跟几个同学半夜偷跑到影院，看凌晨 12 点之后才会放的香港情色片。那段时间，大白天的，影院门口的大喇叭就一个劲儿地重复放一句话："美丽歌舞团晚上欢迎你，最劲爆刺激的享受，不看白不看，看了不白看。"喇叭旁边有个老头摆了个摊，卖些香烟和卫生纸，生意相当不错。

彭洋对影评人看来是有研究的，她又提到，当今的影评人分为三等，一等是有影响力的大咖，在纸媒发文章轻而易举，制片方自然出手阔绰，费用几百到几千元不等，要看影评人的走红程度；二等的虽名气不大，但片片都看，片片都写，看得快，写得多，当然是极度热情地赞，费用也不菲；三等的多数都是自己看下载或者买票看，也很少有红包可拿，但喜欢写，然而阅历实在有限，好好一篇正经的评论非写出喜剧的效果来。可现在这些人也学乖了，影评字数写得越来越少，最主要的事情成了琢磨标题，大家哪还有闲心来看完整篇影评呢？

石小川不是很认同，但又不想反驳。他真的是不想反驳。有时候他想起他的这种单相思，跟电影小说里的是不一样的，他没有爱上一个他讨厌的人，他也没有跟他暗恋的人从一开始就有哪些对立，他真的是没见到彭洋前就有了一种念想，如今那种念想更加具体。他将两个人比作贾宝玉和林黛玉，"这个妹妹我曾见过的。"这句话冒出来，石小川虽暗自害羞，脸色却背叛了他，红得像民谣中的晚霞一般。

他只是跟彭洋说，也还是有些影评人写最真实客观的评论的，他们看的好莱坞电影比较多。

彭洋就冷笑："这些人不是很快就被淘汰了吗？他们找不到与宣传方、与制片方、与明星近距离沟通的机会，也没人请他们了，他们又都不着调地说话了，并且我很不赞同你刚才说的，看好莱坞电影多怎么了，一个劲儿标榜自己不看国产电影就很伟大吗？但国产的很多电影确实不争气，国产烂片只要还有，影评人脱裤子卖屁股的事迹就不会停止。"

刘忠明忍不住笑起来："彭洋啊，我可真是没见过你这个形象，意外，意外啊。小川，你见过这样的彭洋吗？"

石小川笑着摇头，他越发喜欢这个姑娘了，句句说得他心惊胆战，他曾经就是这样的人吧？想到这个喜欢的理由，石小川也忍不住骂了自己一声"好贱"。他不想跟彭洋论贱，他还是想在彭洋面前是个好人的。虽然他真的还算是个好人。

正在这时，杨五郎来了，他找石小川。

看到石小川正跟彭洋说得不亦乐乎，作为一个资深的影评人，作为一个"枪王之王"，杨五郎表达出了一种不一样的看法。

"影评人被制片方牵着鼻子走，处境是很尴尬的。写影评的人，多数有本职工作，像一些专职写影评的，你能让他们断了财路，那他们怎么生存呢？不过是一种工作而已，如果像彭洋这样说，那在政府部门工作的人，岂不是都不用活了吗？"杨五郎这话说得蛮到位，石小川一下子解脱了。

石小川是不想跟彭洋闹出情绪的，在彭洋面前，总有种神圣感让石小川不忍亵渎。

“那影评人既然处于这个身份，不应该关心的是电影吗？”彭洋说。

“影评人关心的是电影，但应不止于电影。影评人不也是这个社会中的人吗，衣食住行不是第一位的吗？他们难道不想过着体面的有尊严的想说最真心话的生活？谁都想。”杨五郎说。

刘忠明说，“是呀是呀，现在的影评人主要还是讨生活、太艰难。”

彭洋就不说话了。

石小川看着彭洋，怎么说呢，这个姑娘一会尖刻得要命，一会认真得要命，一会又温暖如花，这真是个要命的女人。男女情爱史上，这往往不是好兆头。当你遇到让你心动的她，她不经意的一句话都会让你瞬间上天入地，或欢腾，或低落。她却从不曾主动问候过你，是因为她根本不在意你不爱你。而你呢，却用自以为成熟的多情来温暖她，倔强地等她收割。

·4·

这天石小川带着鱼鹰卡尔来到了失恋咖啡馆，这几天他没去上班，就在计划怎么制作电影项目。似乎没有什么东西比做出一部让别人觉得牛逼的片子来更让他觉得来劲。没有任何东西！

当然，他可以为了这个梦想，去做任何值得做的事儿。什么是值得做的？他觉得心里有谱儿。

失恋咖啡馆的老板蘑菇给石小川介绍一个姑娘：“我妹妹，欧阳。”

石小川喜欢极了“欧阳”这个名儿，他从来没觉得《射雕英雄传》里欧阳克多坏，恰恰相反，每次欧阳克白衣飘飘地出现，他都会在心里“哇哦”一下，多帅啊，跟楚留香、花满楼、傅红雪、西门吹雪都有得比，这时候那首歌就会在心里轻轻唱起：“那唱歌的少年已不在风里面，你还在怀念那一片白衣飘飘的年代，那白衣飘飘的年代。”

介绍完妹妹，蘑菇跟石小川聊天，这是个从韩国学电影归来的姑娘，拿着奖学金和在韩国打工赚来的钱，在三里屯开了个电影主题咖啡馆。

“为什么叫失恋咖啡？”石小川问。问完后他有些恍惚，这个问题，好像问过好几次了。

“就是喜欢啊。多忧伤。”蘑菇说。

这倒是个倔强的不容置疑的回答。

欧阳过来逗着鱼鹰卡尔，石小川喝了口冰摩卡，开始确定“中国独立影评人奖”的各种规章和评选机制。

他开过几次会，意见统一得差不多了，张弋静做了个大概的方案，其实也可执行了，他还想做得精致些，起码可以再向他的领导邀功请赏的，或者在业内影响更大的，能让国外媒体报道引发更强烈关注的，总之是最大化这个他作为影评人和媒体人的最后一次贡献。

他是想为影评人做点贡献的，即使他不喜欢影评人这个身份，但他确实是，他写过那么多那么多影评，他也深刻感觉到多数制片方和投资方对影评人表面重视背后厌恶的现象，甚至他喜欢的彭洋也对他之前的交口经历有反感，他那么敏感的人，怎么可能感觉不到！

然而无所谓了，他是想为这个群体做点什么的，他要让世界听到影评人的声音，让这个群体更干净更美好，更能赢得业内的尊重。《蜘蛛侠》里说得对，“能力越大，责任越大。”他在虎狼网娱乐副主编的位子，有责任做些有情怀的事儿。

他不是一直被所有人认为很有情怀吗？

《山里的铁甲银行》，他这个第一制片人，列好了在虎狼网所有最好位置的呈现，至于其他媒体，他相信刘忠明能搞定。加上能干的彭洋、有手段的亓干、凡事看到好坏两面的杨五郎、有话题还能听话的导演宋志达、有话题也有票房的女演员小禾，还有亓干公司有过多部电影经验的资深制片团队，他们为石小川打造出一部还不错的片子来，基本上是板上钉钉的事儿了。

对，他们，为石小川，还不错的片子，这样的字眼冒出来真是让石小川兴奋的事儿。在中国混影视圈，只要有了拿得出手的作品，你所有的污点都可以忽略不计。

是吗？是吧。

石小川心里是在意的，所以他其实也有些着急，当然这事儿他知道急不得。

每当他想起当年将一部叫《全国戒备》的影片夸赞到电影革命的高度，每当他想起给香港艺人森山做的差点要触及底线的炒作，想起他写过的数篇可能他不想写但是拿了红包又觉得不写不好的应酬性影评，他就像反胃一样难受。

但很快，他就原谅了自己：“想要在北京闯荡出个名堂太艰难了，谁的原始积累跟小龙女一样清白呢！”

关键问题是连小龙女都不是清白的，他又何必这样为难自己，况且，他已经在想尽办法做有尊严的好事了。

石小川这样安慰自己。

张弋静应该是自己的接班人吧，石小川觉得像张弋静这样的人在媒体里待着每个月拿几块钱工资还真是挺没劲的。

但他看好张弋静。他有时候也想，如果他说，弋静，如果我出来创业，你会义无反顾地跟着我走吗？张弋静眼也不眨地干脆答应着：愿意！

石小川决定放心让张弋静来全权处理虎狼网的事儿，他则要将精力转到制片这块，至于离职信，他想了想，决定"中国独立影评人奖"搞完了再交。

·5·

独立影评人，在中国，这是个稀罕物。

可以不夸张地彻底地说，中国没有一个真正意义上的有一丝话语权的独立影评人。这点，杨五郎和石小川都认同，张弋静认同，彭洋认同，郭渺渺认同，刘忠明认同，亓干认同，只要给钱，现在的影评人什么不写呢？何况很多人都已经明码标价，给得少了还不写，还要抱怨这个埋怨那个，即使写了还在稿子里面夹杂着各种冷嘲热讽，还经常在里面埋一些似乎彰显个人情怀的政治地雷。

"嗨，还行吧，石小川就挺独立的，杨五郎也挺独立的，枪王之王？还真没感觉到，我觉得杨五郎看片挺丰富的，很有评论电影的资格。"在接受《魔都娱乐周刊》记者对独立影评人的看法时，导演宋志达这样说。

这样说的还有如日中天的女演员小禾，在她心里，能对某部电影提出形而上的看上去有文化的想法，那就是牛逼得让她敬仰的。而石小川和杨五郎，恰是什么片儿都能扯到文化上的影评人代表。

石小川的影评人之路很顺畅，中学时代就常写电影的观后感，在《北方人物周刊》做文娱记者后，对一部影片发表看法成了必需的工作，而他所说的话，在杂志、报纸、网络各个地方都能看到，他也就成了众人眼中的影评人。一个谁都能对电影叨叨两句评论的时代，做影评人是没有任何门槛的，只要你能扯淡。当然，如果你有一定的平台，还有一定的话语权，又写过那么几篇凑凑合合的评论，那么你就是知名影评人了。所以有次石小川去京都外国语大学做了一次跟影评分析有关的讲座后，很多学生慕名跟石小川讨教问题，对于学生来说，能在知名网站的重点位置发个影评，能在著名报刊上发个影评，那在影评分析课上该是多值得炫耀的事儿啊。

2002年，石小川最常混的是网易体育论坛，也常去电影论坛泡，认识了几个常写评论的，在文字上经常交锋，一来二去，竟然都成了特别好的朋友，像杨五郎就是，而萧远山那会儿也常泡网易论坛。

石小川是真热爱电影的，起码他自己这么认为。

他曾一度认为自己最热爱的是戏剧，“站在舞台上，就像看到蓝天。”他大学时代，就这样跟他的同学说。那会儿，老师和同学都觉得石小川以后就是戏剧圈的大编剧大导演了，因为他那么那么那么热爱戏剧，把戏剧都比作了蓝天！

后来石小川做了媒体，又去做电影，他忘了当初的梦想了，他觉得现在的梦想才是最切实的梦想。他告诉身边的同事和朋友，“站在银幕旁，就像看到蓝天。”这是多摇曳多姿的一个梦想啊。

后来在几家知名报刊发过几次影评后，石小川也便渐渐有了知名度。而做了虎狼网娱乐副主编后，更是近水楼台，基本每部片子他都会发个评论。他觉得自己确实有话要说，因为烂片实在太多，他看不下去！他又似乎真还得写，拿人手软，红包不是白给的，写两句又不会少块肉，难道还真有人看了影评去买票？那么多人写，不会这么倒霉就看到我写的吧，看到我写的也不一定想进影院去看呀，他难道分不清我在文章里面其实旁敲侧击地在骂吗，算了，爱谁谁，一张票也不贵。现在国内的电影票价比一些发达国家还要贵很多的，那怎么办，石小川又不是电影局领导，也不是物价局的，管天管地还能管票价？算了，就这样吧。生活这么艰难，闯荡出个名堂，谁没有做过一点亏心事，我这还亏心呢，指不定多少人写这样的东西觉得心安理得，是的，我又何必！又何必呢！石小川心里经常如此纠结。

有一部片子让石小川声名鹊起，叫《竖起你的中指》，导演是冯凯谋。

作为国内知名大导演的片子，对于票房，冯凯谋是每部必杀的，只是这回，他们碰上了个头疼事，上映第一天，中国最大的门户网站虎狼网娱乐频道就在头条位置推送着一行醒目的文字：“冯凯谋江郎才尽，《竖起你的中指》该指向自己。”

宣传方给虎狼网编辑打了多个电话，甚至威胁以后冯凯谋导演的片子不再跟虎狼网合作了，后来又改口说很快给虎狼网几个独家的内容，比如冯凯谋的前妻怎样怎样，他的儿子怎样怎样之类，负责的编辑无奈地说，片子质量确实一般，这回咱们又不是独家合作，所以很为难。

石小川很快接到了领导电话，说《竖起你的中指》的投资人跟虎狼网老板曹朝磊是好哥们，这个稿子给撤下来吧，不要重点推了。石小川答应着，但也说，咱们这样是以退为进，更多的独家消息才能给过来。领导问了句，片子真的不好看？石小川说，真的，不信你看看。

冯凯谋的饭局比想象中来得快，可能票房不等人。他重点提到了那篇文章，说，石主编，总算认识你了，今天咱们边喝酒边讨论一下艺术，你为什么觉得色调太浓烈了就表现不出人物内心的细腻了呢？你觉得人物台词太贫就会跟现实脱节太多？咱们在座的影评人和媒体大佬们都来说说，石主编给我提了一个很大的命题，我要好好学习，我要总结一下拿到两会上让代表们也讨论讨论。

那次之后，石小川写影评的价钱没再低过五百。五百块钱人民币就收买了他写篇影评？他觉得还不至于。更多的，可能是抬头不见低头见的人情、面子，再说，他以后做制片人不都要跟这些人合作吗？

他可没想更多别人想不想跟他合作的问题。

当然，他现在不写了，他要做制片人。

郭渺渺说，“真坏，写出名了就不写了，让那些看你影评的人情何以堪呀。”

石小川觉得，也就郭渺渺会每篇影评都翻来覆去地看半天，然后从中寻找他生活的蛛丝马迹吧，有病！对于一个一丝不苟地追求爱情的人，他又能说出怎样绝情的话呢！他说不出。

但郭渺渺也说了，“不写也好，你嘴贱，写得又那么刻薄，得罪了很多影视公司，估计你自己还不知道！”

石小川心里一惊，问，“是吗？”

郭渺渺看了眼石小川的表情，笑了。

“逗你呢，你跟我说说，卡尔能跟喜鹊交配吗，我想找只来试试！”

·6·

失恋咖啡。

店主蘑菇说，“将你们每天在这里开会的各种叨逼叨录下来，剪成个纪录片：《山里的铁甲银行是怎么开起来的》，应该会挺逗。”

她饶有趣味地自言自语，她是从来不看影评的，因为觉得没任何必要，也不相信，她在韩国读书时都不大相信影评人的鬼话了，何况在国内。这话石小川不爱听，他讨厌很多韩国人，可这话又似乎在理。想想算了，又没必要狡辩。

蘑菇听石小川一堆人每天翻来覆去说这些事儿，竟也忍不住去看了下几个人的影评。觉得，怎么说呢，就那么回事儿吧。她搞不懂，究竟是影评人太拿自己当回事儿，还是电影制作者太拿自己的片儿当回事儿了？本来可以互相取经学习一样客观评价的事儿，偏偏要整得煞有介事一样。“像搞政治。”美女老板蘑菇这样正经地努着嘴巴说。

杨五郎问：“你懂？”

蘑菇撇撇嘴，没有直接回答。她父母在国内最强的地方台芒果卫视做领导，她每天听父母讲各种人事斗争，她在韩国还参与过跟“降低电影票价”有关的游行，她应该是懂的。但她懒得说。她只想开着喜欢的咖啡店，听着喜欢的歌，看着喜欢的电影，回头再有个喜欢的人，那么人生就已经很完美了。

或许，像他们一群人一样，每天为一个他们觉得值得的事儿商讨议论，也是不得不流行的一种颇无奈的活法。

六个人要了三瓶芝华士，张弋静还从家带了一瓶 XO，蘑菇觉得这帮人喜欢起酒来的样子真是可爱。他们边喝边聊《山里的铁甲银行》最终故事设定。编剧萧远山说这虽然是他的编剧处女作，但必定会惊动影视圈、惊动奥斯卡、惊动诺贝尔。

郭渺渺说，我之所以让好姐妹小禾也来参与咱们的“国务院第一号正式会议”呢，小禾实在是太想演这个戏了，她也必定会以无上的热忱来演好，所以想前期就参与，这样对故事人物角色设定就能更精准地把握了。

小禾签约到了亓干的公司，郭渺渺跟她变得很熟。

石小川是知道一些内幕的，有个西部地区政府相关人员看中了小禾，三番四次慰问之后，给小禾在当地政府部门安插了个职位，专门投资拍摄影视剧。当然了，必须是红色题材的。不过这没关系，关键还是投资嘛，政府投资嘛，在中国特色的轰轰烈烈里，这是最靠谱的组合了。

小禾站起来跟大家打招呼，失恋咖啡馆角落里坐着的一对情侣探过身子来拍照，“嘿，小禾啊，小禾。”

石小川觉得郭渺渺那番讲话颇有亓干的味道，他看到郭渺渺招呼着拍照的那对情侣。“嘿，姐妹儿，过来，小禾跟你拍。”

小禾也看着那对情侣配合着微笑。

于是很欢乐的场面又再而三地出现了，两个摆着“V”手势的人物的照片成了一些人可以炫耀的话题，对有些人来说也不过就是工作的一种调剂，转眼就忘了。

张弋静很看不上一拍照就摆个“V”字 pose 的所有人，多“2”啊，她心里一个劲儿地念叨。她喝了口酒，问杨五郎为什么会让女主角心甘情愿牺牲自己，而不是去报警出卖要去抢银行的男友。

她眼巴巴望着杨五郎，杨五郎想了想，说：“你不觉得只有那样才显得一个女人的爱值得一个男人去回报她吗?”

张弋静说：“你稍等，我回味一下这句话，有点绕。”

石小川插了句：“这个男人终极目的是拿到银行里的钱去做喜欢做的事儿，那么最终的结局应该会给她美好生活的吧，毕竟他有着善良的内心愿望，包括爱情也是，他不是抛弃女主角，他是在保大义舍小爱。”

“这样去发展，远山你觉得呢?”

萧远山不认为内心善良就是可以作恶的挡箭牌，可以使得剧情“罪有应得”，但不能纵容和宽恕这种有意的对良知和公德仁义的冒犯，即使，也不能打着爱的名义。

“法律不健全不是男主角的错，但他也不能将罪恶的梦想凌驾于一个人的生命权和公众的财产权之上，生杀予夺，不应该是个体行为。”萧远山这样说完，觉得剧本讨论会开始往人性方面挖掘。

“打住！咱先要确定这不是个文艺片吧，还是要按照之前小川的意思来，别太人性了，在一个没有人性的社会，往往过于人性后，就没人性了。”

杨五郎接过话茬：“当然还是之前定的思路，人性就是点缀，故事才是根本。”

“对，故事才是根本。”张弋静有点喝多了，后半段，只有杨五郎说完，她才会跟一句。

“人和性，能分开吗？”郭渺渺瞪着忽闪忽闪的大眼，懵懂地来了一句。

这群敏感的躁动的人，很快被这句话带转了话题，人和性，人性，有人才有性，有性才有人，那欲望在人性中是个什么角色？单纯的性爱之欲和复杂的权利之欲，哪个才是勾引人原罪的根本？谁说得清。

石小川倒是觉得故事不用太复杂，简单就好，还是要做他喜欢的那种电影——有趣而有情怀。他要对得起马锐宝同学的信任和投资，他要在这个市场上有所收获，他要让人知道石小川这个人是有梦想、有价值的，他不相信这个市场还能容纳多么人性的电影，他觉得必须有趣，才有可能的生存空间。

“当然有例外，你看法国那部纪录片《海洋》，你看……”郭渺渺抢答道。

杨五郎解释说：“那样的片子只能作为个例来说的，提到一部小成本电影制作都要拿《疯狂的石头》来类比，你有精巧的故事吗？你有宁浩吗？你有最合适的演员吗？你有那么好的时机吗？有各种因素的，大姐，你看既不有趣也没有情怀的《飞天》不也票房过亿了吗？你觉得有理可讲吗？就算是偷票房，你有办法吗？你有证据吗？”

“我很喜欢《海洋》，每个镜头都能让我热血澎湃，看得我很紧张，高潮迭起。”小禾说。

张弋静回应着，“我也看得挺高潮迭起的。”

萧远山在本子上划拉着记着，心中的日月早有盘算，众人的意见都是让故事在这个市场里更完善，他瞅了眼石小川，他在看手机上的日历。

“这个月定好人，宋志达已经在看景了，广电总局的许可批文这周应该能拿到，顺利的话，下个月应该能开机了。”石小川说。

“咱们神速啊，哈哈。”杨五郎笑起来。

萧远山颇觉压力大，“我加速写。”

石小川拍了下萧远山，“质量，质量，别急，咱们急什么，有的是时间，世界是我们的，都是我们的。”

小禾在给张弋静按摩，说静姐喝多了。

张弋静听见了这话，“谁喝多了，我就是想喝了，我喝了不就不彪悍了。”看来她真喝多了。

张弋静每年换一个男朋友，换到了年近三十，还没找到真爱。

别人都觉得她彪悍，她则特别讨厌别人说她彪悍，她哪里彪悍了，不过就是长得高点、嗓门大点、出手重点，如此而已。

“我喜欢你，五郎，我喜欢你。”

就在众人收拾东西准备撤退的时候，张弋静吐出的这话镇住了整个现场。

杨五郎有些尴尬，扫了眼目光直直地盯着他的大家，不知如何是好。

郭渺渺笑着推了下杨五郎，“去啊，去啊。”

杨五郎看着醉熟了的张弋静，她眼角竟有泪。

杨五郎情不自禁地帮忙拭去，心里蓦然一阵心疼。

萧远山寒暄着离开，“就那样写了。”

郭渺渺挽着小禾的胳膊扭着腰要走，“小川，我也喜欢你。”

小禾很惊讶，“啊，真的呀?”

郭渺渺嗔怒着，“当然真的，以后见了石主编要叫姐夫，知道吗?”

小禾刚要叫姐夫，看到石小川皱起的眉头，打住了，说：“走了，小川。”

郭渺渺说：“咋，还生气了?”

石小川说：“别闹。你们早点回家吧。”

他忽然看到门口一个身影闪过，那身段好熟悉。

石小川心里一惊，道：“彭洋?”

“什么?”郭渺渺看了下门外，没人。“走了，没良心的。”

蘑菇觉得今天的现实比她刚看的电影精彩。

三

·1·

“中国独立影评人奖”启动酒会上，石小川看到了彭洋。人生要有多少的缘分，才能在人群中对另一个人一见钟情呢。她虽然对他没有半分情感，他却放弃不了心中的念想。

石小川拿着酒杯过去，“Hi，好久不见。”

彭洋笑了下，“有一天在三里屯失恋咖啡，看到你们在开会。”

石小川心里一惊，想起那天郭渺渺临别说的暧昧话，忙解释，“那天郭渺渺喝多了，乱说话。张弋静还在人家咖啡馆喝醉了。你什么时候去的，怎么没看到你？”

彭洋说：“刚好路过，想起这边有俩不错的咖啡店，就上来了，结果一个关门了，失恋咖啡你们一大群人在，我就走了。”

“你没有必要走啊，刘忠明也在。”

“老板在我更得走呀，不然不得工作了。”

“你不是工作狂吗？”

“我？哈哈。”彭洋笑起来，字正腔圆地说：“才，不，是。”

“听说你们在那边有个叫 KKTIME 的会所，挺奢华的。”彭洋又问。

她今天说话的“主动姿态”让石小川受宠若惊。

石小川忙说，是一个朋友投资的，他只是参与了一下，不过他马上介绍了一下会所的各种情调和优惠，彭洋看上去蛮有兴趣。

石小川将杯子里的酒喝完，问：“你还讨厌我吗？”

“我没有讨厌你。”彭洋语气淡淡的。

“那你为什么不接受我？”

“哈哈，真可笑，不讨厌你就要接受你，您可真是！”彭洋转身，准备走。

“哦。”石小川脑子有些木了，彭洋走了都不知道。

彭洋走时停顿了一下，见石小川愣愣地没反应，笑了笑，也就走了。

石小川就觉得在听到彭洋那声饱含嘲笑的话说出来时脑子忽然被猛泼了一头滚烫的水，他木了，他这个盼望真爱的人，经历了六年的失败爱恋，还是没有长记性。爱情啊，怎么可以这么做！

还在迷糊着，就觉得一股子温润的洋流滑过手臂，沁香的味道围绕过来，他转过头，郭渺渺戴了个流氓兔的帽子拉着石小川问好不好看。

“快点说嘛，一会儿你要发言就没时间了。”郭渺渺娇嗔道。

“好看！比 Lady Gaga 好看！”

“骗人！哈哈，快去吧，五郎叫你呢！哎，我跟你说，我前天看到冯凯谋去跟亓干会面，似乎对你有意见哦，你以后别嘴巴那么贱兮兮了，得罪人，圈子这么小。你看五郎，专门写泪体影评，每部片子都往死里夸，工作嘛，别太认真。”

“行了行了，知道了。”石小川看到杨五郎拿着一堆资料在招呼他，张弋静在他旁边，跟杨五郎商议着什么。

“走那么快干吗！”不知从哪里冒出来的刘忠明拉住石小川，“刚才不是跟彭洋聊得挺 high 嘛，我刚给她加工资了，怎么散了？”

石小川笑着岔开话题，“哦，欢迎刘总捧场。”

·2·

张弋静喝醉的那天晚上，杨五郎将其送回家，就没回自己家。

第二天一大早，杨五郎发了条微博，是徐志摩的《偶然》：“我是天空里的一片云，偶尔投影在你的波心，你不必讶异，更无须欢喜，在转瞬间消灭了踪影。你我相逢在黑夜的海上，你有你的，我有我的，方向；你记得也好，最好你忘掉，在这交会时互放的光亮！”然后@ 了张弋静。

石小川看到，给杨五郎电话，还没等开口，五郎就说：“是的，我和她在一起了。”

石小川笑起来：“今天你电话被打爆了呀，这么直接示爱的！”

杨五郎感慨了一番，人生真意外啊。“顺其自然吧，let it be。”

石小川着实希望他俩能长久好下去的，杨五郎是他的好兄弟好合作伙伴，俩人知根知底，张弋静是他正在培养的得力接班人，没有比这更好的组合了。

张弋静跟石小川汇报了“中国独立影评人奖”的启动情况，媒体报道会超过预期，她联系到了美国、日本、法国和韩国的几家媒体，他们都对中国这个“独立”的奖项表现出了极大的兴趣。

张弋静说的时候很兴奋，她也看到了这个奖项将在中国产生的巨大影响。

萧远山的电话过来了，问石小川，“你是不是搞了个‘中国独立影评人奖’？有个《世界时报》采访我，说作为跨界名人，对这个事儿发表点看法，我就说中国有影评人，但基本没什么独立影评人，不过后来我才知道是你搞的。要不是之前你跟我提过，我还真忘了。我这么说对你应该没什么影响吧？”

石小川让萧远山放心，他还盼不得媒体因为“有没有”这个事儿吵起来呢，不怕动静大，就怕没声音。以他这么多年的营销经验来看，这是市场给他的重要教训。

“没给你惹事就好。那个记者问我你现在的职位，我说你为什么不直接问石小川，他说因为我和你是好朋友，我说这话什么逻辑，他说通过我来说不更好吗，还能宣传一下好朋友。我就简直真的无语了，这帮没文化的记者。哎，你现在的职位是副主编吗？”

“今天上午开始，就是主编了。”石小川说得不动声色。

“你个狗日的，要辞职了还升职了，那你还走不走呀？”

“升职也挡不住理想的诱惑啊。”

刘忠明又不知从哪里冒了出来，“你升职成主编了？厉害厉害！你这个奖启动了，又升职了，兄弟今晚为你庆功。那之前你领导去哪里了？”

石小川脸上挂着笑，没说话。

张弋静和杨五郎也不知道石小川已经升任了主编，同样露出了惊喜的表情。

杨五郎拍了下石小川，“今天刚定的?”

石小川点了点头，望着杨五郎说，“咱们离梦想又近了一步。”

张弋静看着俩人，脸上掠过一丝不易察觉的冷笑。她跟杨五郎在一起后，觉得自己成为圈内人了。

刘忠明则在电话预订晚上给石小川的庆功宴：“张姐，今晚给我个大点的房间，大概七八个人，来几个漂亮点的妹妹哦，小禾不来，小苗不来，小黄也不来，所以今晚我们都是一堆老男人喽，好，好，好。”

郭渺渺听说了石小川升职，恭喜了一番，说晚上去她家做饭，给他祝贺一下。

石小川说答应了刘忠明的局，郭渺渺说那她也去，石小川想了想，答应了。

·3·

前些年北京严打，一些很有名的夜总会被关停了，但是最有名的“人间天上”夜总会的后花园却一直在开，这是亓干最喜欢去的地方，叫“天上花园”。这天夜里，刘忠明组局，他又过来赶个场。

刘忠明熟络地介绍在场的各位熟人：亓干、宋志达、萧远山、杨五郎、石小川，还有刘忠明公司的常小磊。看到郭渺渺跟石小川一起进来时，刘忠明吃了一惊，也不知对石小川还是郭渺渺说，“这不是唱 KTV 呀!”

张姐带了几拨姑娘过来，他们每人都选了一个，只有石小川没选。

郭渺渺说，“您别啊，别我陪您一起来唱歌您就放不开了，随便，随便。”

石小川觉得也无所谓，又不干吗，他点了个高挑的戴眼镜的，看上去还蛮有文化。

郭渺渺吹着石小川的耳朵问：“这妞咋样?”

“挺三从四德的，看上去。”

“切，真是不懂女人。什么是三从四德，从不温柔，从不体贴，从不讲理，说不得，打不得，骂不得，惹不得。一点儿都不懂女人。”

“得，又转到你专业了。”

郭渺渺就嘿嘿笑着，还跟高挑眼镜女打了个招呼。

“开始吧咱们。这第一杯酒，为了小川升迁，来，干!”刘忠明的热情让石小川颇为感动。众人都附和着。姑娘们倒上酒，迎来了第二杯。

“第二杯酒，是为了‘中国独立影评人奖’能走向世界。”刘忠明说完自己干了。他是做媒体出身，营销起家，如今身价不菲，转做制片不久，他也需要大项目来立足，如今他是将亓干和石小川作为了在投资和营销这块最紧密的合作方。石小川这样想。

刘忠明还有第三杯酒的说辞。

他提议，为这几方的深度合作干杯。

亓干大声说，“刘总万岁。”众人哈哈大笑。

刘忠明有点兴奋，喊着万岁，牛逼，干杯。边干杯边搂紧了身旁的姑娘一阵猛亲。

石小川没想到坐身边戴眼镜的姑娘唱了莎拉·布莱曼的成名曲 *Time to Say Goodbye*，非常不错，石小川竖起了大拇指。

眼镜姑娘跟石小川干杯，坐下来握住了石小川的手。

郭渺渺看在眼里，也点了首莎拉·布莱曼超级好听的民谣 *Scarborough Fair*。

石小川惊讶郭渺渺这个疯疯癫癫的女人深情起来也是有模有样的，亓干说，比原唱还动听。

宋志达自告奋勇，说要凸显郭渺渺唱得更好，他只好再唱一遍。

宋志达说，崔健很久之前也唱过这歌，他唱的就是崔健的味道。他一张口，果然是崔健的味道，却没了 *Scarborough Fair* 的调调。

众人大笑，又干杯。

郭渺渺一饮而尽，坐在了点歌台前，点了一堆歌：《他不爱我》、《一个人的精彩》、《第一次爱的人》、《如果这都不算爱》、《记事本》、《别在我离开你之前离开我》、《忘了自己》、《孤单芭蕾》。萧远山在中间不断想插首歌，一直没机会，只好跟亓干揶揄道："亓总，你们公司的人真厉害，宣传总监都可以当专业歌手了。"

亓干就哈哈大笑："小 case，小 case。"

总算等到郭渺渺唱累了，刘忠明跟她碰杯，郭渺渺说："先别，我再唱最后一首，小姐，切歌。"她唱起了《算你狠》，一边唱一边做鬼脸，多数的时候，对着石小川。

在众人的起哄声中，郭渺渺终于彻底累了。

刘忠明举起酒杯，"这回不唱了吧?"郭渺渺点点头，似乎很满足的样子。他俩碰了下，又一饮而尽。

爽快！她自己又倒一杯，“萧老师，干杯，杨老师，干杯！爽快！”她又倒，一杯又一杯，跟每个人喝过。

亓干调戏着姑娘，姑娘就总问亓干是不是很有钱，当着这么多合作伙伴，亓干竟然有些说不出口了。

刘忠明就替他跟姑娘说：“这位老板特别有钱，北京夜总会，姑娘点谁是谁，只要一个电话，马上屁颠过来。”

亓干听了反驳道：“这话就不对了，现在的有钱人可不是随便找姑娘。真正有钱的人，不是像咱们一样聊多少项目，而是几个上市公司；不是谈多少钱，而是几个政要朋友；吃饭不点菜，而是点厨子；穿衣服不问牌子，而是问哪国的裁缝；娶老婆不找眼前的，而是点电视里的。”

刘忠明哈哈大笑着，两人干杯。

姑娘笑着，脸上有点不乐意。亓干马上对着姑娘又补了句：“但也有例外，今天我就看到个最好的。”姑娘瞬间笑得花枝乱颤。

亓干和怀里的姑娘做着情趣互动，看着郭渺渺的疯狂举动，皱了下眉。姑娘敏锐察觉到了她要傍的这位老板的表情，问：“她是你们公司的人啊？”亓干点头。

姑娘说：“爱情的力量真伟大。”

亓干看了眼怀里可以做他孙女的姑娘，问：“很明显吧？”

姑娘说：“是呀。”

亓干说：“那你也让我伟大一回。”

姑娘就扭着胸浪笑，手指滑过亓干的脖子上刚嘬出来的印痕：

“看，这还红着呢，晚上回去消不了，你老婆该跟你闹了！”

亓干将手伸向姑娘敏感的地方，说：“消不了就不回去了，今晚老地方，让你看看我多伟大。”

“啪——啊——”一声碎响，喝多了的郭渺渺将玻璃杯掉在了桌子上，身边的小姐起身擦拭，萧远山跟杨五郎停止聊天，站起来去看了郭渺渺后，萧远山说没事了没事了。刘忠明喊着，点歌点歌。亓干脸上露出不悦的表情，他可不想郭渺渺成为主角。

郭渺渺确实喝多了，侧躺在石小川身边的沙发上。

宋志达给郭渺渺拿过一杯水来，郭渺渺不喝，宋志达硬摁着郭渺渺的头让她喝下。

石小川心里不是滋味，却不知该如何是好。他只知道，当她不再屁颠屁颠地主动联系你，最美好的也便结束了。被爱真的是奢侈的幸福。是的，郭渺渺是个好姑娘。但他没感觉——萧远山经常念叨，总说有感觉，他妈的有感觉就能天长地久吗——感情真不是强求的。张爱玲说，女人对男人的爱总得带点崇拜性。……

刘忠明安慰石小川，“姑娘嘛，有的是，现在最重要的，还是做好项目。”

石小川也知道。他还记得刚入行时，一个叫湘婷的大姐姐发给他一条短信：“做你所爱，其他一切会循迹而来。”

湘婷姐姐是某教育类杂志的主编，石小川刚来社会混时曾在那家杂志社待过一段时间。那会儿，湘婷姐姐对石小川特别好，她觉得石小川这样热爱电影热爱话剧的人，应该在文艺的舞台上发挥才华，给过石小川各种鼓励。

现在想起来，石小川对湘婷姐姐还是充满感激。他十分想念湘婷姐姐。

看着郭渺渺睡着，刘忠明也放开姑娘的手，坐在了石小川旁边。他端起酒杯，“咱哥俩干一杯!”俩人一干而尽。

“小川，《山里的铁甲银行》，政府什么时候能给下面的投资呢?马市长那边什么情况?”

“马市长没情况，都挺顺利的。之后的投资，估计是在三个月之内，前些天马市长说了个俩月，政府部门效率低嘛，我按照三个月做的计划。”

“那就好，那就好。我现在觉得我这个制片人，没什么事儿干。”

“你那么多项目，忙得过来吗，回头这边所有东西就位后，再一起嘛。”

“那就晚了。我是说，你看，政府现在给的一百万，能否也拨给我们这方一部分，咱们不是三方制片嘛!”刘忠明谄笑着。

石小川看了眼刘忠明，明白了他的意思。但是他很果断地拒绝了。

当初刘忠明要参与这个项目，是以宣传来换投资，这样才成为了第三制片方，再说刘忠明公司一年做近百个影视娱乐项目，不缺这些钱的。

石小川忘了，贪婪的欲望这个东西一旦附了身，别说一百万，一分钱都会有人从烂泥里刨出来，洗干净存银行赚利息。

刘忠明并没有表现出不高兴。他多老谋深算啊。

他说，“好嘛，我就问问，咱们亲兄弟明算账，应该的。对了，我给彭洋加工资了哦，前几天跟你提过，她工作太累，不加工资都对不起她。”

刘忠明掐了姑娘的腿一下，姑娘嗔怒着打他，他又抓着姑娘的手，亲了两口。

石小川说，“彭洋是工作狂，细致，能干，有分寸，你应该给她加工资的。”

亓干送过来一句，“给谁加工资？谁给我开工资呀，整天我就给别人开工资啦！”

刘忠明忙压着姑娘的胸部借助弹力站起身来，给亓干让了个地方。“亓总，坐这里，坐这里。”

亓干坐下来，指着跟姑娘调情的宋志达说：“宋导经验比较丰富，不管你们信不信，我是信的，这个片子，我是有压力的，所以要多拜托小川和忠明了，还有五郎和远山……”

亓干说话的嗓门很高，杨五郎和萧远山忙不迭地站起来，给亓干敬酒。

“都满上，都满上。”亓干让服务的公主将杨五郎和萧远山手中的酒都换掉，换上了没有经过任何饮料勾兑的芝华士，都要溢出来了。

“这才圆满嘛！来，干杯！”亓干笑着，腮上的肌肉松弛下来，像佛陀的耳朵垂儿。

亓干心里还有疑虑，刚要说，电话响了。他接起来脸上立即换了表情：“好的，哈哈，得嘞，一会儿你过来吧，天上花园，放心。”

他说，一会儿来个朋友，韩俊后，做过很多年春晚，蹲过监狱，现在有六七个工厂，做保健类产品，平时也做各类演出，三教九流的头目都熟。亓干盯着石小川和刘忠明说："你们跟他认识一下，有好处。"

石小川答应着。他当然知道韩俊后。去年秋天，他跟韩俊后在一个茫然四顾无人识的饭局相识，他还是虎狼网副主编，韩俊后对他照顾有加。后来韩俊后给石小川搞定了一个政府特别项目的演出推广，韩俊后说回北京后联络石小川，都一年过去了也未联系。

亓干问："在国外，媒体人是不是不能写影评？"

石小川说："在美国是的，记者是不能当影评人的，所以他们有独立影评人。"

"那咱们没有？"

石小川笑道："说有就有，说没有就没有吧。"

亓干哈哈抽动着嘴巴，瞅了眼石小川身边戴眼镜的姑娘，说："跟你喝个酒吧，姑娘。"

眼镜姑娘忙跟亓干喝酒，拉石小川也陪了一杯。"你看姑娘还黏着你，才见俩小时，看你魅力多大啊小川，你这前途远大着呢。"亓干说。

眼镜姑娘更是用力拉紧了石小川的胳膊。

"你拉紧也没用，你得先将这个睡着的姑娘赶走，今晚你俩才能在一起呢。"亓干指着睡着的郭渺渺。

这话让眼镜姑娘一阵激动，刚要说什么，郭渺渺诈尸一样坐了起来。

郭渺渺看了眼四周，眼睛停留在桌子上的酒上，她拿起一杯，多加了两块冰块，咕咚咕咚喝了下去。

郭渺渺让眼镜姑娘闪开，拉住石小川的手，放在了自己心口上。

“你听听，她在呼唤你。”郭渺渺说着，泪就下来了。

石小川看了眼众人，杨五郎和萧远山看到“诈尸”的郭渺渺后一直在盯着他俩看，亓干坐下来跟姑娘聊天，刘忠明和宋志达各自搂着一位姑娘刚刚唱完《爱情买卖》正在碰杯。

石小川心里乱啊，他并不是说要去做事就不能恋爱，他只是对郭渺渺没感觉。感觉这个东西有时候也不靠谱，中国两三千年，有多少是有感觉一路走来的感情呢，但人一旦认了死理，什么逻辑都是没招儿的。

赵本山有个小品叫《心病》，里面有个“崩溃疗法”，是不是对郭渺渺管用呢。

“你有病啊郭渺渺。我有喜欢的人，我快结婚了，你别老这样好不好，不然你也嫁不出去，大家也觉得我花心乱搞，我女朋友知道了多难堪！”石小川抽回了手，面无表情地说。

“可是我就是喜欢你啊，喜欢你，喜欢。”郭渺渺哭起来。

“喜欢就可以不顾别人感受吗？我不喜欢你，很不喜欢。”石小川说完这话，心里忽然好疼。他不想再说任何这样伤人的话了。他站起来，去洗手间。萧远山跟了出去。

宋志达拿杯水过来，“水，快喝点，你喝醉了，以后少喝酒。乖，快别哭了。”宋志达边说边揽过郭渺渺的头，郭渺渺伏在宋志达怀里抽泣，像个孩子一样地说：“我喜欢你，真的喜欢你。”

宋志达瞅了眼杨五郎，捋着郭渺渺的头发说，“知道，知道，我也喜欢你，别哭了，乖。”

“宋导，帮我照顾好渺渺啊，她可是我的得力干将哦。今晚不在状态，不在状态，呵呵。”亓干隔着几个人，遥控道。

宋志达答应着，刘忠明看了眼亓干，瞅了瞅若有所思的杨五郎，瞥了下郭渺渺露出的细长大腿，跟眼镜姑娘说：“去帮我点首歌，《今儿个高兴》。”

·4·

洗手间里，萧远山责备石小川在亓干面前不给郭渺渺面子，石小川虽觉得说话确实过分，但心里也挺难受。他不想被人这么黏着，他觉得自己单相思的爱情还无处安放呢，偏偏命运弄人。

“你就没觉得，亓干没那么乐呵，他就是只笑面虎。”萧远山说。

“还好吧。咱们自己多注意点就行，毕竟资金在咱们这边。现在的问题是，怎么让郭渺渺赶紧回家，她今天喝了不少。”

“她要清醒着也不会这么没眼力见儿嘛，酒后吐真言。”

“别开玩笑了，一会儿回去你就把她送回家吧，正好你顺路。你也早点休息，剧本咋样了?”

“一切顺利。”

俩人推开门进去，多了个人，应该就是韩俊后了。也少了俩人，宋志达送郭渺渺回家了。

石小川心里像是一块坚硬的石头扔在死寂的水井里，咚咚响着，冒着泡，他比之前更乱。然而亓干没让他陷入乱里，他拉着石小川到韩俊后面前，“韩总，这是虎狼网娱乐主编石小川，小川，这位是……”

“认识，认识。”石小川说了之前跟韩俊后的交集后，韩俊后握着石小川的手不放，他一直在外地，后来又出国，刚回北京，还想着近日去拜访石小川。

几个人相互寒暄介绍，几杯酒又下肚。萧远山说先撤，杨五郎本来想跟石小川说些什么，但始终什么都没说，也撤了，说是天亮了见面再说。

亓干说：“韩总，你看想不想参与我们一个电影，就是昨天跟你沟通的那个政府项目。”

韩俊后说好啊。他很想认识石小川，不仅因为之前帮忙，他让人打听了解过石小川，跨界，策划能力强，有执行力，仗义，这点让他欣赏，他有几个自己的影视项目，想找个靠得住的人，石小川是他的备选人之一。

石小川向韩俊后介绍了《山里的铁甲银行》的前后情况，也做出保证，获奖是肯定的，多少而已，起码“中国独立影评人奖”会给至少一个大奖。推广不愁，资金不愁，演员不愁，就是想用更好的团队，做得更上一层楼，兄弟们都能从中得到各自想要的。

韩俊后表现出了浓厚的兴趣，但是他坐下来跟石小川聊时，谈的却是完全不同的话题：他建议石小川别立即从媒体离职。

石小川虽然惊讶韩俊后竟然连这个都知道，猜想对自己是做过一定了解的，那么其必定对自己有所图，于是心里上了根弦。

然而韩俊后说的又似乎没有半点破绽，石小川反而要被他感化了。

“小川啊，听哥的话，别太急着从媒体离职，你的优势在这里，你是写字起家，你完全可以兼着来做制片的，要不然我跟你们老板曹朝磊说说。人生啊，经验太重要，平台太重要，机遇太重要。碰上哥不容易啊，碰上亓总也不容易，总得给自己一个最好发展的台阶。”

韩俊后说着说着，刘忠明也坐在了身边聆听，亓干则继续跟姑娘调情。

石小川看着蓝幽幽的墙壁，几株绿植在灯光映衬下晃动着墙壁上的影子，似是郭渺渺在轻舞飞扬。他有些迷离，郭渺渺，现在安全到家了，休息了吧？希望她好，希望她别怪他！

四

·1·

好心情到头了。

郭渺渺赤裸躺在自己床上，窗帘被阳光印染地如同海洋，屋子里死沉沉地静，她甚至连心跳都感觉不到。她用手拭了下大腿根部，一股黏黏的东西糊在她手上，她很快明白了，身体在她醒来的那一刻其实已经告诉了她，她还不信！恶心像海潮一样袭来，她没来得及趴在床沿，就一口吐在了床上。

没有挪动，也没有大吵大叫，她将有秽物的床单扯出来扔掉，蜷缩在被窝里，蒙上头，回忆昨日发生的一切。

肯定不是石小川，不是杨五郎和萧远山，亓干在玩姑娘，刘忠明就想着怎么算计石小川，那么就是宋志达了。

肯定是他。

她想起来了，她迷迷糊糊中感觉到宋志达将她带回来，将她放在床上，她有点清醒了，睁眼看到了是宋志达，挣扎着坐下来，说没事了，让他走。宋志达说去给她倒点水，只需十几秒钟的事儿他去了足足两分钟，郭渺渺想问他在干什么，又觉得嗓子疼痛，头也晕，就侧躺下，心想喝个水再让他走也无妨。

宋志达看着郭渺渺喝了两口水，郭渺渺不想喝了，宋志达非要郭渺渺喝完，“喝完就醒酒了，我从你们家厨房里放了些蜂蜜，你喝完我就走。”郭渺渺喝着这水也确实甜滋滋的，一股脑儿全喝光了。

她感觉到宋志达将她放平整，盖上被子，起身，门关上的声音，她安心了，眼前又出现了石小川。

不对，她听见了门关上，似乎是浴室的门，然后还有冲水的声音，然后，她的脑子烫得短路了，烫得要烧焦了，然后怎么了呢？

她像是做了个梦，梦见跟石小川在一起了，他说他爱她，她就哭了，哭得一塌糊涂。她也爱他，她不爱他能跟着他去夜总会？能在她老板在的场合那么疯狂无忌？她爱他爱得好辛苦，却还要表现出满不在乎的样子，她不要这样。如今，她听见他说他爱她，她满足了，她愿意将自己所有美好的东西毫无保留地献给他。她爱他。

有敲门声，她没理，敲门声没有停的意思，她问了声谁啊，她说的话自己都听不见，嗓子还是干哑的。

她撑着坐起来，手沾到了她自己吐的秽物上，一股酒味，她扯住整块被子，用力甩下床去。

从猫眼看出去，是宋志达。他？郭渺渺心里冷飕飕的。

宋志达提着一份早点站在门口，笑容可掬。

“刚醒了酒，喝点粥，对胃好。”

郭渺渺还不确定心里的担心，放他进来。

宋志达进来，熟络地关上门。

“昨晚你送我回来的吗？”郭渺渺抱着否定自己的希望却又心虚地问。

“渺渺，是的，你喝多了。别叫我宋导，咱们，……叫我志达就行。”

“你送我回来就走了吧?”

郭渺渺心里有些紧张了。她故意表现得特别镇定，眼睛却不敢直视宋志达。

“我后来走了。约摸着你起床，就又来了。渺渺，告诉你个事儿。”

“什么?”

宋志达忽然从背后一把抱住了郭渺渺，郭渺渺大叫你干什么你放开，宋志达没有放开的意思，嘴里直说，“我从昨晚就喜欢上了你，真的喜欢，彻底地喜欢，渺渺你跟我在一起吧好吗?”他不断在说，郭渺渺浑身无力，渐渐放弃了挣扎。

“你放开我，咱们该怎么着还怎么着，不然，宋志达，我有你好看。”郭渺渺冷静地说。

宋志达紧抱着郭渺渺的力道逐渐少了，他说，“你要相信我，我是真心的，不是说因为上床了才怎么样……”

郭渺渺一个像战争片中炸弹爆炸一样响亮的耳光打在宋志达脸上，她想起了昨晚酒杯掉在桌子上碎了的声音，“咣当！哗啦！啊!”一群衣着暴露的艳丽女人在大惊小怪地叫嚷，她迷糊着看到石小川在不时瞅她两眼，皱着眉头。

“你滚。”郭渺渺看着宋志达脸上霎时长出了一道浅浅淡淡的红掌印，像楼下花坛里粉色的月季一样，在宋志达油滑粗糙的脸上，像极了那句谚语：鲜花插在牛粪上。

“渺渺，别生气，我会继续对你好的。我先走了。其他人谁都不知道。你多休息。”

郭渺渺推着宋志达出去，狠狠地关上门。

她倚靠在门上，听见宋志达的脚步声渐渐消失。她想起昨晚她记不起来但是让她糟心窝囊的事情，她恨恨地大骂：“我操你妈的！”

她的声音突然又清脆起来，不再沙哑，她的眼泪止不住地流，流，流，比桌子上宋志达买来的粥还多。

·2·

石小川一大早就去洞房夫妻联合影业集团见亓干，作为第二制片人和出品人的亓干，要在这天将分次进组的款项给签了。签约很顺利，只是亓干将他旗下一个子公司作为乙方跟石小川签了合同。亓干笑着说，“没关系啦，都是自己的公司，哪块肉不是肉呢。”

石小川心想也是，大头的投资在他这边，他想作梗，又能怎样呢，也便马上签了。下个月，亓干的第一批资金进来，马锐宝那边的政府投资也将进来第二笔，在已经基本定好整个剧组所有人员的前提下，宋志达最迟两个月就要开机了。

他很兴奋，给宋志达打了个电话，说快开机的事儿。

宋志达一听也高兴，说：“石主编英明神武，真乃神速。哦，不对，应该是石制片人。”

石小川笑了，他觉得捧红个导演也不容易，没忍住，又说：“有个更好的更大的项目正在运作，影视剧套拍，美容方面的，《山里的铁甲银行》。做好了，你也来导这个。”

宋志达马上说：“小川你在哪里，中午一起吃饭吧？”

石小川说待会儿有个很重要的会要参加，拒绝了。

宋志达立即说好，他提到自己一个政府背景深厚的富婆朋友开了家应该是中国最大的美容机构，最近手里有几千万的闲钱，想投点影视文化产业，给自己镶镶金。

石小川想了下，“十八大”说要推动社会主义文化大发展，政府和各大企业注定不会眼巴巴看着，他对宋志达说：“你不如将这个项目与你朋友的结合在一起，你也一起，既做导演又做制片人，怎样？”宋志达毫不犹豫地答应了下来，他说会很快做个方案给石小川。

刚要挂电话，石小川想起了什么，问宋志达：“昨晚送郭渺渺回家没什么事儿吧？”

宋志达笑着说：“能有什么事儿，她酒量可真好。”

石小川说：“是啊，估计心情太好。”

石小川跟宋志达约了第二天在 KKTIME 谈新项目的合作，宋志达建议让刘忠明也参与，这样就又齐活了。

中午石小川跟亓干吃了个便餐，亓干讲起了他的创业史。

20 世纪 70 年代，亓干在国外学习物理，80 年代回来，一穷二白，竟走了狗屎运，跟个富家小姐好上了。也怪，他一个山东来北京混好多年的人，从来没去天安门广场看过升旗，那天魔障了一定要去看，起了个早，还挺凉，就多带了件衣服。缘分也是个怪东西，来的时候挡也挡不住。他眼瞅着前面一个姑娘衣着单薄，葱白一样的胳膊上鸡皮疙瘩都跟米粒儿一样大了。他说，姑娘我多带了件衣服，那姑娘看了他一眼，也许是冻坏了，就立马穿上了。唱完国歌，姑娘要走，亓干说你穿着我的走吧。姑娘就留下了他的电话，约吃饭。亓干这才瞅见姑娘挺眉清目秀的，心里就有了想法。一来二去，事儿就成了。亓干感叹，咱从此就跟政府套上关系了。

打那以后，他就果断放弃了国外学的物理学，下海创业。在北京搞地产，又去海南搞地产，90年代回国做影视文化这块，主业还是搞地产，慢慢发家。不过他的头衔是总裁，董事长是他老婆。

他是怕他老婆的，他老婆一跺脚，他不敢说什么。

他们没有孩子。他无所谓，自己玩得开心就好了，只要不出事，人生苦短，谁管得了那么多。他撕下一块鸡腿，边咽边说。

“亓总牙口很好。”石小川笑道。

“牙口好，胃口就好。”

吃晚饭时，亓干要去政府部门见个老领导，是他老婆的远房叔叔的上司的侄子，现在担任部队里的要职。石小川说想在公司消化一下再走，他的胃是真不好。

在亓干的洞房夫妻联合影业公司转了一圈，他也没看到郭渺渺。他还以为，大中午的，郭渺渺会在办公区很咋呼。他本来想给她个惊喜，在她座位后面大吼一声吓她一跳。

他来到她的办公室，发现座位空着，电脑也没开，今天她就没来。

他想起昨晚，心里渗出些担心，忙拨通了郭渺渺的电话。

她的声音很低沉。

“怎么了？”石小川轻松地问，“还没醒酒？”

“没事。怎么了，有事？”

“没事啊，问候一下。”

“呵呵，荣幸，你还真没有没事的时候给我打过电话。”郭渺渺苦笑道。

“哈哈，抱歉。”

“没什么抱歉的。你没事？”

“真没事。就是在你们公司，上午跟亓干签了个合同，刚才看你办公室空着，就问一下你。”

“哦。合同你看仔细了，一定看仔细了。我没事，就是有些头晕。想再睡会。”

石小川挂了电话，一阵莫名的失落。

•3•

北京最好的台湾风情钢琴会所，当属 KKTIME 了。这点连亓干这种每天住在各类会所里的人都承认，无论整体环境、服务质量、包厢待遇以及消费，都是那种有范儿的拿得出手的水准。亓干这些天很少去夜总会，他总变戏法一样带着不同的姑娘来这边消遣，能唱歌，能喝酒，气氛还能要多暧昧能多暧昧，但凡他带来这里的姑娘，走出 KKTIME 的门，就没有让亓干失望的。

亓干这番感想，跟刘忠明、宋志达和石小川都讲述过，不过都是在讲述他艰辛却神奇的创业史的时候提及的。后来亓干说想入股，萧远山没同意，说想作为一个人的理想之地，不想很多人都成为投资人，会变得跟初衷不一样。

亓干说，初衷不是挣钱吗，石小川不是也入股了吗？萧远山说，那都是前期，初衷其实是想做个朋友们的交流地，没想到火成这样。亓干笑着说年轻人有理想好啊。但是亓干跟石小川说，萧远山这个家伙太矫情，分不出谁好谁坏。

这天，在KKTIME钢琴吧，宋志达跟石小川约了下午四点见面，跟刘忠明约了下午两点。他不到两点就在门口转悠，有两对男女在聊天，有一个姑娘坐在角落喝东西，背影有些熟悉。他径直去往包厢，背后就感觉有人在冷飕飕地看他。他回头，什么人也没有。他舒了口气，在包厢点好东西，拿出笔记本电脑，写了些他临时想到的内容。

刘忠明坐下后，说："萧远山也不在，石小川也不在，这个会所就靠个服务员来经营？"

宋志达挪了下电脑给刘忠明，"难道你不觉得这个服务员比你们公司的所有女人都漂亮？哦，不对，除了那个彭洋，那个女人软硬不吃，不食人间烟火一样。"

刘忠明哈哈大笑，"彭洋一会儿也是要过来的。"

"还是萧远山有商业头脑，这么漂亮的服务员，非得勾得你来。"

"所以亓总常来嘛。"宋志达应和道。

两人按照惯例，谈完女人，开始进入皱紧眉头谈正事的环节。

宋志达早已跟刘忠明说了石小川的新项目，刘忠明当然想参加，他对宋志达做出了各种妥协。宋志达说："这个项目的投资可能过亿，看能否通过什么条款，只有票房过三亿，石小川才有可能盈利。"刘忠明说："这个简单，这个项目我拿来立项，让石小川只是个聘用的制片人身份，这样就随时都好办了。”

“但是票房过三亿，你开玩笑呢吧?”

宋志达摇了摇头，石小川已经确定好的五百万企业资金到位后，电影一启动，电视剧的招商就同步进行，现在中国流行整容，韩国美国法国日本的美容机构一大堆，何况本土的更是竞争激烈，给他们一个有政府背景的许诺，让他们有跟明星深度合作及曝光的机会，根本就不愁投资。再说，他认识的那个美容机构富婆，几千万对她来说是九牛一毛，她就是本着救苦救难观世音菩萨的心态来做影视，她还有过想当演员的打算，宋志达就说专门为您订制一个戏，电影电视剧都成，如果您想拍纪录片，就从早到晚全方位十八台机器每天对准您，包您享受够做演员的瘾。况且她对宋志达——或者说宋志达的身体充满好感，这点感情分，说什么都起码是值万金的。

刘忠明眼泪都要下来了，他觉得更大的机会又要来了。“志达，我真想现在就跟你歃血盟誓，咱俩拜把子。”

宋志达想了想，说：“我都是忠明你一手带起来的，咱们兄弟一家人不说两家话。择日不如撞日，哎，服务员，有香吗?没有哦，行，没事了。没有香，咱俩不盟誓，依旧是好兄弟。”

刘忠明说，“你等着。”

一分钟后刘忠明回来，带回来两支燃烧的香。宋志达瞪眼巴巴看着神奇的刘忠明。

“嘿嘿，从他们供奉的关老爷那儿折了两根，来，一人一根。”

宋志达刚想骂，供奉关老爷的香火你也敢偷用，想了想，没有说。

两人看了眼包厢外，没人看他们，就跪在地毯上，面朝门口方向捏香盟拜。“不求同年同月同日生，但求万寿无疆。有福同享，有难同当。”俩人煞有介事，磕了三个响头。

最后一个头磕下去时，俩人就觉得眼前忽然更暗，抬起头，是彭洋。她是要跟着刘忠明今天一起谈事的，迟到了。

“你们这是……”彭洋有些惊讶。

俩人对于给彭洋磕了个头感觉掉价，又不好说什么。刘忠明一句话打破了尴尬：“这是什么呀这是，你看看几点了，咱说的是几点的!”

“对不起刘总，今天肚子疼，去医院看了下，路上又堵车堵得厉害，抱歉。”

“没事了，你看看这个项目。”刘忠明拿给彭洋看。

“忠明，你是七九年七月的吧?”宋志达问。

“对啊，你是七六年九月吧?”刘忠明试探着回了下，宋志达忙说，“不是，是七六年一月，有一次咱们喝酒时我跟你说过的，后来石小川写我时，不也提过嘛。”刘忠明笑说，“对，对，对，志达兄，小弟从此记住了，再不会错。”

彭洋听着这俩人的对话，心里暗骂，这俩人指不定又有了什么阴谋诡计呢。

·4·

石小川看完了宋志达做的美容影视项目的预算，先说了下《山里的铁甲银行》的情况，看定哪个时间，就该进组了。宋志达觉得也准备得差不多了，所有人员到位。他更关心的已经是下一个项目。

“没问题，志达，忠明，咱们三方，每人三分之一吧，我让我这边的人来立项。”石小川说。

“你有公司了?”刘忠明马上问。

“没有呢，正准备做一个，已经开始找人弄了。”

“那就不用急嘛，主要是这个项目急，咱们兄弟你还用介意嘛，我这边或者亓总那边都可以立项的，我回头跟他们说一下，下个月就拿到批文了。”

石小川想了想，既然都是要深度合作，信任还是蛮重要的，就答应了，让刘忠明拿去立项。

“片名，志达建议叫《乾坤大挪移》，就用这个吧，还不错，也符合咱这个明星整容后别人不认识了的故事。”石小川看着刘忠明在跟彭洋对着电脑屏幕指指点点着什么，慢慢说道。

宋志达让石小川看一下新项目的合约，“咱们来玩个大点的吧，搏一回。”

石小川很快看到了“三亿”这个字眼。如果不到三亿，他就没有任何收益？这是什么道理？这是他弄来的项目呀。但是这条规则对另外两人同样适用。那如果三人都没有收益，票房到了两亿九，收益归谁呢？石小川觉得这些说辞既模糊又笼统，但是觉得这个项目有巨大的市场空间，三亿，真是个值得挑战的事儿。他有些心动了。

电话进来，是《北方周末》要专访石小川。

刘忠明大惊小怪起来：“哇！《北方周末》都要采访了！”连《北方周末》这样全国影响力巨大的深度报道媒体都对“中国独立影评人奖”产生了兴趣，石小川觉得成功了。他跟记者商妥了采访时间，想好好聊一下他的想法，包括他要做制片人的事儿，他应该做点预热了。不然，圈子里突然跑出个姓石的制片人，认同度可不会那么高。

石小川看了看彭洋，她在看项目材料，似乎没听见别人的夸赞——当然，她也根本不会在意的吧，他石小川，一个彭洋根本不在意的人。石小川心里微微地有点失落。

彭洋去洗手间，石小川跟了过去。然后又折回来，从包里取了个东西。

刘忠明笑着问：“拿什么呢，干什么呀？”石小川说是要放店里的一个东西。

彭洋从洗手间出来，看到石小川站在她面前，微笑着递给她一个包装得很好的盒子。

“什么？”

“看你微博，这几天又肚子疼又胃疼，这个，管用。你试试。”说着就放彭洋手里，地方小，彭洋躲也没处躲，只好拿着。

一声很刻意的咳嗽声。声音熟悉，是郭渺渺。她怎么在这里？

“嗨呦，千里送鹅毛啊，石主编难得送人礼物。洋姐你要过生日了？你生日不是一月二十六日吗？”郭渺渺鬼魂一样出现，说起话来也鬼话连篇的。

石小川问，“你怎么在这里?”

“我还不能来了? 你之前不是让我们多来吗? 我上午就一直在了，以为你上午就过来呢，谈工作，公事儿。”郭渺渺看着彭洋，又瞅了眼石小川。

“怎么了，亓总又有变动?”石小川问。

“你们都签字了，还变动什么呀! 我想看看，你们这里客人多吗，盈利吗，然后我们也想加棒进来投一投!”

“远山已经回绝亓总了，他没跟你说?”

“哦。说了呀。不死心嘛。再来看看。里面都谁呀? 谈大项目呢吧?”郭渺渺踮起脚尖看了眼包厢，看到了里面的刘忠明和宋志达，脸上看上去恬淡的表情马上凝重起来。“你们继续。洋姐，我先走了，改天吃饭。”

郭渺渺甩身出了门，留下彭洋和石小川面面相觑。

·5·

杨五郎和张弋静听说宋志达要宴请大家吃饭的时候，意外地像中了福利彩票。张弋静再三跟石小川确认，饭局上不谈公事吧? 张弋静喜欢有把握的生活，每件事，她要确保万无一失，再果断出手。影视圈的水太深，她一个新人，需要万般小心。

杨五郎没想那么多。他跟石小川聊《山里的铁甲银行》的剧组诸多细节问题，有时还争论一下，多数时候，他认同石小川的意见。总归，他们是一同走过来的兄弟。

题外话还是要多问的，石小川其实也纳闷。怎么没请刘忠明，为何单请他们几个，还有小禾，没道理嘛，这是什么局？他是搞不清宋志达在卖什么药，但无所谓了，石小川这段时间的自信爆了棚，无所谓了，给他几个胆，他宋志达能拿他怎么着！他还想不想继续红继续混了！他心里冒出这样的想法，没什么不妥。他想，杨五郎也这么想吧。

宋志达猛夸张弋静，说她是新媒体时代的弄潮儿，是虎狼网娱乐频道未来的大拿，是改变中国电影现状的中坚力量。

这话说得张弋静连连摆手。

但好话谁不爱听呢？只要宋志达一举杯，两人的酒杯就干净了。

杨五郎自然也没能幸免。他跟石小川耳语，这宋志达今天是要买醉吗？

宋志达叫过小禾，想跟杨五郎同张弋静一起喝。

“这个，是什么意思，你们两对？”石小川笑问。

小禾马上尴尬地笑着推脱：“不是，不是。我就跟着一起陪个酒。”

“两对就两对嘛，有什么呀，咱不管他，一起来，小禾。”杨五郎朝着小禾说了两嘴，碰杯，跟宋志达碰的时候感觉那力度真是要将杯子给撞碎了。

两对人一饮而尽。宋志达又跟石小川喝。看来他今天确实是买醉来的。

宋志达每次都要拉着小禾一起喝，自己才喝。小禾有点喝高了。

石小川没想喝那么多酒，可经不住劝，喝得也有点多。他看到杨五郎和张弋静要走，他俩跟他道别，“悠着点。”

石小川心里突然空落落的，仿佛现场没人了一样，可明明宋志达还在跟小禾说，“咱们以后都要靠小川了。”小禾就又倒满了酒，明显酒量不支，却强装着还好的样子，说，“小川，什么也不说了，感谢的话，都在酒里了。”石小川看着小禾的样子突然觉得既可怜，又可爱。他还没来得及说先别喝，小禾又已干掉。他不想喝，宋志达像瞅见了秘密一样大喊：“小川没喝，小禾都喝光了，你没喝，不行，不行。”石小川只好又喝完。他好头晕。

不过石小川看着小禾一杯接一杯的样子，想起小禾参演的一个政府投资的主旋律电影《北大荒》，很想笑。她靠绯闻出名，参演主旋律《北大荒》也是搅起巨大的争议的，但身价蹭蹭涨，说明转型还是很成功的。转型成功，那是不是说明小禾前后两个身份之间是很有共性的呢。是的吧，社会已经这样了，谁有办法呢。他使劲揉着脑袋想。

宋志达蛮清醒的样子，酒量真是不错。

石小川在心里说，以后跟领导公关，必须得叫上宋志达啊，一个人就能将所有领导灌趴桌子底下。

他听见宋志达说走出去醒醒酒，他就被扶着走，绕了好几圈，终于躺下了。

好舒服的地方，是床吗？肯定是宋志达安排的，那便不是擅闯民宅了，那便无所谓了。

他闭上眼睛，头晕晕的，彭洋忽然就站在了面前。

他叫着，彭洋？他听见彭洋答应了一声。他心里暖呼呼的，真的是彭洋？这是在哪里呢？他拉住了彭洋的手，放在嘴边，轻轻吹着，“彭洋，你来了，你知道我的心了，是吗，彭洋？”他听见彭洋说是的。他高兴地眼泪掉了下来，拥抱住彭洋就要亲吻。他在想，彭洋，我可要吻你了。他说了出来，“彭洋，我要吻你，你愿意吗？”他正要等着彭洋回答，忽然觉得脖子上一阵生疼，火辣辣的。他马上清醒了过来。

石小川倏地坐起身来，他瞧见郭渺渺怒气冲冲盯着自己，身边是喝醉的衣衫不整的小禾，小禾的手正被自己攥着。

石小川慌忙放开。这是怎么回事？宋志达呢？郭渺渺怎么会在这里？

郭渺渺没有说话，她找了个杯子，冲了杯热水，递给石小川。“喝杯水。这是你们喝酒的饭店的客房。水是正常水，没有药。”

“什么？药？”石小川很吃惊，到底怎么了？

“我不知道，”郭渺渺说，“宋志达怎么会那么清醒，你酒量之前也不差，他还将你俩放在一个房间，我觉得你们喝的酒里有药吧，什么药我不知道，我也是猜测，说不定房间里还有摄像头。”郭渺渺边说，边朝各个位置看。

石小川喝掉水，给睡着的小禾盖了下被子，在房间的重要位置查看了一遍，没发现摄像头之类的。他回忆着晚上发生的事儿，似也觉察出了蹊跷。可又说不上来哪里不对。他给宋志达电话，关机了。他看着郭渺渺，充满疑虑地问：“你怎么会在这里？”

“这个，当然要拜你所赐喽。”

石小川更加纳闷。

郭渺渺笑了，这个男人啊，他永远不懂。

原来郭渺渺上次看到石小川给彭洋送礼物，已然明了石小川对自己没有半分爱意，决定放弃。身边追她的人很多，她没有看上眼的，但她实在受不了每天这样爱着却不得的现实，她想随便找个爱她的人，在一起。就在接受那人之前，她又打退堂鼓了。她想再问下石小川：真的一点儿都不喜欢她吗？这个爱情傻瓜就到了石小川公司，发现石小川不在，连张弋静也不在。她给张弋静电话，未接。她给杨五郎电话，说话前言不搭后语，估计喝多了，可总算说了石小川在哪里。她就赶了过来，正好看到宋志达搀着小禾、一个彪形大汉扶着石小川走向电梯。她就尾随着悄悄跟了上来。她看着宋志达将两人放在一个房间，在里面待了有五分钟左右才步履矫健地出来，面无表情。

石小川听出了一身冷汗。这是什么意思呢，不过可能是宋志达也喝多了，他就在酒店的某个房间吧，不然让小禾跟他上床能有什么好处呢？他搞不懂。

他更搞不懂的是郭渺渺。他听见那句让他为难了好久的话：“你真的，一点儿都不喜欢我？”

“渺渺，我，不是好人。真的。”石小川都惊讶自己这样说。

郭渺渺说：“知道。好人都有心。”

“我不是不喜欢你。你很好，真的很好，但是我……”

“好了，打住！我知道了。我走了。”郭渺渺眼睛里都是迷惘，“石小川，我恨你。”说着就要转身走。

石小川突然抱住了郭渺渺。“对不起。”他看着她说。

他有些晕了。

眼前的女人，让他有些晕了。

在这样醉酒的荷尔蒙飞扬的月光荡漾的夜里，他和她，都有些晕了。

什么都不用说，什么都不必说，就这样突然地发生了。

两个人疯狂地在对方身上汲取着。衣服撕破了就撕破了吧，脖子咬上齿痕就有齿痕吧，背上被抓伤就抓伤吧，心中的期待、不安、冷落和欲望，该叫喊就叫喊吧，用尽一生的力气，还有眼泪，在这个只有欲望的良宵不肆意流淌，难道要等到月落树梢？两个人抱在地板上，无所顾忌，无所顾忌，无所顾忌。

五

·1·

韩俊后得知“中国独立影评人奖”获得文化部的鼓励大奖后，约石小川吃饭。石小川本想拒绝，想到韩俊后之前对自己“剖心挖腹”一样的真诚，答应了。

但他有个烦心事儿要先处理。

洞房夫妻联合影业集团的《孤岛迷魂》，之前是刘忠明公司全权运作，刘忠明见石小川对这个片子或者说介入了解亓干很有兴趣，就跟石小川共同分享利润，刘忠明负责户外硬广，石小川在外面找了几个靠谱的人搭了个班子，负责各类媒介。片子已经下线，洞房夫妻联合影业集团还欠三十万未还，石小川前期一直在忙于单位和新项目制片的事儿，疏于过问，也为了跟亓干合作能顺利进展，自己垫进去了十五万。

郭渺渺说，如果她能决定，肯定第一时间就将钱给打过去了。

这话在理，石小川自从跟郭渺渺有了肌肤之亲，尽管是醉酒状态，尽管后来两个人还跟往常一样，可是终究有了不一样的感觉。每次再有眼神相撞，都显得更温情脉脉许多。

他电话给亓干，亓干一直不接听。

郭渺渺说亓干这些天都未见来公司，她说看到亓干，一定马上告知石小川。

不过她也委婉地跟石小川说，亓干是想赖账，不想给了，因为票房跟他的预期有着相当的差距。

“票房一般就要扣除宣传的钱？那合同还有没有用了？”石小川愤怒地回了句。

郭渺渺平息了石小川的愤怒，说：“现在的中国商业，根本就没有契约精神，都是一帮土财主在按照自己的想法意淫，合同对于老板来说，没用的时候就是废纸，有用的时候就是金科玉律。”

石小川想来也是，还是旁观者清。但流氓就应该让他猖狂吗？石小川说不！他说想想，看看怎么对付。

郭渺渺说，“这个片子的导演吴为民，也是制片方，你们当初签的是三方合同，难道你没看？你肯定没看，小川你要想进入制片这块，想真正做商业运作这块，你别跟以前这样随性，合同的每个条款你都要看清楚的。你也别那么文艺青年了。”

石小川有点头晕，他确实是基本不详细看合约的，他的看法竟然是所有的都差不多。他经常觉得事情差不多就行了，或许只有最彻骨的痛苦才能化解一个固执的人本该立即剜掉的毒瘤。

他感谢郭渺渺对自己这样好，却不能总这样，因为他明知道给不了郭渺渺什么。他说了声谢谢，然后思路立即转向了怎么跟吴为民讨要欠款。

吴为民是个小导演，拍过几个小艺术片，一直想运作商业大片，苦于无才无德无人脉，一直觉得备受中国影视圈欺辱。不是惊悚片火吗？那就拍个《孤岛迷魂》。结果观众看惊悚片也看腻了，即使宣传做得已经跟商业大片一样了，各种头条呈现，在纸媒的正面评论比冯凯谋的电影都多，无奈命该如此。

其实怨不得观众，你要拍个好片子，怎么会没人捧场，现在的观众已经开始逐渐有了自己的思考，开始琢磨着如何拿钱包里的每一块钱看质量最好的片子。而吴为民也是恶心难改，想拍商业片就拍吧，却又在里面夹杂各种想表达的东西，表达一样也就罢了，偏偏将四十年想倾诉的热爱和委屈统统放到一部不相干的片子里，这种既想当婊子又要立牌坊的拍法，注定了不会有多好的结局。

石小川电话中说明意思，吴为民立即翻脸不认账。“兄弟啊，你怎么可以找我要钱呢，亓干亓总那边还欠我的导演费呢！我参与制片是以各种费用不要的形式加入的，我能给你的肯定会给的，可是我现在一分钱都没有，我的账户上只有五十块钱了，自动取款机都取不出来，你说我比你更惨啊是不是，这事儿你真得找亓总去。明天我就去日本了，我先开个会，回头再说。”

一个比一个流氓。石小川愤愤地想。

萧远山写完《山里的铁甲银行》一稿时，跟石小川喝酒，他就说石小川：“你不该想都不想就这么文艺地、从容地进入影视制作这个圈子，水既深且浑。你不把自己变成个流氓混蛋，你怎么可能生存？”

他盯着石小川：“可是你真变成了个流氓混蛋，咱俩就不是朋友了。所以，你还是做你自己，坚持该坚持的，放弃该放弃的，要有原则。”

石小川觉得道理是这样的，况且他也从来没有碰触过底线，人不犯我我不犯人，中国的传统信条不就是这样吗？看来他还是个蛮传统的人。

·2·

石小川跟韩俊后喝了几杯后，上了瘾。他是想跟宋志达一样不醉不归了。

那天的事儿他还没跟宋志达细问，宋志达说喝多了，就在酒店开了个房间，手机也没电了，第二天去找他，发现人都走了。哦，可能就这样吧，他也没脑子细想。

他从来是这样没脑子的人。“没脑子的人还去做商业，只有找死一条路。”这是郭渺渺对石小川的警告。

但石小川哪里听得进去。

郭渺渺说去告诉彭洋，石小川怒了，“别惹事，跟彭洋有个狗屁关系。”

韩俊后让陪酒的姑娘去边上，自己揽着石小川的肩膀，眯缝着眼说：“兄弟，我是看好你这个人的，人啊，都是要往上走，但也肯定会遇到各种麻烦，你这么年轻，还得经历各种神奇的事儿，有什么需要，跟哥哥说。”

“谢谢后哥。”

“别叫后哥。人家一叫我后哥，我就觉得别扭，我怎么就成后哥了呢，跟后爹后妈一样别扭。咱是亲兄弟，叫亲哥就行。”

“行，亲哥，敬你。”

韩俊后也喝高兴了，跟在座的几个人介绍石小川，说这是亲兄弟，以后诸位大佬要帮扶着点，小川兄弟主办的“中国独立影评人奖”获得国家级大奖，各种国外媒体采访，诸位大佬还不都拍个照发个微博。“我没文化，羡慕能写字的人，有能力的好人，仗义的人。”

石小川一边跟在座的人拍照喝酒，一边在想韩俊后说的几句话：“我没文化，羡慕能写字的人，有能力的好人，仗义的人。”他说的羡慕的人，是石小川吗？他石小川是那种“有能力的好人，仗义的人”吗？他不知道。但那一刻，他明显是暖意融融，觉得有人这样在背后支持自己，还有什么艰难险阻能挡着他去实现梦想呢？

“小川，帮亲哥多喝点，亲哥今天高兴，喝多了，你要是想喝，也多喝点，都是好酒，都是十多年的窖藏，珍贵的。”韩俊后瘫坐在椅子上，歪着头说。

石小川当然义不容辞，这一声“亲哥”，就是赴汤蹈火也在所不辞啊。他喝得手上有了魔法，跟哈利·波特一样，他的手一挥，天花板上的灯就刷地飘了过来，他指向哪里，灯飘向哪里。他想要是彭洋在该多好，他指向彭洋，彭洋就刷地来到他身边，跟他靠得无比近。他想要是能在海洋里游泳多好，他彻底伸展开四肢，如李安《少年派的奇幻漂流》一样，进入一个异样自由的世界。

他想着想着，似乎清醒了，感觉到自己坐下了，他睁开眼，身边是韩俊后，桌子上一片狼藉，房间里再没有其他人。

他听见韩俊后在嘟囔着乱七八糟的话，似是在跟他说。

“甭说亓干要我忽悠兄弟，就是部队长官要我去跟兄弟玩阴的，咱也不干，何况还是对你。你啊，就是没经验，轻信别人，多吃点亏，有好处的。别担心，后面有亲哥在撑着呢，啊！”

石小川听得模棱两可，他迷糊地想，这个韩俊后为什么对自己这么好？是真要对自己这么好吗，还是有什么企图？他想不了那么多了，脑子一想事儿就晕，他就想能有个人给他按摩一下脑袋，他真觉得好晕，晕得像中了魔法，要飘起来了。

·3·

喝酒误事。在老家的石小川父亲经常在电话里这么教训儿子。石小川妈妈每次都附和着，不过都是稍作修改：少喝酒，多吃菜。

石小川凌晨两点多醒来，看到韩俊后正在结账，他就想，没耽误什么事儿吧，没说什么乱七八糟的话吧？他想了想，没想起来说过什么不该说的。他听见韩俊后说，“醒了呀小川，走，跟亲哥去放松放松。”石小川浑身无力，说没劲了，没法放松。

“你都想什么呢？”韩俊后大笑着揶揄，石小川还以为要服务呢。

两人去按摩洗脚，石小川想起来一个事儿，他也确实憋了好久，就是韩俊后为什么对他那么好的问题，他是不是应该问一下呢。他要是问了，韩俊后会觉得自己坦率吧。他要是不问，心里总觉得别扭。

他还未张嘴，韩俊后狠劲儿抽了一口雪茄：“小川，别那么早交离职信，有个适合你的平台，稳定，等你制片这块做顺畅了，再出来不迟。”

他是想这样的，可他又放不开面子。虎狼网总监张大春对他好得要命，他担心别人说他占着茅坑不拉屎，尽管他已经做得足够好。他是怕对张大春造成影响，毕竟一个上市大公司，内部关系复杂着呢，争斗是免不了的。他也想给自己一次放逐，彻底断了后路，看能否闯出来。

“我是理解你的梦想的，但也看得出你的冲动。当然，创业是需要冲动和激情的。既然你决定了，就按照你的想法去做。亲哥该怎么说还是怎么说，人的段位，都是苦难提升的。”

“哥，是说我会有各种磨难?”石小川笑着问。

“我不知道，但要想往上走得更远，磨难那是一定的。做好准备，迎接就是了。兵来将挡水来土掩，大不了再回媒体呗。”

“是啊，大不了再回媒体，十年后还是一条好汉。”

两人大笑，觉得越来越交心。

石小川不想问之前的问题了，他想知道韩俊后的家庭状况，就试探性地问了下。韩俊后又吸了口雪茄，吐出一个烟圈，看着烟淡淡散去，仰了下头去呼吸雪茄的味道。

两个足疗师看着韩俊后，对眼笑，在想，这个客人玩艺术的吧。

韩俊后没有说很多，他离过两次婚，单身，有钱，父母都没了，公司好几个，爱赌钱，爱足球，前两年曾想买下一支中超球队来经营，没有孩子，生活比较乱，在公司比较铁面，因为贿赂罪坐过一年多牢。

坐牢，石小川是知道的，当年这事在国内闹得挺大，他当时觉得这个人真是活该，贿赂那么多领导还不如将钱投给希望小学。那会儿希望工程特别流行，那会儿他不知道负责希望小学的那些种类不同的红会黑会是干什么的。爱足球倒是挺意外，他还以为这样的成功人士会常打高尔夫。

“高尔夫也常打，但远不如足球喜欢得热烈。”韩俊后说，每年他都会去西班牙看国家德比，这两年业务顺畅比较轻松，他还追着巴塞罗那全世界看了几场重要比赛。他也去英国看球，还看网球，他真是个标准的体育迷，但他肚腩很大，他也自嘲，指着自己的肚子说：“看，这还运动健将呢，一直减不下去。”

“你每天去健身，坚持一下，就减下去了。”石小川随口建议道。

“坚持不了，每天事儿也比较多，唯一坚持得住的，就是找各类人，跟我合作。现在靠谱的人不好找呀。”他感慨道。韩俊后是发自内心地这样感慨，尤其想到他也年纪大了，他还是蛮后悔没有生一个孩子的。

石小川想到自己在虎狼网也没留意一下多少可值得公司开起来后能挖过来的人，他就培养了一个张弋静。现在想来，似乎也不晚，毕竟他的公司还没有弄起来。

韩俊后以为石小川会问为什么没有孩子，石小川自始至终没问。看来他不关心这个。韩俊后倒是对自己的未来财产分配，早早做起了打算。

·4·

石小川问宋志达，那天为什么将他和小禾放在同一张床上？宋志达开始还开玩笑，抵不住石小川认真追问，就说是真喝多了，都分不清自己怎么进的房间。“我也想跟小禾在一张床上，还不行呢，你多有福。”

这件事就这样过去了，石小川也懒得理，他正跟萧远山说马锐宝那边出现了一点儿变故，第二笔钱暂时打不过来，得再等一下，具体日期未定。萧远山听了很淡然地表示没事，反正他也写完了，宋志达和刘忠明也都同意了，这个项目其实已经跟他没关系了。

“你不是要将这个作为你开拓编剧领域的大作吗?”石小川说。

“哈，你也懂的，写到最后发现文学积累和生活经验对编剧真是太重要了，我要是写个《北京那些会所里心碎的欲望之夜》应该没人比我擅长。”

萧远山建议石小川先搞定亓干方面的投资，招商再催着点，拍完是没问题的，毕竟，周末就要开机。石小川想也是，应该马上去找亓干。

给萧远山结完编剧的钱后，石小川先去找张大春。他已经接受了石小川的辞职。

萧远山再问石小川：“真的要辞职了？不后悔?”

“决定了。去试一下。失败了，你收留我，专心跟你开会所。”石小川半开玩笑地说，说得很硬朗。

他很快见到了许久不见的虎狼网总监张大春。石小川是钦佩他的，他跟石小川一样没什么好学历，从媒体编辑起步，却短短几年做到了最大网站的最牛总监，人还特别仗义豪爽，跟这样的人一起共事，想想都要笑出声来的。如今，他笑不出来了。

“你笑什么？还好意思笑？我是多舍不得你啊。”张大春看着咧嘴笑了一下的石小川，嗔怒道。

张大春说公司和我个人都很想再挽留你，要不要再考虑一下。石小川微笑着拒绝，自从写了一封数千字的洋洋洒洒的离职信并且不小心群发后，他就没有了再回头的可能。他说，各种交接都安排好了，张弋静也是不错的接班人，至于“中国独立影评人奖”，他会继续跟下去，直到年底颁奖结束。

张大春对石小川的舍不得，在“中国独立影评人奖”引起国内外媒体发酵般的报道后表现得更为明显，他给出了股权、每周上两天班等条件，无奈石小川去意已决。但他想，好马也会吃回头草，好马谁都想拥有，作为好朋友，石小川无疑是值得交的。所以他给了石小川最快捷的善后。

“希望你在影视圈能杀出一条血路来！你的片子，虎狼网没得说，必定全力支持。”

“现在倒不用，给我五年时间，五年后回虎狼网，你把所有头条位置都留着。”

“没问题，即使我不在位了也没问题。对了，我想张弋静还是做娱乐副主编比较合适，主编我想另请高明。你有不错的，也推荐一下。”

“你不妨请萧远山回去。”

“现在人家是大腕了，请不动了。不过他要是还想做媒体做娱乐这块，虎狼网的大门永远为他敞开。”张大春说得很坚定。当年，他和萧远山是虎狼网第一批的主编级领导，十年过去了，他还继续待在虎狼网，升职为总监，萧远山则成了跨界的知名作家和编剧，也是微博上“万能的”公知。

石小川跟张大春约了“送别饭”，直奔亓干公司。

电话是不管用了，亓干果然是老狐狸，不能总相信别人的笑容啊，不能将心比心啊，石小川逐渐感觉出不再有靠山的人间险恶。

·5·

洞房夫妻联合影业集团内忙忙碌碌，郭渺渺面色难看地从亓干办公室出来，迎面碰到石小川。

“急着去投胎啊?”石小川打趣她。

“你才真正要投胎了。”郭渺渺说着就走了，留给石小川一个纳闷的表情。

石小川敲门进去，亓干摘下眼镜，脸上堆起笑哈哈的表情。只是脸上太油了，堆起的笑被皱纹阻断成了几条堰塞湖，在美轮美奂的明亮办公室里波光粼粼。

“小川啊，你离职了没?”亓干问。

“正式、彻底地离职了，咱们可以一起大干一把了。”石小川说。

“哦，那就好，那就好。咱们周末不是要开机了吗，你那边的资金何时到？我这里呀，出了点问题，这两天运转有些麻烦……”亓干边说边喝了口茶，然后指了指秘书给石小川倒的茶水，“你尝尝，碧螺春，去年一个领导送的，还真是不错，领导们的东西都不错啊，你是喜欢喝咖啡还是茶？忘了问了。”

“我都行。亓总，您说有些麻烦是指什么？周末能正常开机吗？如果周末不开机，所有的合同可都签了呀，每拖延一天，五十万就没了。”

“我知道，所以才急嘛。我不过是第二制片人，投资也是个老二嘛，你那边才是大头，对不对？”

“对，可是我这边……亓总，您这么大公司，还缺这些钱吗？是哪里出麻烦了呢？”

“哪里都有点小麻烦，我对刘忠明刘总也不是很满意，他一会儿也过来，他是第三制片人，他也有份额的哦，可是他一点儿都不急，就咱俩急得跟什么似的，那句老语怎么说来着，热锅上的蚂蚁，你说咱们俩蚂蚁，在为刘忠明卖命呀是不是！”

“刘总不是那样的人，他很仗义的，我给他电话，这些天他说一直在定宣传计划的事儿，前天还说跟宋导一块儿去看景了呢。明天开机饭，不是咱还要一起吃吗？”

说刘忠明，刘忠明就到了。他看到石小川的表情有些不是很好，知道棘手的事情可能从此开始了。他忙先“汇报”了一下，剧组一切顺利，所有合同都签了，明天晚上开机饭，所有演员都说剧组关照得特别好，现在就等第二笔资金入账了。

“政府这买卖还真会做，说是不懂影视，给的一百万，到现在正好花完，你说气不气人，咱还就得等他们。幸亏小川跟马市长关系铁。”刘忠明嬉皮笑脸地说。

石小川说：“现在有点麻烦，马锐宝说贵山市还没批下第二笔钱，具体时间未定，本来定了昨天就要批的，但是马锐宝说他也不知道为什么在书记那边没通过。”

“啊？那接下来是？每天光设备和人员什么的可就得五十万呀。”

刘忠明立马愁眉苦脸的，他看着石小川是指望不上了，眼神充满渴盼地望着亓干。“亓总，您说怎么办，我跟小川都是第一次做，没经验，您来指点指点吧。”

“我也很着急，但我不是第一投资方，也不是第一制片人啊，我得跟着老大们走。”亓干慢悠悠地说。

刘忠明看着石小川，回味着亓干说的话。

石小川咂摸出这话里有杀机：“亓总，是说我这边政府部门不投，这个项目就进展不下去了吗？可是立项是在洞房夫妻联合影业集团立的呀，况且题材新颖、市场空间也大，虽说是个政府项目，但是……”石小川越说越急，他还真没碰上过这样的事儿。这部片子筹备时，他和刘忠明都没法立项，郭渺渺说她公司可以，就拿到洞房夫妻联合影业集团立项了。

郭渺渺敲门进来，让亓干签字。

亓干对郭渺渺说：“回头跟石主编谈一下，把《孤岛迷魂》的后续费用给结了，别让有些人在背后骂咱，咱是大公司，这点小钱还是出得起的，票房亏了，还是兄弟嘛。”他让郭渺渺将之前内部谈好的给石小川的合约打一份出来。

看来郭渺渺确实是上报了这个事儿，而且亓干也是跟公司讨论了的。

郭渺渺去打印，感受着屋子里逐渐严肃的气氛，什么也插不上嘴。

她知道，在这场对弈中，石小川输了。

“小川兄弟，贵山市我也有个认识的人，他们那个市委书记呀，是我北京一个领导十多年前的下属，我前些天刚知道，你说巧不巧？咱看看走走他的关系怎么样？你问问，马市长跟书记关系好不好，咱再做定夺，如何？”亓干轻松地说。

石小川就觉得脊背发凉，一阵阵冒冷汗。

亓干继续说：“我听说，《山里的铁甲银行》到现在只花了九十万，还有十万不知道存在哪个卡里了，刘总，是在你那边吗？”刘忠明摇头，他明显是被今天的场面给镇住了，他突然有点糊涂，但似乎也明白了，亓干的每句话都是绵里藏针，句句针对石小川。

“小川，那就是在你那里了！我这边是肯定没有的。你看今天回去将十万块先打给剧组吧，明天开机饭总还是要吃的！”亓干说。

“亓总，咱不能这样，我是说，马市长那边，你那边的第二笔钱，我觉得吧，这个，……”石小川脑子里一团糨糊，他不知道自己在说什么。再无耻，他也没想到亓干会这样做。他完全乱了。

刘忠明问：“亓总，那接下来应该怎么做呢？”

“这个，要想这个项目继续活下去，就看小川一句话了。”

“怎么？”石小川听着这话，似有转机。

亓干点了支烟，指了下外面，“你们看看走廊里我们做的影片，从来都是第一出品人和制片人，不管是独资的，还是跟人合作的，这些都是洞房夫妻联合影业集团的片子，这个是在业内公认的，虽然我们也没做几部，但所有的事情不都是从少到多吗？但是这次，《山里的铁甲银行》，多好的项目啊，小川的好哥们萧远山写的剧本也不错，是吧，可我们是排老二啊，老大都不说话，我们老二放屁了，别人也听不见响。”

石小川忽然明白了，亓干是看这个项目启动了，想独吞。这个项目是马锐宝向政府提议做的，如果放弃了，是马锐宝的失误，对他肯定有影响。编剧和监制都是他的好兄弟，他们也是盼星星盼月亮地等着成片出来，而这些又都是石小川带头来做的。现在，亓干的一番话，是要逼石小川退出这个项目。除了退出，他能有别的选择吗？他哪里有五千万来做第一出品方啊！

亓干办公室的门开了，郭渺渺拿着一份合约进来，给了石小川。

“小川兄弟，这个是《孤岛迷魂》跟你们的结款，你看看这样处理行吗？我现在全公司都要忙《山里的铁甲银行》项目，咱不能让这个项目停止呀。”亓干看着刘忠明说。

刘忠明呆滞了一般，坐在沙发上，思考着站队的局势和对策。

石小川看到，洞房夫妻联合影业集团要跟他私了《孤岛迷魂》尾款事宜，本来三十万，但是因为票房惨淡、宣传不力、发行不当等原因，最终结款为两万元了事。而且合同上还说，从此不能再以此事跟洞房夫妻联合影业集团做任何纠缠。

流氓啊，无耻的流氓啊！说票房惨淡扣些钱也就罢了，基本上相当于大片的宣传规模，竟然说宣传不力！况且只给两万元了事，这真是太下作了！还能有比这更流氓的公司吗？他愤怒起来。

然而对着亓干，他能说什么，张牙舞爪跟他对骂，去踹他，还是将这些无用的话说出来吹过他根本不在乎的内心。

郭渺渺看着他，眼神里充满了心疼。

她深呼吸了一下，对亓干说：“亓总，这个合约，咱是不是再修改一下数额方面呢，因为确实……”

“什么修改不修改的，所有的都要石主编来定，知道吗?”亓干瞪了郭渺渺一眼。

石小川竟然笑了起来，他看了一下这三个人，站起来盯着亓干，看了足足半分钟。

“石主编，你来定吧，明天咱们还要吃开机饭呢，我让财务过来问问，是不是能挤出几千万来，如果你同意，我跟银行贷款也成。”亓干说话的语气诚恳地要命。

“你厉害！等着!”

石小川一个字一个字说完，转身就走。他不想看刘忠明，也不想看郭渺渺，他被扫地出门了，还是他自己主动的。这该是多大的屈辱啊。

“我等着哦。渺渺你去送一下。”亓干说。

郭渺渺快步跟出去，亓干招呼刘忠明靠近点，聊聊第二天开机饭吃什么。

郭渺渺追出去，任凭怎么喊，石小川都不回去。

她赶到时，石小川正好进了电梯，她眼看着石小川消失在电梯口。

·6·

石小川都不知道怎么到家的。他在沙发上坐了会儿，想着突然而来的袭击，看了一眼闹钟，下午五点，他不自觉地要去开电脑，看看虎狼网娱乐频道有没有什么错误，马上又意识到，自己离职了。现在他跟虎狼网的藕断丝连，恐怕就是“中国独立影评人奖”了。

他寻思着不对，他要做自己想做的事儿，亓干分明是在黑他，而他不能束手就擒。他也混过七年媒体圈，对影视也有了解，不能就这样被忽悠掉。

石小川马上给杨五郎打电话，商量对策。

杨五郎吃了一惊，一个小时后他出现在了石小川家，一同来的，还有张弋静。

“弋静，你今天不用盯页面了？”石小川问。

“没什么问题，都下班了，我陪五郎过来，他说你们的项目出了些问题。”张弋静说。

石小川将亓干的话绘声绘色地说了一遍，总体意思是，亓干忽悠了他，要将他第一制片人的身份去掉，亓干要自己运作《山里的铁甲银行》。

“当然，这事儿你还是监制，他就是针对我。但我实在不知道什么地方惹着亓干了。”

“那另一个《乾坤大挪移》呢？”

“那个跟宋志达和刘忠明合作，没有亓干的事儿。”

“刘忠明在亓干那边没说什么？”

“这个家伙，我现在还真不知道他怎么想的。”

话音未落，刘忠明进来了。“最讨厌的就是背后说人坏话了，你们啊真是坏事都不会做，说人坏话还不关门。”

石小川从亓干那里走后，亓干说刘忠明还是制片方，刘忠明应和着就走了。他心里有一堆的郁闷，想来石小川家找他聊聊，喝点酒。

他说给石小川打了好几个电话，都未接。石小川看了眼电话，没有未接电话。

“我怎么没接到你电话?”石小川说。

“你手机出问题了吧？信号不好？我给你打的时候明明打通了，却没接。不过我寻思着你肯定回家了，就跟着过来了。”刘忠明说。

“咱还是商量一下接下来怎么办吧，尤其是小川这边。”杨五郎说。

几个人坐下，开了几罐啤酒，各自在想主意。

张弋静拿了瓶加多宝，说昨天跟五郎吃饭，酒水单上赫然写着几个字：“怀念王老吉。”张弋静就问老板，这是加多宝吗？老板说客官好聪明，张弋静就笑说，老板好有爱。

杨五郎说：“谈正事，谈正事。”

石小川想起这个对话曾经在某个阳光灿烂的下午出现过，他想起了彭洋，而沉重的事情很快淹没了他的想念。他言之凿凿地说：“不给他点颜色看看，他还当我是病猫了。”

“确实要给他个下马威！他就是从骨子里觉得咱干不成这事儿。”杨五郎说。

刘忠明说：“关键还是要将这个项目做成啊。”

“项目不是我们的了，还做什么?”杨五郎反问。

张弋静拉了一下杨五郎，给他使了个颜色，杨五郎没搭理。

石小川说：“这个项目还是要做下去的，我那天走，是因为不想让这个项目夭折，因为是马锐宝通过我来跟政府申请的项目，如果不做了，对他的仕途还是蛮有影响的，我不想因为咱们要追求梦想，而影响到其他朋友的前途。况且，只是我走，你们还是之前的职位。现在我要做的是，给亓干点颜色，不能就这样吃了哑巴亏，不然你们以后也会被他欺负。还有我忘了一个事儿，忠明，《孤岛迷魂》的钱你俩结了吗，跟亓干？”

“没结呢，刚才还说到这事儿，就用在这个《山里的铁甲银行》里当投资费用了。”刘忠明说。

“切，投资费用？好吧。他要给我结算那三十万，结果给了我个合约，说只给两万了事，还要求我再不纠缠，这真是欺人太甚。”石小川气得胸口直疼。

杨五郎安慰着石小川，他是想，如果石小川撤出，他也撤。但他又非常想完成这一票。因为梦想多年的制作项目就在眼前，明天就要吃开机饭了。可是，兄弟情义在这里，他面子上也过不去。他看了眼张弋静，张弋静在低头翻手机看微博。

三个人终于想出了能够整下亓干的做法：搜集洞房夫妻联合影业集团的负面消息和克扣各个剧组及个人款项的证据，在各路媒体大炒，阻挠他们明年上市的计划，同时对亓干的私人生活信息也进行收集。

他们想，这样一来肯定出气了。而杨五郎和刘忠明则继续做他们在片中的职位，继续当初的梦想。

杨五郎看着石小川，“你撤了，我是不想待着了。”

“不用。我正好就全力忙《乾坤大挪移》了，远山那边有个朋友会投资，宋志达也有一部分投资，够用的。”

刘忠明说《乾坤大挪移》他也会找美容机构来投资，等他这几天将烦躁的心情落定了就着手干。

他们碰了下易拉罐，干掉了剩下的啤酒。张弋静喝光了一瓶加多宝，她想，这三个人真跟小孩过家家一样。

石小川在送走他们的一刹那，看着空荡荡的房间，忽然想到了第二天开机饭上其乐融融的场景。他忍不住鼻子一酸，指头在手机电话本里搜罗了一圈，却不知道打给谁好。

他要跟人倾诉什么呢，他本是那么要强的人！

算了！其乐融融，不是挺好嘛！

六

·1·

“中国独立影评人奖”颁奖的前三天，石小川要去虎狼网跟张弋静他们开最后一次会，他是放心的，只是要确认一下几个奖项。他刚要出门就接到了郭渺渺的电话，她正在虎狼网谈电影《山里的铁甲银行》的宣传合作。

“想起你不在了，我也不想来虎狼网谈工作了。”郭渺渺撒娇着说，她不想谈让石小川闹心的有关制作的事儿。

“哦。有事吗？”石小川满脑子都是工作，他开完“中国独立影评人奖”的会，还要跟萧远山开电影《乾坤大挪移》的会，然后再看看让人整理的亓干的材料怎么样了，还有公司注册的事儿也是这几天刚确定好。他变得跟彭洋一样，满脑子都是工作。

“我说我在虎狼网。听张弋静说你一会儿过来，我现在就在。”

“渺渺，咱俩别这样了好吗？”石小川觉得还是说清楚比较好，这样暧昧着太扯淡了。“我不喜欢你，我对你没感情，我现在也没时间谈感情，你能放过我吗？”石小川觉得这样说就已经够明白了。

郭渺渺长时间没说话。她想，是不是因为她在亓干公司，他才这样厌恶自己？

石小川又搭了句："你那么漂亮，肯定有很多人追的，也会遇到你喜欢的，但肯定不是我。我之前如果有对不起你的事儿，真的对不起。"他还是想起了那天晚上他俩痴缠在一起的事儿，那次，是个意外。他这样想。然而他这样想，心里的愧疚又硬生生被挤了出来。

"你就喜欢彭洋，是吗？"郭渺渺冷冷地问。

"我哪里喜欢彭洋了？我都不知道喜欢谁。我现在都被你们公司给抛弃了，我哪里有资格喜欢谁啊！也就你看得起我，喜欢我，但我真对你没兴趣。"

"但，你，真，对，我，没，兴，趣。"郭渺渺一字一字地重复说道，虎狼网空荡荡的楼道里甚至都有她的回声。她叹了口气，"石小川，你就作吧，你别后悔，别以为我没人要了就可着你呢。你以为好的就一定好吗，你喜欢的就一定喜欢你吗，你行，你行！"说完就顾自挂了电话。

石小川本想说什么，可又不知道说什么，郭渺渺这电话挂的，对石小川是解脱。她能想开的。

到了虎狼网，石小川径直去了十一层会议室。虎狼网还是虎狼网，却已不是他的了。他名字前面，别人介绍时，不会再说"虎狼网娱乐主编"，而是"制片人"了。哦，制片人？他看着虎狼网大厅的玻璃上闪烁着无数个脑袋，是他的，每个脑袋都在哈哈笑着，额头上写着"制片人"三个字！他揉了揉眼，摇了几下头，让自己清醒过来。这点打击就能击垮他，怎么可能，这都不叫事儿。

碰见几个熟悉的同事跟他打招呼，他微笑着，像个成功人士。他放着主编的职位不坐，他回来，是要昂首挺胸的。起码姿态，他要做出来，尽管他也觉得别扭。

进了会议室，他给张弋静打电话，说到了。张弋静说换地儿了，现在石小川在的“好莱坞会议室”一会儿有部门占了要开会，改到了“仓颉会议室”。他当然知道在哪里。

从办公区穿插而过，他看到了很不想看到的：郭渺渺穿着短裙，坐在电影编辑小二黑的腿上，娇嗔地说晚上一起去跳舞。“去嘛，去嘛！”郭渺渺的嗲音将整个办公区的人的眼睛都吸引了过去。

她在石小川从她面前经过的瞬间拉住了石小川。

“石主编，晚上去苏茜黄吗？哦，对，您都卸任了。不该说苏茜黄，应该去 KKTIME 呀，小二黑你知道吗，你们前主编参股了家会所，台湾风情，很性感的呀。”她特意将“前”拖得很长。

小二黑面色有些难堪，他将郭渺渺推下来，瞧着电脑说：“你们这个项目就按照计划来吧。”

“那晚上苏茜黄了，外面要穿正装哦，里面你随便的了，等你。”郭渺渺说着，给了小二黑一个飞吻。

小二黑脸红地摆了摆手，意思说快走吧你个荡妇。公司里有人吹了声口哨，郭渺渺才不理会，她松开拉住石小川的手，白了他一眼，扭着屁股在石小川前面去了“仓颉会议室”。

石小川看了眼小二黑，他正有些紧张地在忙碌着。石小川忘了小二黑叫什么名字了，但他找石小川签过一次字，似乎很畏惧他的样子。他想，小二黑可能知道郭渺渺跟他有私交吧。

他跟在郭渺渺身后走向“仓颉会议室”，郭渺渺的屁股扭得像不倒翁一样夸张。

郭渺渺敲了敲“仓颉会议室”的门，探进头去，“弋静姐，我先走了，事儿我都跟小二黑谈好了，拜拜，回头吃饭。”她掩上门，直接绕过石小川的眼神，扭着屁股轻松离去。

石小川笑了笑，他觉得女人真是很难理解。他管不了那么多了，现在要做最重要的事儿。

·2·

石小川让人收集整理的亓干的资料越来越多，他发现亓干不仅公司运作上跟各种名人及公司交恶，财务也是隐藏着很多盲点，查到的数据跟他公司所公布的相差甚大，而他老婆的很多项目也是通过他的影视公司来进行交易，有很大的洗钱嫌疑。他还从几个搜索引擎公司的朋友处了解到，亓干找人在网上删过很多他跟各类女子有暧昧关系的帖子，除了怕被老婆知道，更多可能也是为社会名誉及公司形象。

石小川很平静，他早就知道会有这样的大发现。他还没收到公安局、工商局的朋友帮查亓干收贿受贿的证据，不过肯定也是一大堆。

他是想，如果查到足够的亓干跟贵山市委书记有勾结的证据，马锐宝就不会有任何危险了。

有次在“天上花园”，一堆导演和演员在奉承亓干，说他仗义多金，从不玩潜规则，石小川就忽然想起了一副对联。上联：“说实话办实事一身正气”；下联：“不贪污不受贿两袖清风”。杨五郎就笑，“那横批是什么？”石小川说，“横批：查无此人。”两人笑得很开心，亓干顺着笑举着酒杯过来，“一起开心，一起开心。”

他将这些资料的情况告知了杨五郎和刘忠明。他们三个人当初同仇敌忾想要给亓干个下马威，如今功成在望。

杨五郎说："咱得想清楚下一步怎么走，才能搞他于无形，最好是别让他知道是咱干的，将他干掉了，还能神不知鬼不觉，不留痕迹。"

石小川说："刘忠明的意见差不多，定出具体的步骤来再实施。"

刘忠明说："KKTIME 见，咱们的绝地反击。"

三人在 KKTIME 商议了半天，思忖再三，终于决定，所有材料打包整理到一起，电子的和打印出来的，按照先后顺序同时发送给广电总局、工商局、税务局、公安局等政府职能机构，以及亓干的老婆。他们甚至想同时在洞房夫妻联合影业集团内部群发邮件，让所有人都知道亓干的勾当。

他们想象着这些东西发出来后亓干以及业内的反应，这样卑鄙的人将会从此灰头土脸，恶有恶报，时候终于快要到了。

石小川叫美丽的服务员开了一瓶十多年的拉菲，三人畅饮，觉得世界就应该这样掌握，规则就应该这样制定。惩恶就是扬善，他们的伟大壮举会让多少后来者避免受到利益侵害啊。

杨五郎和刘忠明更多在沟通剧组拍摄的情况，他俩一个监制、一个制片人，这俩行当国内都紧缺好的人才，他俩开机前踌躇满志，看他们聊起来叹息个不停的表情，就知道这事儿绝不好干！

"怎么，遇到状况了？"石小川问，他其实早就想问。这本是他一手抓起来的项目。

"状况每天一大堆，这宋志达太拖了，按照这个进度，明年也拍不完。”刘忠明回答。

“你得跟他说啊，你是监制，有技巧地跟他谈谈，他还是应该好谈的。”石小川建议。

杨五郎发出了一声不屑：“切，宋导现在可是大腕，谁都不爱搭理，谁的面子都不给。我们这还是一起过来的人，何况底下的人，每天就听他劈头盖脸骂这个骂那个了。骂男的就罢了，还骂女的，骂女的也就罢了，回到酒店还进人家被窝，这事儿怎么想都觉得不好。你说我这个监制当的。”

石小川吃了一惊，“他脾气这么暴？他跟谁上床了？”

杨五郎瞧了一眼刘忠明，“反正化妆师都在跟我诉苦，忠明想必也收到了投诉。”

刘忠明点头，笑起来：“剧组嘛，天长日久，压力又大，导演日理万机的，可以理解，但不能纵容。回头咱俩跟他好好说说，这太平常了，小事儿，小事儿。”

开机前计划做得再完美的剧组，都会在拍摄过程中遇到各种千奇百怪的问题，这正常，但是乱搞剧组人员，这是导演的个人素质问题，他倒是知道很多导演连化妆师都要骚扰的八卦，还有一些迷恋脚迷恋处女的怪癖。

宋志达导演是石小川他们一手给推出来的，如果导演的烂事传出去，毁了的，不光是宋志达一个人的名誉，恐怕还会连带其他人。石小川想到这层，语重心长地跟刘忠明及杨五郎说其中利害，俩人听了颔首同意，说晚上回酒店就找宋志达彻夜详谈。

“小禾演得如何？”石小川问杨五郎。

“还行，比想象中好。她还真是个好人，跟印象中差别比较大，我原以为她挺放荡呢，没想到是一良家。娱乐圈真是浑水，每个人都得按照剧本活，自然的东西太少了。”杨五郎感慨道。

“小禾演得不错。价钱按照她现在的行情，已经算是友情价了。其他的咱没兴趣，刘仙丹大牌点，每天都会不同程度迟到，我就让摄影师故意给她拍得难看，他妈的，敢跟老子摆谱。没法跟咱们的小禾比啊，那才是德艺双馨，三级片和主旋律都是没的说。”刘忠明说。

“那就好。”石小川是希望小禾能红的，当初他跟杨五郎一个夸一个骂，动用各种炒作手段终于将她捧红，如今能担当起一个戏的主演，还能演得有模有样，不容易。

他又问后续款项到位的事儿，俩人都说 OK。

这让石小川挺不爽。看来他亓干就是要整石小川的。本来他还一直有恻隐之心，不到最后一刻绝不发飙，但事实证明，好人难当。

石小川跟两人确认了从明天开始就要发布的材料，杨五郎发所有的电子版，刘忠明让人快递打印版，石小川想办法在亓干公司内部群发邮件。这真是万无一失的合作。

临别时，杨五郎问石小川接下来的动作，石小川说运作《乾坤大挪移》的项目，将公司做起来。

“《乾坤大挪移》，别忘了我也是制片方哦。”刘忠明抢着说。

“你还是赶紧筹钱吧。我跟萧远山这边确定了一个美容机构的两百万，虽然可以启动了，但是远远不够。对了，我这边想直接将公司注册个三百万的，还没下来，你公司不是五百万的注册资金嘛，不是也能立项嘛，这个项目在你们公司立项吧，咱们自己人，都知根知底的。”石小川对刘忠明说。

杨五郎看了下石小川，“这个，看看吧，如果不急的话。”但他说出来就觉得说错了，他们三人中，最急着要证明自己的就是石小川了。

石小川说：“没事，在忠明那边，放心。”

刘忠明诡异地笑了笑，“这事儿包在我身上，你多融资着，我催着宋志达，这还蛮急的，得抓紧运作起来，不然被人抢了，美容行业现在这么火。那个整亓干的事儿，我觉得一个人来统一弄比较好，你看啊，咱三个人分别去做，既分散，又大材小用，浪费资源嘛这不是。”

石小川想想也是，他得抓紧做项目，做项目证明一个影评人也能做电影。他要证明给那些冷眼旁观着笑他的人看，或许那些人根本不在意，但是他在意。

“你觉得呢，五郎？”石小川问。

“这样着急的话，我来发材料吧，反正每天也是剧组的事儿，到处跑。”杨五郎请缨。

刘忠明说：“别，别，我来吧还是。你看啊五郎，你是监制，这两天将宋志达的个人问题解决了是最大的事儿，源头搞定了，下面就没人叨叨了。小川呢，最要紧的应该是《乾坤大挪移》的项目，不然咱俩在忙着制作，小川在忙着算计之前的事儿，那岂不是坏了当初他离职的美意。融资最重要。我现在不过是第二制片人，大事儿都在亓干那边把着呢，我说了哪里算，还是我来做这种琐事吧。”

杨五郎看着刘忠明，又瞧了瞧石小川，本想说什么，却什么也没说。

石小川说："那就这么定了，明天周五，明天开始发，我想周一就会有动静了。"

"对。快递行业发展也很快的，应该找个切入点做个影视剧。"刘忠明接着石小川的话茬说。

·3·

周一晚饭时，石小川还没看到微博上、网络上有任何关于亓干及洞房夫妻联合影业集团的"既定消息"，他有些心慌。

中午，石小川给刘忠明打电话，关机。他又打给杨五郎，问刘忠明是否在剧组，杨五郎说没看到。杨五郎反问，怎么没见到亓干那边的反应？石小川说正要问此事，刘忠明的电话打不通。

他下午和萧远山去跟达达美容机构谈合作，倒是挺顺利，达达美容机构的老板肥头大耳，出手相当阔绰，因为与萧远山是十年以上的朋友，萧远山推荐的，他当然会重视。

"小川你肯定靠谱的啦，远山推荐的没错的啦，我给你一千万，你能给我回本，我就很高兴的啦，我就想听见响声的啦。"

石小川心想，明明是个东北人，偏偏装作香港腔，说话一口一个"的啦"，萧远山这么多年跟这种朋友怎么熬过来的。

达达老板的目的很明确，一千万对他如牛毛，但要听见声响，要在业内搞出动静，必须要让他的达达美容机构在电影中以及宣传册等物料中有强烈体现。

石小川说：“当着远山的面，我打包票，如果达哥的要求达不到，那么我给达哥免费打工一辈子。”

达达老板笑得眼睛眯成了缝：“不用一辈子的啦，半辈子就好的啦。”

石小川看了眼签的合同，这个月底 30 日前打款，竟然是全款，一千万。他很高兴。瞅了下表，晚上 11 点，他登录微博刷了三四屏，没看到任何“既定消息”。

他又拨刘忠明的电话，关机。

他想要不要去剧组看看，或者问一下彭洋，刘忠明在哪里呢？仔细一想，还是不妥。

他打电话给杨五郎，也关机。

嘿，奇了怪了，杨五郎可是从不关机的。他一直跟个记者一样，24 小时从不关机。

之前在虎狼网时有个名记者跟一导演通电话，说导演啊，您随时给我电话，24 小时为您开机，不过一旦关机，必定是惹了风月情债。石小川想，刘忠明和杨五郎都惹了风月情债了？

有短信进来，是个陌生号码：“元芳，此事你怎么看？”

石小川扑哧笑了。这是电视剧《神探狄仁杰》中的台词。剧中的狄仁杰经常问副手：“元芳，此事你怎么看？”借两人的对话推动剧情，引出狄公对案情的分析。这一口头禅如今成了网友发表意见、讨论问题的万能句式。这人发这么句话给他，是什么意思呢？是什么事儿呢？

他给对方打了电话过去。

“您好，您是……”石小川揣摩着语气问，他以为是什么见过一次面的朋友，忘了存上人家电话号码，或者以他做媒介的经验来看对方是有什么事儿要咨询，起码不该是恶作剧，他现在的心情，要是来个恶作剧，他似乎也能舒缓一下。

“我是谁啊，我说两句，石主编就听出来了。”

是亓干。

石小川心里咯噔一下。

“石主编，问问你的看法，如果有人要整我，你站在哪边？”

石小川额头上出了层细汗，不用说，亓干已经知道了。

“石主编，我的看法是，人不犯我我不犯人，我记得你之前也跟我说过，这是你的价值观。石主编，很荣幸，在这一点上咱们一样。”

“你要说什么？”石小川问。

“我要说什么？是你要说什么！你还本事挺大的！”亓干的语气不再是玩笑。

“你要怎么着？”石小川再问。

“我要怎么着？是你要怎么着！石主编，我之前还真没看出来！不愧是写黑心影评的哦！”亓干冷静地说。

“你才是黑心！请问你有事吗？”石小川有点气急。

“没事，我能有什么事儿！不想跟我唠唠了？好吧，石大主编，忙您的去吧！咱们再见，拜拜，有空喝酒。”亓干满足地笑着，挂了电话。

石小川感觉到身体一阵阵发冷。

是谁跟亓干告密的？刘忠明，还是杨五郎？他俩都关机了。刘忠明今天一直关机，杨五郎下午和晚上关机，这到底是怎么回事儿？

他有些乱，双手抱在胸前，眉头紧皱。

他身上就穿了条短裤，午夜了，屋子里确实有些冷。

·4·

石小川这个人，看着挺精明，其实蛮没脑子的。

之前萧远山跟他前女友特别熟，经常开玩笑："你们家小川生活不能自理，这你要甩了他，他可活不成。"

他心里就想着做事，做自己的事儿，比较自我，对生活中跟做事无关的东西，似乎不甚关心。凡事只要不甚关心，也便都做不出什么好。

不过他自己换灯泡洗衣服时，也会想起前女友语重心长的叹息："像你这样生活不能自理的人，要是我离开了你，你可怎么办？"他就笑，"怎么会分离呢，在一起了就要一辈子的。"可人都没有前后眼的。他有时候也狡辩，其实生活也是能自理的。

在想是谁出卖了他的石小川，在沙发上想着想着睡着了。他一天跑来跑去谈事，太累了。找出出卖他的人很重要！不过也就是损失了一个朋友嘛！也就是损失一份合作嘛！影视项目那么多，在一棵树上吊死？那不是他的风格。他的《乾坤大挪移》进展不是还蛮顺利嘛！他再不济，也能再回到某家媒体啊，继续他既有经验又擅长的内容。他有的是后路。他又想起谁出卖了他，这个混蛋，他多好的人啊，竟然出卖他！做出这种最为他不齿的事儿，枉他还平时最爱说的就是周围朋友多义气。

他想着想着，睡着了。

醒来的时候，是被冻醒的。

短信也在一个劲儿地响。

他瞧了眼，将近二十条短信，多数是杨五郎发来的，还有一条是彭洋的。

他想，千万不要是杨五郎！他跟杨五郎十年的哥们儿，要是杨五郎出卖他，他真觉得世界完蛋了。

所幸不是。

杨五郎在跟他倾诉感情的痛楚。

杨五郎的短信中说，他相信，在石小川离开虎狼网之前，石小川眼中的张弋静跟他眼中的，是一样的。可现在变了。她变得尖酸、刻薄、常发脾气、喜欢冷战，她想要的就一定要，不在乎他人的感受。

石小川有点意外，但后面的短信更意外。

张弋静竟然让杨五郎跟石小川划清界限?!

不可能!

张弋静是他一手培养起来的接班人，她善解人意、稳重、踏实、大方，怎么可能！而杨五郎是他多年的志同道合的好哥们儿!

杨五郎为此纠结，他本来下午要去剧组跟宋志达谈谈个人作风问题，没想到自己的个人生活遇到了大问题。他一直关机，跟张弋静吵架，直到张弋静满意。杨五郎说忽然感觉到世界颠倒了，他这样安于现状的人，都感觉到世界颠倒了。

张弋静说石小川为了达到私人的梦想，让无数人“陪葬”，还以梦想的名义绑架很多人跟着一起头破血流，凭什么！她说石小川自私自利，在虎狼网时就经常收红包，说话还跟放屁一样，说了好多次不再写交口的影评，后来还是写过多篇，还利用手中的资源厚颜无耻地推介超级大烂片导演宋志达以及艳情女星小禾！推荐小禾也就罢了，她说石小川是身体所需，推荐宋志达让她是可忍孰不可忍，也是那次，她彻底觉得自己跟石小川不是一条道上的人。既然道不同不相为谋，那么她也不想她男朋友跟石小川是每天有各种事业瓜葛的好兄弟。如果她男朋友连这点都不能为她牺牲，怎么指望未来一起度过呢。

杨五郎的最后一条短信是："小川，你说我怎么办？我那么爱她，你又是我的好兄弟！"

石小川有些头晕，这是怎么了，要逆天吗？

他看到彭洋的一条短信，忙打开。

彭洋的短信寥寥十个字，却是字字刺心："身边有小人，万事须小心！"

石小川的心里五味杂陈。"哦，彭洋，谢谢你。"他念叨。

但他也明白了，是刘忠明出卖了他！

可是刘忠明为什么要出卖他呢？他为什么又要关机！他那么相信他，还将《乾坤大挪移》的剧本给他拿去立项！

轰——似乎一声炸雷在他头顶响起，他脑子炸开了，脑浆四溢。《乾坤大挪移》的剧本刘忠明拿去立项了?！他慌张地找刘忠明电话，要马上打过去。

依旧关机。

凌晨四点。他浑身发冷，牙齿打颤，额头又似有汩汩汗液在渗。

他想给张弋静打电话，想想太晚，算了。打了又怎样，一个女人！他给杨五郎打，又关机。他是不是要回复呢？他该怎么说？他跟杨五郎说女人如衣服，让杨五郎甩掉终于交到的好女朋友，还是让他为爱痴狂？

刚和张弋静在一起时，杨五郎就说，自己遇到了知己，这辈子无憾了。石小川是知道的，杨五郎家里也一直在催他结婚，而他家长对张弋静也甚是满意。一个好哥们儿，算什么？他杨五郎即使没几个特别好的常在一起的好哥们儿，但是让他在石小川、家人满意的女朋友、家人，这些关键词面前选择，石小川还是甘拜下风的。

不要再想了。想了有什么用呢？又不是他来做决定。

·5·

石小川躺在床上，有点发烧。

如果这样睡着，睡下去，该耽误多少事呢！如果这样一直睡着，又该多好！石小川的脑子里像过电影一样，一格格胶片在快进。

《乾坤大挪移》！他浑身一激灵，马上找手机，给刘忠明打电话。

电话终于通了。

未接。

再打！

不接！

再打！

拒接！

妈的！石小川将电话噌地扔了出去！

头痛欲裂。他躺着，想抽屉里是否有治这个的药。他还是撑着起来，没有半分力气。他翻来覆去地找，哪一种药是呢？似乎没有。他发现了退烧药和体温计。他将体温计夹在胳肢窝里，去倒了杯开水，想看看是不是发烧，再决定是否吃药。

果然，38.8℃，发烧，还挺厉害。他赶紧将药吃了，去床上躺下。

石小川脑子里乱糟糟的，他笑了起来，故意地笑出声来，让自己听见。

嘿，石小川，你看吧你，傻逼一个，几个小事就将你打趴下了，竟然还病了，真是可笑可笑。

他甚至想像周星驰那样大笑三声，始终没笑出来，嗓子有点黏。

他有多久没生病了呢？感冒似乎都一两年没粘上了。

他想，可能是急火攻心。

但这么点破事儿就急火攻心，他还真够脆弱的。

他那么那么那么地鄙视自己。

电话响！短信响！去他娘的吧！浑身热死了！

电话继续响！短信继续响！响个不停！

妈的，妈的，妈的，妈的！谁啊?!

他的手从被窝里探出来，摸索手机。不在。胳膊全露了出来，真凉，还是没找到。他掀开被子，侧面看了下床头，没有。咦？哦。他才又听见手机的声音，在门口，地上。

石小川费力地拿过手机，杨五郎、萧远山、张大春、郭渺渺、马锐宝等人打来的电话，这是怎么了？还有几条短信，他先将短信看了。

几个人也都发了短信，大意都是：“怎么回事？火速回电话。”

怎么回事？他哪里知道怎么回事，他一个脑袋重度发烧的人！

有彭洋的一条短信：“你没事吧？”

郭渺渺发了得有一百条短信吧，都是同样的内容：“回电话！回电话！”

他觉得有事情发生了！但应该不是好事儿。不然怎么连个“恭喜”“请客”之类的字眼都找不到！

他心里更慌张，不知所措。

他看了一下这几个未接电话，先给杨五郎打了过去。

“五郎，怎么了？”打了估计有半分钟，电话才接通。

他刚问，就听见杨五郎电话那边吵嚷的声音，似乎张弋静在杨五郎边上。

“小川，对不起，我近来有点累，剧组的事儿太多，之前想得有些容易了，压力大，对不起。别怪张弋静了。每个人的看法不一样。她是个好姑娘，她只是没有安全感。”杨五郎说话的声音都带上了哭腔。

“怎么了呀这是，你们今天都怎么了？”石小川有些急。不过他很快想起来，杨五郎是为什么这样了。“五郎，没事，咱们兄弟，没什么对不起的，没事。”

“你真没事吧？亓干确实太过分了！”

“他怎么了？”石小川一惊。

杨五郎反问道："你还不知道？他到处在说你坏话，还散播你跟郭渺渺的谣言，你没看到？"

石小川脑子里嗡嗡的，像轰炸机飞旋而下，投下一枚枚炸弹，轰，轰，轰！

他不知道怎么挂掉杨五郎电话的，他快速上网，发现微博上、论坛里，这事儿吵得热火朝天。他看到很多网站都在报道，"虎狼网前娱乐主编涉足电影投资诈骗"之类的消息不绝于耳。他还看到了"知名影评人与电影宣传酒店偷情"之类的标题，让他吃惊的是，配图竟然是他和郭渺渺在参加某次活动时的照片。

这肯定是亓干做的了?！抑或是宋志达？刘忠明？彭洋参与了没有？他不知道。肯定没有。他脑子里嗡嗡的，不知该往哪里看，看什么。

他去登录虎狼网，倒是没有他的消息，但是"中国独立影评人奖"明天举行颁奖典礼的事儿在大头条摆着，他心里翻江倒海，怎么了？怎么会？怎么办？

他想了想，镇定了下来。

他给萧远山打电话，说自己没事。

萧远山笑起来，"多好啊，你火了！"他也笑，也就萧远山这样的兄弟，还能在这个时候跟他开玩笑。

萧远山都没问这是真的假的，就是在安慰他，都是必然的经历，没事的。

是的，没事的，他还火了，臭名远扬。他解释了又怎样，这个圈子，坏消息的可信度更高。

他又给马锐宝打过去。马锐宝当时就像炸了锅一样在电话里骂开了："你个混蛋啊石小川！小川你说我这么相信你，你怎么这么害我！升到现在的位置我容易吗！这事儿要是没事还好，你一个人顶着，也就罢了，要是真查到我这边，不仅我的副市长职位难保，一起做这个事儿的七八个同事，有俩还是费了九牛二虎之力考了三年才考上的公务员，他们都跟着完蛋，永远完蛋你知道吗？你这事做得真是太不地道了！你让我怎么嚼你好！"

石小川心又往下沉，他最初的打算，就是希望不要给马锐宝扯上麻烦，看来亓干是看准了他这点。可他这个担忧，只跟刘忠明和杨五郎谈过。

刘忠明这个混蛋！他咬牙切齿！

他跟马锐宝解释，让他放心，他会顶下所有的事儿，他保证，《山里的铁甲银行》他没有做过任何亏心事，他所预留的十万元也早就转到了剧组账户。况且他跟马锐宝都是公事对公事联系。

他跟马锐宝发誓，"锐宝，咱俩高中同学，好哥们儿，相信我！我不会毁你的仕途！我巴不得你能更好啊，你能当上国家主席我不更是鸡犬升天！相信我！"

马锐宝叹了口气，"希望没事，希望没事。我就是气急了，你也不接电话，网上的负面消息很严重，书记都过问了。我也很难做。"

石小川是明白的，马锐宝做到现在，"80后"的副市长，不容易。他俩高中时都住校，俩人的床铺是挨着的，夜里睡不着，聊完了姑娘和黄色笑话，就说说远大抱负。石小川听马锐宝说他要进军党中央，早晚要去的，这话他都听出老茧子了。可是现在，他想起来，他觉得自己成了马锐宝的绊脚石，他心里过意不去。老同学给介绍项目，现在却让他陷入危机，他太不应该了！

马锐宝心情也缓和了下来，他安慰石小川，“镇定下来，好好想想，怎么办！”

石小川去冰箱取了瓶凉得骨头僵硬的红牛，一口气喝了下去，胃里马上像布下冰天雪地的网一样，他浑身打哆嗦。

还有张大春的一个未接电话，难道春总也知道了？那肯定知道了吧。他叹了口气，接通了电话。

“小川，我不知道你之前是怎么跟张弋静搞的，我也不知道你现在出来做制片人的状态，但我现在很生气，你提名的娱乐主编张弋静，申请撤销你明晚的出席和颁奖资格。她是你一手提拔起来的，这是怎么回事，你给我解释解释！虽然你不在虎狼网了，但作为老朋友和老同事，我需要你的解释。但结果我告诉你，无论你解释的是否让我满意，明天的活动，你还是别来参加了。你知道的，虎狼网任何同事走，我都不希望你走。但是这次，这个事儿，没办法，曹朝磊已经跟我打招呼了。影响太恶劣。”

“影响太恶劣？”石小川自语道。

张大春说了什么，他也记不得全部了，他就想马上躺下来，睡觉。好吧，“中国独立影评人奖”是你们的，都是你们的。

腿脚有些重，他坐在了床沿上。郭渺渺的电话打了过来。

“你没事吧？”郭渺渺担心地问，嗓音有些沙哑。

今天，她跟无数人解释，后来干脆回家，爱谁谁吧，这样正好，她跟石小川可以光明正大地来往，两个单身，搞搞恋爱，怎么了呀？

全世界你们这帮傻逼都疯了吗？郭渺渺在回家的路上一直在想。

“你还好吧？对不起。”石小川闭着眼，躺在床上，有气无力地说。

“别这么说。你在哪里？我去找你吧。”

“不用。我在……外面，想一个人待会。”

“我去KKTIME你不在，失恋咖啡你不在，我去虎狼网你也不在，我给你打电话发短信都没有接通也没有回复，我敲你家门也没人开，我看到网上的东西了，我去找你吧，陪你。”

哦，郭渺渺来敲他家门了，他还真没听到。他是脑子短路了。

“我没事。既然你没事，那就放心了。我先休息一下。”石小川说着，就要挂电话。

“你为什么这么讨厌我！”郭渺渺忽然大哭起来。

石小川面无表情：“渺渺，咱俩不合适。我不好，我对你也没感情。我更不想伤害你。所以……”

郭渺渺哭着挂掉了电话。

石小川叹了口气，将手机放到床边，关机。他自己还顾不过来了呢，他又怎么会去谈情说爱？他是得好好想想了。这么想时，脑袋又像裂开了一般，又疼又烫。忽然，他又觉得胃里难受，今天也没吃什么东西吧，刚这么想，哇的一口吐了出来。他趴在床沿，嘴里的秽物顺着嘴角往下掉，混着眼睛里倾巢而出的眼泪。

七

·1·

刘忠明干什么去了呢？关机了两天后，他开机了。他也不想躲。每半小时不看手机，他都会心焦，关机了两天，他抓狂得要命，全身心投入到了电影《山里的铁甲银行》的制片工作中。他跟化妆师小美谈心，说监制杨五郎这些天心情不畅，每个人都有很多难念的经，能力越大责任越多，宋志达也是，所以就不要介意了。退一万步说，剧组那么苦，就算发生点什么，双方只要做好安全措施，还是可以接受的嘛。人嘛，总归是欲望动物。

说着说着，刘忠明就跟化妆师小美住到了一起。

那两天的化妆可真糟，因为小美总是去得晚走得早，她那俩助理可真不像助理，比老板都大牌。

剧组的都好不到哪里去吧?!

两天不看手机呀！刘忠明开机后没管石小川那么多的短信和电话，他对自己佩服得要命。

两天不看手机你会不会死？他逢人就问。对方答曰：会。他的自信心就极度爆棚，觉得自己是挑战过了生命极限的人。还有什么事儿能难倒他呢？他是想不出了。石小川？切！最初他就看不起影评人收红包写枪稿，迫于现实情况，他不得不跟这帮影评人交往，还得谈心，还得请他们吃饭，还得哄着他们说着好话，我靠！关键是，杨五郎写枪稿就写枪稿吧，毕竟那是他的生活经济来源，石小川这种在媒体里混的，还主编级的，也写枪稿，虽然是偶尔，那也不能谅解。你得多坏才能昧着良心去骗你的网友和你的观众的钱啊！误导啊，误人子弟，这种人就如同教育部门那些烂透了的黑心老师，他们唯利是图，他们作奸犯科，他们自以为是，他们颐指气使，你还拿他们没办法。好吧，没办法，总有一天……嗯，是的，总有一天。他终于等到了。

刚开始运作《山里的铁甲银行》项目，刘忠明在确保有资金启动，他也会加入制作团队的前提下，跟宋志达计划好了一个大阴谋。

刘忠明是有制作情结的，做影视工作的，谁没有过当导演做制片人的念头呢，都有的，可惜在现实实践中，你不得不曲径通幽地达到你的目的。让他做一辈子宣传？除非这个公司能独步业内。而如果能在业内独领风骚，那么刘忠明也会涉足制作的，他可是有梦想的人，不仅仅是能赚到更多的钱，名望和地位，美女和小弟，都会自动凑过来的。

他唯唯诺诺了好久，一直觉得自己在卧薪尝胆，其实他哪里算是卧薪尝胆呢？有次胃不好，医生让他吃草药，他喝了一口就吐了，这么苦！他加了半碗白糖，终于勉强喝掉。之后再也没碰过草药。

宋志达试探着问："你确定石小川会同意？"

他从红了之后就一直痛恨石小川。痛恨！这个词儿一点儿都不过分。

所有人都在说，是石小川一手捧红了宋志达和小禾，那篇交口称赞的评论写得可真美："宋导用不算精彩的十年磨炼等来了精彩的下半生。"

他不知道小禾是不是如此痛恨石小川，但他是的。

小禾不过就是一个女演员而已，他才不在意。他觉得你有卖点就用，觉得你能上床就用，觉得能拉来投资能为自己铺平前进的道路就用，其他，对于宋志达来说，都无所用。他喜欢郭渺渺，她的身姿太美妙。他在小禾拍戏回酒店睡着了时侵犯过她，他太习惯做这种事了。女人算什么，跟男人的梦想相比?! 梦想，那是多伟大的一个东西。那是他闯荡这个花花世界的唯一理由。如今，他有了，他浑身充满光环，无数的小演员为他倾倒，剧组所有人都要对他唯命是从，《山里的铁甲银行》还有大牌演员小禾，可是小禾，他看着她，就像看到一尊玻璃矗在片场，他让她怎么走位就怎么走，小禾有点不同意见，私下里还好说，在片场，所有的意见都是扯淡，他是独裁者，顺他者昌，逆他者再不合作，就是这样，爱谁谁，谁让他是宋志达，火，有名气，有话题，媒体和投资方就爱这个。可是所有这个都有个定语，被知名影评人、媒体人、策划人石小川和杨五郎一手捧红的著名导演宋志达如今在怀柔影视基地拍摄新片某某某，狗日的，痛恨啊，你们媒体真该死，你石小川真该死，你杨五郎也该死！他就是想搞死石小川，他也不想让杨五郎跟他合作，他必须得先下手为强，万一有一天石小川又捧红了其他人，那他该暴露的缺点都暴露了，他该怎么办？他不能等着成为别人的鱼肉。

他派了四个人专门跟踪郭渺渺和石小川，看到他俩在酒店房间里没有出来时，他乐坏了，他甚至觉得石小川跟郭渺渺和小禾搞上了。但他遗憾没有拍到照片，他借此炒掉了四个不靠谱的跟踪者。小禾呢，哼，给石小川那么大一个便宜，石小川都没上，真是枉为男人啦。宋志达可是发自内心地觉得那些对送上门来又拒之千里的男人都是虚伪透顶的。

但他还是知道在这个圈子里对什么人说什么话，该怎么做才能最大程度地保全自己，别让不容易得来的辉煌转眼逝去，那是他害怕的。所以不容闪失，他必须明哲保身。

刘忠明很自信："吃定他了，从他看到彭洋那一眼起，就吃定他了。"

"彭洋？你那个宣传总监？"宋志达疑虑着。

刘忠明抽了口烟："对，你还看不出来！不单单是这个，你不觉得咱俩在一起合作，才有默契？咱们都在这个圈子闯荡这么多年了，他们不过都是影评人出身，又是搞媒体的，哪里会真正了解这个市场！他们一出来就成了制片人了，咱们白白冤枉这么多年，还有没有天理了！宋导，你想想之前你拍那些片子容易吗，难道你不想自己有足够的话语权？你想每天都带着别人的阴影生活？"

"阴影倒没有。"宋志达冷笑了一下，他只是觉得，要做就做得彻底，幸亏他们都是这个圈子的，不用上表演系照样也能高分毕业。

他俩草签了个协议，《山里的铁甲银行》，石小川拉来启动资金，就想方设法将主导权转移到他们这边，如果投资不确定，就果断撤出，但必须是他俩抱团，类似"美英同盟"。暗地里，他俩要跟石小川好成兄弟，石小川要听他们的，将所有对话录音，将所有可能导致他们身败名裂的资料保存。后来他们认识了大老板、大出品人、大制片人亓干，一见如故，相见恨晚，他们大概都在心里慨叹生命是如此精彩，狼狈为奸可真不是个难听的词儿，他们更喜欢说遇上了对的人，合作肯定亲密无间。在亓干的引荐下，他们跟韩俊后建立了关系，怂恿石小川跟韩俊后多多见面，刘忠明和宋志达则让人拍下了大量照片。影评人石小川与在监狱待过一年多的行贿受贿的韩俊后整天在一起饮酒作乐，那在网上会是什么反应？但他俩对亓干都留了一手，石小川给刘忠明的所有材料，刘忠明只给了亓干一半，但这一半，已经足够让亓干暴跳如雷。

“想整我？操！能整我的人还没生出来呢！”他说完这句话，老婆的画面立即浮现在了眼前，他是怕他老婆的，所有一切，都是他老婆给的。但是在办公室，在一个想上位的宣传公司负责人面前，他说什么，都是金科玉律。

他不必在意所有人的面子。

“忠明，我早就盯着你们公司了，我来收购，好不好，咱们强强联合？”亓干问刘忠明。

“这个……还是再考虑一下吧，我想再做两年，您就让我们小辈多玩玩吧。”刘忠明笑着拒绝，他可不想丢掉老本。

“好吧，咱们兄弟，都坦率，听你的。但我想，至少，咱俩该将心比心，我希望咱们能做长期的稳固的都赚钱的合作。你如果想，随时可以来我这边做制作人，我是非常想要你这样的人才的 。”亓干想，他的“以退为进、以攻为守”战略总是屡屡得手。

刘忠明就提出了想全面介入制作行业的想法，亓干想都没想就肯定地说："没问题。"

·2·

彭洋从一开始就觉得不对劲，她跟着刘忠明做影视宣传做了两年多，太了解刘忠明了。不是铁到家的事儿，他不会做。不是利润满到脖子的事儿，他不会做。若不是万无一失，他不会去冒险。但他给外界的印象却是无比有魄力，这是彭洋佩服刘忠明的地方，这人怎么就能让所有人都这样以为呢。尤其是杨五郎、石小川这帮交口的枪，说刘忠明眼光真毒，找哪个项目都赚得厉害。

当然也有赔的片子，但刘忠明是绝不会亏一分钱的。他总自比曹操，有一点他倒跟曹操真的很像，每天都担心有人害他。这个世界在他的眼睛里都是交易，但他又表现出一副虔诚虚心的样子，每次都是跟人说，他刚入这个圈子，是新人，请多多指教。

这种事她彭洋可是干不出来的。

但这个行业，经验太重要，经验多了，人脉也便水涨船高，媒体还不都是要个脸熟嘛！彭洋这两年多下来，跟绝大多数搞影视的媒体人倒是都认识了，说去推个位置基本上没问题，然后月底给这些人打包送个红包，在饭局上觥筹交错一下，嘻嘻哈哈，你们片子真不错，你们做的专题真不错，切，鬼才相信，片子好不好跟彭洋他们有个屁关系，专题好坏在外面一说仿佛就是那个说的人一个人全盘包做了的一样。人心隔肚皮啊，眼里堆着笑，心里冒尖刀，这便是彭洋所处的圈子。

对这些人，这些事儿，她是厌恶的。

她从国外留学回来，做了一年媒体记者，觉得每天都是车马费，报道除了被片方糖衣炮弹夹裹，还要受制于上峰。政治她不懂，更厌恶，她在国外留学时看到外面的世界对生养她的环境的看法可不怎么好。那又怎样呢？她不过是个热爱电影、热爱旅行、热爱美好生活的女子，单亲家庭长大，爸妈都有稳定的生活，各过各的，想念了就给爸妈打个电话，逢年过节抓阄去跟爸爸还是妈妈过，他们都有不同的家庭，她去了也是个外人，虽然那么融洽那么欢乐。欢乐是他们的，她什么也没有。

做了一年娱乐记者，她就去了刘忠明公司做宣传。三个月后，因为外形俏丽、工作方式得体，以及有内容的策划和有经验的媒体经历，她成了宣传总监。

刘忠明对她很器重，刚开始刘忠明还想过要泡她，她看出了端倪，几句冷嘲热讽将刘忠明吓退。她就是这样分明，对待工作可以有万般热情，对待私人生活请不要混为一谈。她讨厌混为一谈，所以她反感那些影评人不顾尊严没有底线地对一部影评交口称赞，尤其有些人还是媒体出身，这更让她厌恶。

但是没办法啊，她也是要生存，她倒是也能每天跟爸爸要这个跟妈妈要那个，可她岂是那样的女子。她恋爱的时候也不会跟男朋友要这个要那个，如今，她单身也近两年了，那个毕业后说要娶她的男人再也没在她手机里出现过，那个说最爱电影记者是因为看电影免费的外国男人，也在她的记忆里淡淡抹去。

何苦呢？她想，总会遇到对的人，爱她，自然而然，用心，用生命。

刘忠明在看到彭洋冰冷拒绝的眼神后，也就彻底打消了要将她搞上床的念头，还是单纯的工作关系比较恰当，不然，每月工资该怎么给她呢，是不是还要加个陪睡费？刘忠明安慰自己，上帝在给你一个得力搭档的同时，不会再给你一个美女陪侍的，尤其像这种留洋的，碰都不要碰，还是搞些没脑子的懵懂少女比较好。

有次宋志达喝多了问刘忠明，彭洋那么性感有范，就没上过？刘忠明摇了摇头，都说留洋的开放，是敞开怀抱开放，拒绝人也开放啊。宋志达心有同感，哈哈大笑。

虎狼网是影视宣传最重要的网络门户阵地，石小川是块难啃的骨头，之前下面的人跟石小川的编辑们碰，搞定的推广位置并不多。后来她彻底接手，竟然一路绿灯。她知道虎狼网有时候还是蛮有情怀的，总会做些黄霑啊或者行业解析之类的真正能引发业内感怀或者对同行有价值的内容，也不过是有时候。

她想，这样一个频道的执行操盘人，竟然是石小川这个常写枪稿的影评人，她简直是要意外得吐了，但她终究没有吐，她笑呵呵地跟石小川见面。这个家伙总盯着她看，她想，真不是个好东西。

看到虎狼网跟刘忠明公司建立深度合作，彭洋还是蛮高兴的，毕竟是她的工作范畴，她可以轻松许多。看到刘忠明要运作制片项目，她也蛮高兴，虽然刘忠明人不怎么样，但他想从事制作这块的想法跟彭洋叨叨过很多次，他还说，自己电脑里存了至少十个影视项目，那要是做出来，得让整个中国电影圈都觉得牛逼死。嗯，彭洋还是喜欢看到有梦想的人真的牛逼的，即使牛逼死。

但她在看到《山里的铁甲银行》签约，还跟宋志达这个她第一眼就觉得猥琐轻浮浪荡没文化的三级片导演合作，第一制片人还是石小川，她心里就一阵的不乐意。

可是她的不乐意没有半点作用，她也没有表现在脸上，她只想做好自己的本分工作，然后回家在碟机里看她喜欢的片子。她不喜欢在电脑上看，她有台碟机，还买了个大投影，坐在沙发上抱着毛茸茸的玩具大狮子看片，也挺惬意。

那天她路过刘忠明办公室，听见他跟宋志达在商议事儿，似乎还跟亓干打电话。

她没有故意偷听，都下班了，她做出了一个项目策划案，给刘忠明审核，她不想拖到第二天再做。

她听见宋志达说得很大声，“一定不能让他得逞!”刘忠明似乎回应着，“对，对。”

彭洋瞧了眼四周，没人，她下意识地将耳朵贴在了门上。

刘忠明和宋志达原来早就计划好了要陷害石小川，原来他俩都讨厌石小川，还讨厌杨五郎、萧远山，甚至亓干也为他们所不齿，那些她所经常听他们谈及的女人，都不过是玩物。什么，刘忠明要将什么材料给亓干？很重要吗？彭洋听见两个人在里面哈哈大笑。她想，又是一出螳螂捕蝉黄雀在后的故事，你争我斗就为了实现所谓的梦想，这样的梦想有多大的意义呢？她搞不懂这些人。

她不听了。她镇定了一下，敲门。

刘忠明开门，看到彭洋吃了一惊，问：“怎么了？”

彭洋说：“案子做好了，这是打印的。”

她递给他，转身要走。

刘忠明说："你刚过来？"

彭洋说："什么？"

刘忠明说："你刚来我办公室？"

彭洋说："是啊。"

刘忠明说："早点回去吧，我看完了告诉你。"

彭洋关上门，舒了一口气。

刘忠明回头对宋志达说："你不是说刚才看了一圈，一个人都没有吗？"

宋志达说："她不是你的宣传总监吗，怕什么，再说，不是所有老板的办公室都是隔音效果相当好吗，方便老板办事！"

刘忠明心虚地干笑两声："老板要办的事儿可真多。"

彭洋坐在自己办公室的椅子上，犹豫再三，给石小川发了条短信："身边有小人，万事须小心！"

她一天没上网了，憋在办公室做方案，她真是个对工作很有热情的人，即便这份工作并不是她最想从事的。她想休息一下，在网上看几个冷笑话再回家。上了网，她就发现了世界的荒谬，原来她就站在这些肮脏事件的主角们周围啊。

·3·

石小川看到彭洋短信时，像是每次考完试都会被骂的孩子终于被夸奖了一样。

但他没有回复。他不知道怎么回复好。他在心里说了声谢谢。

烦乱的事情很快劈头盖脸淹没了他。

彭洋回到家，脑子里都是刘忠明、宋志达和亓干的阴谋诡计，也不时出现石小川。

脑海中的石小川满脸自信，趾高气扬，又狼藉地趴在地上，被刘忠明用脚狠狠踹头。

石小川在彭洋面前好像很少趾高气扬的。

彭洋看到过他趾高气扬的样子，在“中国独立影评人奖”的启动发布会上，这么个自以为是的奖，有什么了不起，有任何值得了不起的地方吗，虚荣心登峰造极啊，还昂着头，貌似很牛的样子。影评确实写得不错，可是有几篇真的很没底线呢。不过他大多时候还是蛮低调的。这样的人，低调都是故意的姿态吧，心里想着要低调要低调，其实巴不得高调一回呢，要是一朝当权，可不得了。

哦，电影看多了。如今他可能惨坏了吧？他在干吗呢？这两天一直没消息，网上铺天盖地的嘲笑、指责、辱骂，他这样自尊心强的人，不会想不开吧？

彭洋浑身一哆嗦。不会的，他不会想不开的。

她忙找了下电话，给石小川打过去。关机。

关机就是好的状态吧？刻意不去关注那些信息，刻意不去接那些乱七八糟的看热闹的电话，不错的战略，他石小川临危还是不乱的。估计这些年，他那只犀利的笔得罪了不少人。他是写过几篇交口称赞的影评，但多数还是蛮客观的，并且相当犀利。

彭洋心里很惊讶为什么自己突然立场转向了。

但她这个时候细想想，石小川之前写的绝大多数影评还真是很不错的。他是个喜欢抒情的人，跟杨五郎是个喜欢催情的人一样，两人一个擅长写抒情批评，一个喜欢写催泪批评，就文笔来说，业内也算少有人敌了。可是学什么不好，偏偏就这么没底线呢？石小川写的那几篇没底线的“交口”文章，非得写吗？彭洋想到这里，自己笑了，嗨，她本来就是做这块的嘛！反倒将自己给问住了。他非得写吗？是呀，他非得写，他还非得在微博上说说，推荐一下，片子烂的话还要说得不那么赤裸裸，绞尽脑汁想怎么说既能跟制片方应付过去又能不过分地误导观众。可真是为难他了。

彭洋觉得自己被石小川附体了，她洗澡的时候都在想，这个时候的石小川会有心情洗澡吗，还是在肆意发泄心中的郁闷，抑或被击倒了？

她马上不洗澡了，马上擦干了，马上给石小川打电话过去，依旧关机。

她坐在床上，越想越不对，她是不是这个事件的帮凶呢？是的，都成事件了，网络大热点。这个热点的其他内容都是无关紧要的，就是郭渺渺与石小川的桃色绯闻真超出了彭洋预料。彭洋似乎带着一些醋意地想，没什么出乎意料，像石小川这样高傲的人怎么会没几个姑娘！

她忽然很泄气！她神经质一样躺下又坐起来，坐起来又躺下，她狠狠抓着头发揉啊揉啊，彭洋你怎么了！

她问自己，神经病，为个不相干的人辗转反侧！

第二天，彭洋去公司，大家都在谈论石小川事件，他们知道彭洋跟石小川有工作上的交集，就问彭洋内幕，“还有什么八卦快说快说嘛。”

彭洋有点生气，青着脸什么也没说，周围的人没好气地散开了。

她一直在等刘忠明，但刘忠明一直没来。

到了下午，她给刘忠明打电话，才知道他在剧组。

刘忠明说：“看了你的方案，不错，就这么定了。”

彭洋说：“你为什么故意整石小川，你们之前那么多合作，还称兄道弟的?”

刘忠明被这句话问住了，愣了估计有半分钟，才说，“你没病吧，尽说胡话，我什么时候整过石小川了，别血口喷人啊，是石小川找你了，还是?”

“谁也没找我，我就是看不下去，心里憋屈。”彭洋直说。

“唉，你个小姑娘家的，什么都不知道，别听人乱说，我怎么会害小川呢。我跟你说，刚才我还在说怎么帮小川摆脱危机呢，你说要不要整个策划案，给他打个翻身仗呀。”

刘忠明在说的时候，彭洋话机里传来对方那边一阵阵女人的浪笑声。彭洋听了刘忠明这话，觉得挺恶心。

“刘总，我之前还不知道您这么会来事。我没事了。挂了。”

“别挂，你这话什么意思?”

“没什么意思，你自己体会吧。”彭洋顾自挂了。

她眼睛里忽然都是泪。

刘忠明正在剧组住的酒店里跟服装助理小巧抱成一团。彭洋的电话让他不悦。他要炒了这个女人，不行，没个能代替她的人呢。忍了，大丈夫小不忍则乱大谋。不过得注意培养彭洋的接班人了。

服装助理小巧就说：“我就是你的接班人啊。”

刘忠明笑起来：“必须是你接班。”

他抱着笑成一团的小巧往床上去的时候，心想所有的男人是不是都要开辟这么一条欲望之路呢。他可讨厌自己跟宋志达一样什么人都上，但他又走了跟他一样的路。那么便是了，所有的男人都会走这条路。

他肯定。

·4·

石小川觉得睡了好久。

世界竟然没有白昼。屋子里暗暗的，所有的物品都跟死了一样静寂。窗帘上似有微光，也不知是几时了。

头似乎不烧了，还是有些晕。那些事儿，都发展得怎么样了？

他下意识地去摸手机。开机。

短信像豆子一样响着蹦出来，一条又一条。他都能预见到内容。

真是，墙倒众人推。他在虎狼网时觉得自己如果做制作，媒体这块是不用愁了，即便有了烂片烂事，危机公关一下，他亲自出面说一下，也是可以搞定的嘛。这帮人，岂能不念旧情。可他离开的椅子还没有凉透，生活就不动声色地向他展开了新的一面棱镜。

有郭渺渺的一条短信——竟然才一条。

郭渺渺说：“我，一，直，在。我，没，事。你，保，重。P.S：

解酒妙招：喝蜂蜜水，喝西红柿汁，喝新鲜葡萄汁，喝芹菜汁，喝酸奶，吃香蕉。”她前面每个字，都用逗号隔开，似在强调她跟他同一战壕的心情。她后面每句话，按照石小川对她的了解，应该都是查了不下一遍百度，确定真的管用了才发过来的。

看来这事对她影响没那么大。两个单身的人，在一起，上床，多正常不过的事儿。他想起郭渺渺什么时候曾跟他说过这个圈子：“有位哲人说，太阳也光顾污秽之地，但并没有因此而被玷污。所以一个人烂不烂，关键还是他自己。”按照这种豁达来理解，估计郭渺渺都正常上班了。

还有萧远山的两条，大意都是电话关机，多多保重。

还有十多条同一个陌生号码的信息，网络上那种号码发的，无法回电的。都是让他保重的话，说得挺温暖，像是女人的语气。

还有母亲的一条：“你奶奶病了，有空回来看看。”

他心里一震，忙看了下时间，是昨晚十点多发来的，估计打过电话，他关机了。他确定了现在的时间，凌晨五点十分。他想了想，就回了母亲那一条：“刚看到。工作太累睡得早。忙完这几天就回家。”他都没提最疼爱他的奶奶。奶奶经常生病，他习惯了。

他躺在床上回忆这几天的事儿，理了下，心里说，这就是身败名裂的滋味吧。不过他可是打不死的。休想就这么点挫折就让他放弃他原本的梦想。这个圈子再艰险，他也要闯。他没有回头路了，谁让他一开始就走上这条道呢。所有的豪言壮志都匆匆来到耳边报道，他要给那些看轻他的人瞧瞧，他石小川是有多坚强。

他站在镜子前，看着憔悴的自己，说：“石小川，加油。”

滚烫的热水冲在身上，他大叫着喊，“舒服，舒服！”

他一个洗澡从来没有超过二十分钟的男人，这回足足在浴室待了将近一个小时。水完全地彻底地凉了，他才出来。

他在网上翻跟他相关的微博，事情已经渐渐淡去，是呀，这个国家，再大的事儿，过一两天，都会渐渐淡去，何况他这样屁大的事儿。但是新闻还在，链接还在，各种搜索引擎上搜他的名字，排在首位的，是知名影评人诈骗政府项目，是知名媒体主编与知名影视公司宣传总监的偷情绯闻。这帮孙子！什么叫偷情，先搞清楚好不好！他舒了口气，淡定，淡定。坐下来，想，该怎么办呢？

他有点饿了。他确实应该饿了。他看了眼表，下楼去吃早点。

好久没吃早点了。上一次吃早点是什么时候呢？是两年前跟前女友在四川的酒店里吃早点吗？他对早点的记忆停留在那一次。

他要了碗粥，一屉包子，一碟咸菜，三下五除二吃完。他在凳子上坐了会儿，刚跟他一起坐下的一对老头老太，刚开始吃，细嚼慢咽。

身边有上班的人陆续经过，他有多久没这么早起来看着上班的人群感慨一番了呢。

好多年前他去某公司实习，六点起床，七点去上班，感觉浑身充满力量，前途就在前方。

都过去了。

他回家，刚迈进家门，母亲的电话就打来了。

“在上班吗小川？你看看请个假回家一趟吧，你奶奶身体不大好。”

母亲说话的声音有些沙哑。

石小川轰然觉得屋子塌了，像世界蹋了下来一样。

是啊，他多么冒失！这么多年，母亲可从来都没给他短信说过奶奶生病的事儿，母亲可从来都是有病痛都要忍着不说的，就担心耽误他的工作。他多冒失啊，多糊涂啊，多该死啊，这样的不孝子，他竟然还恬不知耻地活着！他简直不能原谅自己！一定是奶奶病得很厉害，他甚至想到了最坏的结果。

不要！不要！不要！他的眼泪哗啦啦淌出来，一直淌着。

他取了件衣服穿上，拿了个包就往火车站赶。北京到他老家，飞机每天只有中午一趟，开车要七个小时，火车只需要四个小时。

他的脑子里都是奶奶。

都是让他最担心的结果。

最早的票也要一个小时后才开，他恨恨地用手捶售票窗口，卖票的大妈立即大叫起来，“干吗，干吗，警察，警察！”两个警察瞬间飞奔过来，将他硬拉到一边。他的时间耗不起，忙赔笑解释，“对不起，对不起。”他说了事情原委，奶奶病重，最早的车也要一个小时后才开，他等不及，他怕奶奶等不及。说着，他哭起来，旁若无人，大声哭起来。

在火车站，所有人都在看着他，他旁若无人，具有强烈自尊心的他，高傲的他，自信的坚强的他，大声哭起来。

警察都要拉他，说没事了，快去等车吧。他方才想起来，抹了下眼泪，匆匆去候车厅。

围观的人看着他快步跑去候车厅，人群中有人说，演得真像。周围就传出了一阵哈哈的笑声。

八

·1·

石小川下了车，邻居嫂子看到他，说："快去看看你奶奶吧。"他的眼泪就下来了。

路上，他都在安慰自己，奶奶每次都是小病不断，大病没有，没事的，况且，他春节见奶奶时，奶奶身体还硬朗着呢。

大门上贴着死了人才会有的黄纸，一堆多日不见的远房亲戚在他家进进出出，他的脑子彻底空白了。看到奶奶安详地躺在棺材里，他就只有跪在奶奶面前流泪的份儿。

父亲什么都没说，瞅了他一眼，那眼神里有埋怨，有训斥，有心痛，有遗憾。他读得懂。这两年，父亲一直说，奶奶身体不好，还是早点结婚。他觉得事业还未起步，觉得一切还未有定论，结婚对他有什么意义呢？可是如今他最想的事情就是结婚，即使为结婚而结婚。当然也就可能那一刻他是那么想的。但生活又不是他给发工资，跟他来个黑色幽默再正常不过。大学毕业，女友想马上结婚，他不想。如今他想了，女友已然转身离去。父亲在石小川工作后，唯一盼望的，就是他的婚事了吧。他看到父亲头上的白发，心酸。他不孝！

他脑子嗡嗡的，耳边都是亲戚们劝他别哭了的话。母亲跟他同跪在奶奶棺材前，哭着喊，“娘啊，你孙子回来看你了，你睁睁眼啊！”几个姑姑也跟着哭，三姑跟石小川一样没有见到老人最后一面，哭着用头撞墙，大姑家姐姐哭得晕了过去。他跟着母亲回家换孝服时，母亲问他吃饭了没，他说不饿，母亲逼着他喝了碗热粥，他的眼泪啪嗒啪嗒直往下掉。

听母亲说，奶奶是昨天下午突然病重的。临了，一直不断气，等着见孙子最后一面。

父亲母亲半夜里都给石小川打了无数次电话，一直关机。

母亲以为他在工作，就发了条隐晦的短信息。早晨六点钟，奶奶终于还是没等到石小川，遗憾而去。

石小川恨自己！

他一个 24 小时不关机的人，因为那几个人害他，他焦躁地关了机。结果，最疼爱他的人从此去了，再也不会回来用皱巴巴的手，温暖地握着他的手，跟他一遍遍絮叨左邻右舍发生的琐事。

他恨自己，更恨那些人，是他们害得他连奶奶最后一面都没有见上！

他不会就这么算了！

他听见手机响了几次，短信他没心情看，电量不足的提醒告诉他，他临走忘了带充电器。又如何呢？还有什么用呢？有了又怎样呢？充好了电，奶奶就能回来吗？

来电，是彭洋。他看着可能马上没电的手机，接了。

彭洋问：“你怎样了？没事吧？给你发了好多短信，未回复。你在哪里？”

石小川就抽泣起来。

他不应该这样的，他多高傲的人啊。

他控制不住。

控制不住那种巨大的悲伤控制下的泪腺。

“你怎么了？又发生什么事儿了？你在哪里，你在哪里啊？”彭洋焦急地问。

“在老家。”石小川深呼吸，努力镇定着说，“没事，放心吧。”

“石小川你要再不说你怎么了我再也不理你了，我再也不多管闲事了！”彭洋就要挂电话。

石小川一下子没憋住，又抽泣起来。“我奶奶，去世了。今天早上。我刚到家。”

彭洋不知说什么好。

她问了下石小川老家的地址，安慰着他，说人总会有生老病死，节哀顺变吧。

石小川说手机马上没电了，等回京会去找她。石小川刚要再次表示感谢，手机没电了。他叹了口气，将手机扔到家里，去了奶奶灵柩前。

奶奶是方圆百里的好人，德高望重。第二天的葬礼，数百人为她送行。所有亲戚都来了。跟他同一辈分的一个远房表哥，在成都工作，因为奶奶照顾过他，念奶奶的好，也特意从成都赶回来参加奶奶的葬礼。表哥在葬礼前跟石小川靠得很近，他们都是大伯安排下走在送葬队伍最前面的人，那是跟奶奶最亲近的人。马锐宝也来了，每次石小川回家，马锐宝都要过来一起见奶奶。奶奶对马锐宝跟对石小川一样。

马锐宝跟石小川见到面，什么也没说，拖在了一起。能说什么呢？兄弟啊，你的眼神都是那么善良，我除了相信你，不能有任何的表示。谁让我们是兄弟呢。这就是两人的心里话吧。

表哥不经意问了下石小川，“小川，你这些天没事吧，能处理好吧？”

石小川头也没抬，说没事，过两天就都过去了。他突然抬起头来，知道表哥说的是什么了。他看着表哥，悄声说：“千万，千万，不要告诉家里人，他们不上网，不要让他们担心，表哥，拜托。”

表哥拍了下石小川的肩膀，说：“放心，这个肯定。在北京我这边也有一些朋友，有事就说。”

石小川心里很感动。

他看到马锐宝一直在看他，显然听见了他跟表哥的谈话。他递给他一个眼神，点了点头，他们不知道要传递的是什么具体意思，但他们心领神会。真正的兄弟都这样吧。

石小川扫了眼送葬的队伍，真是浩浩荡荡，奶奶真是好人缘。他心里更痛苦，眼睛都哭肿了。他忽然心里一震，刚才扫那一眼，队伍里有个人，那么熟悉！不会是她吧？

他猛地抬头，准确地直视过去，他浑身不能自已了，跪都不能跪了，他差点瘫倒在地。

是彭洋！

彭洋站在送葬的人群中，眼睛一直盯着石小川。

看到石小川看她，彭洋对着他微笑了一下，然后点了点头。

石小川不能四处乱看的。

他跟着送葬的队伍往陵园走，他是大伯和父亲之后，第一个要下跪拜祭的人，他是奶奶最疼爱的人，他不能贸然站起来，来到彭洋身边说：你怎么来了？

他给彭洋使了个眼色，意思是说，跟着我，等葬礼结束。彭洋点了点头。

·2·

陵园。

奶奶跟爷爷合葬在了一个坟墓中。爷爷去世七年了。爷爷走的时候，放不下的也是石小川。爷爷说，最担心的就是小川的工作啊，得找个好工作，铁饭碗。他不孝，如今工作得一团糟。爷爷，奶奶来陪您了。

送葬的人就剩下了几个至亲，还有马锐宝、彭洋。

大伯让人回去不用再跟着进陵园时，问到过彭洋，然后就去催其他人回了。

石小川觉得奇怪，可能彭洋坚持要留下来送奶奶最后一程。

所有人都给奶奶磕完头，大伯让石小川等七八个年轻小辈，还有马锐宝，一起给奶奶磕头。大伯是熟悉马锐宝的，每次来奶奶家，带礼物最多的就是他了。现在他成了马副市长，更是知晓。大伯让他儿子和儿媳妇给奶奶磕头后，说，“锐宝，今天你不是市长，你跟小川一样给你奶奶送行，过来磕头。”

末了，大伯看了眼石小川的父亲，瞅了眼石小川，又看了下在场的所有人，说，“娘走的时候，最念叨的是小川，没见上他最后一面，怪小川，手机关机，不应该。娘心里最牵挂的，每天都会说几遍的，是小川的婚姻大事。总是说，小川什么时候能领个媳妇回来呢。”

大伯说着说着哭了起来。爷爷走了，大伯就是家里的族长，凡事都要他出面主持的。

春节的时候，奶奶还问石小川，啥时候领媳妇回来啊？石小川就说，年底，年底，明年就结婚。奶奶说，去年就说明年，还明年呢。石小川就笑着跟奶奶说，这回真明年结婚，真的奶奶。奶奶就笑开了花，说，这敢情好啊，就是你奶奶不知道有没有这么好的命啊，能看着俺孙子娶媳妇。

石小川想着，眼泪不止。马锐宝拍着他的肩，安慰他。

大伯说：“小川，你跟你女朋友过来，给你奶奶磕头。”大伯转头对着奶奶的坟墓说，“娘，小川带着媳妇来看你了。”

石小川吃了一惊，他看了眼大伯，不自觉地扭头看彭洋。

站在人群最边上的彭洋，自然大方地走过来，拉住石小川的手，拉住呆若木鸡的石小川，跪在了奶奶墓前。

父亲和母亲也都愣住了，几个亲戚问母亲，这是小川的女朋友？

母亲一脸茫然。

彭洋拉着完全傻住了的石小川，对着奶奶坟墓说：“奶奶，我跟小川来看您了，我会跟小川每年都来看您的，您老人家一路走好。”

说得很客气，石小川没听进去。他石化了。

他就跟着彭洋，一起磕了三个响响的磕到头痛的头。

回去的路上，石小川和彭洋一句话都没说，但是彭洋自始至终拉着石小川的手。他没从巨大的悲伤中缓过来，现在他该惊喜吗，还是梦？

他脑子乱了，葬礼结束后他马上拉着彭洋到自己屋里，问她怎么回事。

彭洋松开了手，说，“你大伯让看葬礼的人回去吧不用进陵园，我想我也回不去啊，人生地不熟的，就说是你女朋友，你大伯就让我跟进来了。”

“你不知道后果很严重？”石小川这话，意思可多着呢。彭洋似乎也听出来了。

彭洋不以为然，“你之前逢酒局就说要结婚，猜你这么痛苦，奶奶一定也是盼望你早日结婚的。我这么做，奶奶不也会入土为安嘛，就没什么遗憾了。”

彭洋说得很坦然。

石小川听得很感动：“谢谢。”

彭洋看着他说：“快好好休息一下吧，你这些天肯定心焦力瘁的。”

他问：“你怎么找到我老家了？”

她就笑着说：“有 iPhone 啊，在乔布斯老爷的指引下，就找到了。”

“也不是啦。我是越想越不对劲，你这么心高气傲的人，经受这么多打击，会不会想不开，我给你发了很多短信问你怎样了，你都没回。我就想这个没底线的坏人肯定出事了。”

“我手机没电了。”

“是啊，你说手机要没电了，于是就没电了。多亏了乔布斯。我就是来看看，你没事就好了。你别多想，没其他意思。”彭洋解释说。

“那你刚才说的，还算数吗?”

“什么?”

“我媳妇啊?”

“我是不忍心看着一个好不容易成长起来的优秀人渣，就这么被淘汰了，动了恻隐之心。”彭洋半开玩笑地着说，“不过今天是回不去了，还得再演一天，让你家里人心安。”

石小川心里忽然很放松了的一种感觉，可能更多的还是感动吧。

他说：“近朱者赤近墨者黑，你跟演员待久了也会演戏了。”

彭洋就捶了石小川一拳：“得了便宜还卖乖。”

•3•

石小川给家里人介绍彭洋是他女朋友的时候，父母高兴坏了，即便他们有些怀疑，之前没有半点风吹草动。他们送走了多数亲戚，大伯、父亲等人要轮流为奶奶守孝三天，石小川说晚上也要来给奶奶守孝，他第二天就要回京。

石小川跟表哥说谢谢，表哥说，“一个人在外不容易，多长个心眼，你那么实诚。”

石小川跟马锐宝告别。他跟马锐宝介绍彭洋，说她是刘忠明公司的宣传总监，马锐宝用一种异样的眼光看着石小川，搞不清楚是什么状况。他那边已经差不多平息了，毕竟影片开机了，进展虽然有所超支，总算应该会顺利杀青。有了成片，他就好交代了。至于石小川，他是担心的，谁都想要得到外面世界精彩的一面，可精彩跟无奈总是相辅相成的孪生兄弟。石小川，他是了解的，多年的同学、朋友、兄弟，知根知底，除了跟几个女人上床他不知道，石小川的经历，马锐宝可是一清二楚。他是希望石小川能很好地发展的，不仅仅因为是好哥们儿，谁不想自己的朋友在某个行业里成为翘楚呢！谁都想，何况身居官位的马锐宝，他还等着石小川火了来为自己的官位添彩呢。

马锐宝主动拥住了石小川，说："保重，等你好消息，相信你很快能东山再起。"

彭洋就淡淡地说："顺其自然比较好。"

马锐宝看了眼彭洋，冷笑了下，镇定地说："我不知道具体状况，但既然现在是弟妹，那么永远就是弟妹。希望你俩能很好处理现在的各种问题，希望明年能喝到你们的喜酒。"

彭洋说："多谢马市长。"

当晚，彭洋跟着石小川的家人吃了个便饭，母亲一直在跟彭洋道歉，说你第一次来，就碰上这样的事儿，也没招待好。彭洋就连连摆手，客气个不停。

母亲什么也没说，彭洋自然就跟着石小川住在了一个屋。

彭洋有些紧张，"我可是没想过要干吗的！我不会那么惨吧，赔了夫人又折兵的。"

石小川笑起来，拉住彭洋的手，抱住了她。彭洋本想挣开，终究没有。

她配合地接受了石小川的拥抱。

真是贴心，真是放松，真是温暖，从来没有过的。

彭洋心里很乱。一个她特别讨厌的人，自己动了恻隐之心，如今竟然抱在一起，成何体统？还不是自找的?！她在想，石小川会不会认为她一个海归，生活作风会很随意，会不会认为她在追他，他可不要误会了。她这么想的时候，心里又在拒绝。乱糟糟的。她甚至闪过盼望着石小川要干吗的冲动。她可真是不该这样，这些原罪都要扔掉的，她心里纠正着。她抱着他，感受着他的身体，都是泪的咸涩味儿。

石小川让她放心，一会儿她睡了，他就去给奶奶守孝。

他说："明天就回京，一起。"

彭洋说："不多待几天?"

石小川说父母不同意，也没什么事儿了，工作那么多，别耽误了。

说起这个，石小川心里一阵难过，眼泪轻易就流了出来。

彭洋看着，忙揽过石小川的头抱着。她在安慰他，每一天都是崭新的，奶奶去陪爷爷了，只要石小川快乐，奶奶也一定是快乐的。所以他要快乐。

他跟彭洋说："彭洋，谢谢你。"

彭洋说："没关系。"

石小川看着彭洋，说："我也想给你快乐。"

彭洋笑了："这话很让人联想，我有点怕啊。"

石小川就笑起来，"没想到你还这么懂。不过我刚才可说得很严肃。我想给你下半生的快乐。"

"不是下半身就行。"

两个人笑起来。彭洋说：“你了解得越多，就会觉得无所谓了，不珍惜了。”

石小川说：“我一直喜欢你啊。”

彭洋想了想，说：“算了，不说这个了。我想休息了，一大早起来去车站，好不容易找到这里，还被你轻浮了，真是作孽。”

石小川说：“我妈给你准备了新牙刷，就在浴室。”

彭洋闭着眼睛说，“算了，不洗了，累坏了。”她就顺势趴在了石小川的床上。刚躺下，她就侧着脸贴被子闻起来，“这是你盖的被子和床单？”

“我妈刚给换的，都是新的，怕你嫌我脏。当然之前的也不脏，每次回家，都是最干净的。”

“还是你妈好。你不好。你是坏人。”彭洋笑着，拉了块被子，盖在身上。

石小川看着彭洋，她可真是好姑娘，这样梦寐以求的姑娘，睡在他睡了多年的床上，还是以他媳妇的身份。如果不是眼睛疼，他真觉得这是做梦。

彭洋说：“你快去吧，注意身体。”

石小川答应着，给彭洋盖好了。他准备起身去。想了想，他看了眼彭洋，彭洋闭着眼睛呢。石小川深呼吸，轻轻趴下来，在彭洋额头上吻了一下。

彭洋一把推开了石小川。

“你干吗？!”彭洋压着声音惊叫道。

石小川笑着出门，说：“晚安。”

· 4 ·

第二天两人并没有回到那个繁杂的京城。母亲让石小川领着彭洋到处去逛逛，彭洋答应了。

两人去寿光国际蔬菜博览会，看千奇百怪的蔬菜，吃千奇百怪的蔬菜。彭洋这样平和的人，见到长在头顶上的黄瓜、几十斤重的沙瓤西瓜时，都惊得合不拢嘴。两人好一顿吃。桂河芹菜、弥河滩银瓜、绿光苹果、潍坊肉火烧、小清河银鱼、羊角沟对虾，彭洋还说一定要提醒她别多吃要减肥，这回也顾不上啦。

怎么也算是来了家乡，去看些名胜是必须的。石小川带彭洋去了仓圣公园，是造字的圣人仓颉的庙宇。彭洋说，以后你不妨整个公司，就叫仓颉什么的，挺好呢。石小川问哪里好，彭洋骂他笨，仓颉造字，改变了文化史，你要是叫仓颉影视啊文化啊餐饮啊机械啊，显得公司是要改变这个行业的姿态，看上去蛮磅礴。石小川说，那也不过是看上去。彭洋说："不是呀，不仅仅是看上去，你瞧，英文名都给你起好了，仓颉，就是change。"石小川想了下，默默认同，说以后有机会，一定成立个叫仓颉的公司。

两人又去了双王城古代盐业遗址，后来在巨淀湖边走累了，坐下来。石小川其实还是没多少玩的心思，奶奶刚去世，工作出了那么多事儿，他哪里玩得下去。但他跟彭洋在一起，也不知为什么，世界似乎清新得要了命，就跟这巨淀湖两旁摇曳生姿的芦苇荡一般。

彭洋站在巨淀湖边，瞧着芦苇荡发呆，她的长发偶尔被风吹得飘扬，她就像“蒹葭苍苍，白露为霜”的女神。

石小川问女神：“你有过特别难过的事儿吗，我怎么就没看到过你哭的时候呢？”

彭洋笑起来：“说实话，看着美景，这么清静，无人叨扰，感觉到很安详，现在就特别特别想哭。”

“那你快哭吧。”石小川走过去，故意揽过彭洋的头，靠在他肩膀上。彭洋倒没拒绝，顺势依靠在石小川肩头。

石小川说：“这样挺好，我们会的，一起喂马劈柴，周游世界。”

“还要上街买菜，讨价还价，我一定要多跟郭渺渺学习学习怎么砍价，每次跟她逛商场，都挺服她的。”

“你俩都是好姑娘。”

“她很喜欢你的，别总对人家爱搭不理的，不好。但小川你应该感觉到了，只有在你最落魄时，才会知道谁是最为你担心的笨蛋，谁是形同陌路的混蛋。”

“彭洋是笨蛋。”

彭洋狠狠在石小川胳膊上拧了一下：“你才是笨蛋。我说的是这些个事儿。现在发展成这样或许并不是你所期待的，但确实是你自找的，所以活该也就认了，你说是吗？”

“不认也没办法啊。美好的叫精彩，糟糕的叫经历呗。”

“看来你乐观了不少。”

“近朱者赤嘛。”

“贫嘴。放开我。”

“不放，你万一背着我跟别的男人约会呢。”

“你这么重，我背不动你。”

“哈哈，冷。”

彭洋不说话了。她的脸在石小川的肩膀上轻轻动了一下。

石小川说：“彭洋，放心吧，我会加油。一起加油。加油，在一起。”

石小川拍着彭洋，轻轻拍着她肩膀，抚摸着她柔顺的长发，想，时间停止吧，永远停止吧。

·5·

回京前，父亲说，看看日子，年底结婚吧。

石小川看了眼彭洋，彭洋笑了，说，“叔叔，再等一年吧。”

石小川说，“你看，儿媳妇都说了，明年结。”

彭洋就掐石小川的手，指甲都到肉里了，生疼。石小川嘴上还笑着。

父亲就说，“好，再等一年，再不等了啊，最后一次，明年一定结。”

众人笑起来。

回京的动车上，他看着她，她也看着他，两个人竟然一句话都没说。

到了北京南站，又回到了欲望繁杂的世界。

彭洋出了站自顾往前走，石小川一把拉住她。

也没说话，找了个咖啡店，坐下。

问彭洋喝什么，彭洋说冰摩卡。石小川点了两份冰摩卡。

“一下子不理我了。”石小川笑着说。

“我是突然觉得，我在干什么？我那么讨厌你。”

“你看，终于说出来了吧。从第一次见面你就讨厌我，是吧？讨厌我这个没底线的影评人，是吧?”石小川冷笑着问。

“是啊，一直讨厌。”彭洋笑着说，盯着石小川。

“好吧。但我这样身败名裂，你还跟我在一起，确实也不好。”

“我讨厌你喜欢你，跟这个没关系。”

“那跟什么有关系？算了。我不该这样逼问你。彭洋，我是，真的想，试试，我烂到什么程度了。”

彭洋大笑起来，周围的人都刷刷转过头看她。她才不搭理。

“贱人啊真是。”

“你说对了一半。我是打不死的贱人，我是有梦想的贱人。”

“石小川，说认真的，我问你，你觉得梦想是有底线的吗？梦想就可以不择手段?”

“这个社会只看结果啊彭洋。但是我支持你的观点，梦想是自我的，梦想首先是善良的。”

“我可没那么想，梦想跟内心良善没多大关系吧，它是一个人想跟更多人分享的一种动力。就像乔布斯。”

“你喜欢他?”

“谁不喜欢他呢，这个抛妻弃子的讨厌的坏男人。”

“哈哈，我越来越喜欢你了。”

“你别不正经。我要走了，去跟刘忠明聊聊。”

“聊吧。”

“你不问聊什么？”

“这个自由你总有吧。这种情况下，我问刘忠明，是不是会很敏感，你也那么敏感，该觉得我在利用你了。我宁可什么都没有。”

“是吗？你宁可什么都没有？”

“嗯，是的。彭洋。”石小川坚定地说。

彭洋看着石小川，这两天，她跟这个家伙发生的事了，简直不可想象。不过总归是挺好的，他奶奶在天国应该很安详了。

石小川把彭洋劝说自己多想想接下来的人生怎么走的想法放在了一边，他想先看看大家对他的态度。

他上网，才看到大家已经在讨论“中国独立影评人奖”的事儿，宋志达的《一路向北妹》获得影评人推荐大奖。他在发布会现场沧桑地说，主办这个奖项的石小川，本来是他看好的一个有独立精神的影评人，一个有良心的媒体人，可惜，他让所有人失望了。

宋志达告诉在场的媒体，谁要是跟石小川这样的人合作，谁就是跟他宋志达过不去，谁就是跟良心道德过不去。现场哗然。标题自然指向了“知名导演宋志达向落魄影评人石小川下战书，维护电影的独立精神刻不容缓”之类的内容。

石小川看到后，忍不住笑出了声。

彭洋也看到了，她在家给石小川打电话，说你看到你跟宋志达也干上了没？

在宋志达和刘忠明心里，决不能让石小川翻身，必须的。

石小川还不服了，他想了想，列了几个亲近的报纸媒体人，看了下最近的几个娱乐事件和电影，说最近写了篇比较不错的评论，在这里发一下，要是之前，对方肯定没问题。如今，他担心的事儿还是来了。

没有一家愿意要他的文章。

他想了想说："你看我现在多火啊，发了不是更有看头?"对方的回答基本一致："宋志达更火，他拍的新片《山里的铁甲银行》还有话题明星小禾，他接下来据说还有个震动行业的新片，关键是，他放出话来，谁发你的稿，谁就是跟他过不去。"竟然没有一家媒体敢当出头鸟。这帮人啊，墙倒众人推啊。也不至于吧，一家都不发！但还真是一家都没发。

他只好给张弋静打电话。那就发在虎狼网，在重点位置推，也一样。

张弋静的电话却一直不接。他想到了杨五郎，关机。怎么了，都要不待见他了？

连他安身立命的文字，都没得存活之地，他真的有点慌张了。

郭渺渺倒是这会儿给他来了条短信："咱俩结婚吧，冲冲喜。"

他慌张的心情，一下子笑喷了。

开什么玩笑！

然而笑过之后，面对的还是一个前所未有的烂摊子。他该怎么办呢？

九

·1·

石小川不死心，他想着即便写东西没人要，那么自己再找个媒体的工作，总算是容易的吧。他找了半天简历，终于找到了，稍作修改，就在招聘网站找了十个看上去还不错的职位，投了过去。

在等待工作的日子里，他越发觉得自己是多垃圾的一个人，为谁辛苦为谁忙呢？

他总归还是有些积蓄的。

他从抽屉里找来以往收集的所有名片，那么多，成堆呢，他心里叹着，这些年，就留下了这么些名片。

翻了将近一个小时，成堆的名片他还没整理完，哪些对他来说是有用的，哪些是没必要细看的，他的目的很明确。他现在最需要的就是有用的。有用！多少天之前，他是个对很多人来说特别有用的人，他是当之无愧的甲方，是高高在上的甲方，是不屑俗世的甲方，如今，他连受罪的乙方都算不上，他没人要，没人搭理，没人用。

他是个被社会规则无情淘汰了的人，他没用了。

手都累了，石小川瘫坐在地板上，看着一堆名片，不想再去折腾。这是在干吗呢？他多讨厌按照有用没用的标准去跟人交往接触呀。可是他却在做。他是个矛盾纠结的人，他之前可很少这么觉得，但现在，矛盾纠结成为了他的生活主旋律。

他想这就是所谓的虎落平阳吧，这就是落魄吧。

他倒还没有到家徒四壁的程度，但他想着就凭银行卡里那些钱，来面对一个无房无车无家无业的自己，来面对望子成龙的至亲，他想起来就头脑发热，心里慌乱得真想就此死去。

他都要往最讨厌的逃避之路上跑了。

一周过去了，总算有两家媒体给他打来了电话。他们约定了面试时间。

在这一周，他和彭洋保持着每天早晚一条短信的频率，话都是简单的字："前妻，晚安。""前妻，早安。"他竟然还有心情开玩笑，看来还没闻到死绝死绝的绝望的气息。

彭洋每次也都会给他回复，话都是简单的字："讨厌。晚安。""讨厌。早。"

去第一家面试，那主管曾在某个活动酒会上见过石小川，对他印象深刻。石小川笑着说是嘛，他不记得了。那主管说，当然，你那么高调，交际花一样，谁看不到你呢？石小川想笑着反驳，他哪里高调了？为什么别人都觉得他高调呢？请问他到底哪里高调了？他心里愤愤的，然而他什么也没反驳，就说，是吧，不提了，不提了。

这是家他之前根本看不上的小媒体，他应聘的是副主管。两个人聊得不错，看上去主管对他未来的副手很满意，无论经验还是能力。但发展空间呢？主管问他："你在这里的终极诉求是什么？"

他似乎听到了一个哲学命题，他在这里不就是想谋得最高的职位，然后再往上爬吗？他不想撒谎，不想隐瞒，他之前习惯了这样的，四五年了，他习惯了用主编级别的眼光来看待这个冷血的没有底线的媒体圈，在他眼里，职位这个东西，只有站得高，才能有自由伸展的空间。他有时候也开玩笑，会在心里想，自己越来越胖了，跟空间太小伸展不开手脚也有关系吧。他就如实回答了那位主管。

主管笑着秀了句日语，“原来如此”的意思。

石小川对日语也是略懂一二的，他身边有很多隔三差五去日本的女性朋友，她们说起日本来比谈起生养自己的家乡更加熟络，尤其在专业层面，说起那些电影电视剧行业里的现状，说起哪个石小川听都没听过的新天王穿什么衣服出席什么活动、谁跟谁又偷情了的八卦，真是如数家珍。

他还是蛮羡慕的，他对日本的很多电影、动漫、小说及AV，都充满了兴趣，一些日本题材的影视剧，也是他想学习的。不过仅此而已。

他想到这个，心里悲伤起来，他感觉到，自己想起的这些朋友，有几个月的时间都没联系过哪怕一次了。

主管说那今天就这样，回头给您电话确定，总裁过了就没问题了。石小川觉得这个职位来得太轻而易举，是不是太大材小用了呢？但第二天，他就接到了主管的秘书打来的电话，说石先生，公司近日先不准备招人了，明年如果继续招人，还是盼望能够合作。他心里骂了句娘希匹，草草挂掉了电话。

第二家面试的，是跟他有过一次合作得还不错的媒介，是家上市公司，副总裁直接面试他。刚见面，那个大腹便便的副总裁老远就伸出要握手的胳膊，“欢迎欢迎，名人来我们公司了。”石小川尴尬地笑。副总问，“那些事儿处理得怎样了?”石小川一愣，忙说，“还好，没事了。”副总就说，“人力资源昨天告诉我，你要来，怎么着也不能一般地接待啊，不然小川现在很脆弱，不好。”石小川觉得这话像是羞辱，他直接来了句，“你们公司现在也挺脆弱的吧，我来的时候看股票都连续破发了。”副总脸上露出尴尬的笑，“嗐，高层的事儿，咱哪里管得上。”石小川得理不饶人，就问，“您现在的职位?”那副总说，“今天没带名片，回头给你名片吧。”于是两人开始谈正事。

谈得很顺利，不过十分钟就结束了。副总说，能力不错，经验也有，人脉嘛，修复修复应该也没问题，但公司是上市企业，对名人来公司还是蛮注重影响的，他会尽快报请公司裁决此事。

石小川看着副总的脸，终于想起了那次合作是因为什么。那是有他们公司参与的一部影片，烂到家了，但做户外媒介的上市公司，做内容烂，也是正常的嘛。不过那个片子，石小川写了篇犀利的文章在某大报发表，那次合作是关于内容输出，虎狼网给副总的公司内容，他们帮着推广，要签字的时候，副总说，麻烦以后别骂咱们自己人的片子了。副总笑起来，脸上的肥肉似要掉下来。

石小川想给杨五郎电话，他这几年的好兄弟，在干吗呢，享受甜蜜爱情，还是奋笔疾书？起码都是有目标地在做事吧！他看着手机，拨了号，马上又摁掉了。他该说什么呢？又该怎么回避张弋静？估计杨五郎心里也在这样焦虑他俩之间的关系吧。

他没打给杨五郎，打给了萧远山。

萧远山说：“兄弟，我在欧洲参加个重要的文化交流，要待很长时间，你要心里郁闷，给我发邮件，或者 QQ 啊，这边每天都要开会，我就纳了闷了，国内天天开会就忍了，来这边也是天天开会。更郁闷的是，国内开会你可以睡觉，在这里开会你得认真听，指不定哪个点你要发言，面子是个大问题啊，咱丢不起，何况还是代表中国。兄弟，苦啊咱。”

萧远山还是问到了石小川的近况。他对奶奶的去世表达了哀悼之情，他希望石小川能趁机多出去走走，放松一下自己，这些年，他太紧张了，走得太快了。

“你应该清零，小川，你应该清零，从头开始。”萧远山建议，“多数时候，磨难是财富，相信这句所有成功人士都要感慨的话吧。”

但他又建议石小川放弃所谓报仇的念头。

石小川绕过了这个话题，他让萧远山给他找个洋妞。

萧远山说，“你不是喜欢彭洋吗，喜欢就去追，正好有时间。”

石小川又绕过了这个话题，问萧远山：“你有合适的工作介绍吗?”萧远山想了半天，没想起来，说：“要不你去我公司上班?”石小川说那算了。

萧远山有点疑惑地问：“你在找工作？找不到?”

石小川说：“就是问问。”

·2·

石小川看着窗外晃眼的阳光，他闻到了一种绝望的味道，不让人喘息，不给人机会，死绝死绝的绝望。

竟然找不到工作，都一个月了！这是他从来没想到过的事情！

就因为他“身败名裂”？也不至于吧，这么点破事儿！

他开始觉得这不是破事儿！

白花花的天花板上像医院里晃来晃去的白大褂，像太平间盖在尸体身上的白布，他只感到那白布就要瞬间掉下来，盖在他身上，蒙住他的头，不让他呼吸。白布把他活生生地拽住，隔开了他留恋着的世界，隔开了他不知道谁还关心他的朋友，隔开了所有联系，没有人能找到他，他就是这样突然猝死在床上，也没有人会管。可能会有人打电话过来，打了几个后，也便不打了，以为石小川有事，以为他不想跟他们联系了，心里还在抱怨这个混蛋。他多想跟他们在一起啊。他不能了，没有人愿意跟他在一起。他被所有人抛弃了，他死在这里，只有等着尸体腐烂的臭味被邻居闻到，只有等着父母打来接不通的电话上京踹开门看到，只有等着老鼠和蟑螂闻到最香的美味赶来将他的身子噬掉。

他闭上眼睛，烦恼再次来临，绝望的热气蒸腾着，脑袋上冒着白烟，一声咳嗽就像火车的汽笛，他的身体被撕心的疼痛扯带着撑起来又躺下，火车开往冬天，冬天没有雪，只有无尽的坚硬的凛冽的戈壁冰原，他没有任何方向，身子成了火车的旗帜，随着凛冽的寒风不自主地飘荡，肠胃里的东西都被一点一点甩出来，弄脏了杳无人烟的冰原。他就盼望着，赶紧，赶紧吧，这没有方向的火车，撞上玄铁一样的山头，飞起来，在空中像圣斗士的圣衣一样解体，零零散散地落下来，他也落下来，那些火车的车皮、玻璃、椅子，哗啦啦都砸在他身上，他被镇住了。他想起了大闹天宫的孙悟空，在五行山下被压了五百年，就跟他一样，被压着，看着茫茫的一片天地，在想什么呢？即使被冷风吹，只要能自由地在这片土地上行走，也是一种幸福吧。

想起了幸福，他的眼睛里出现了彭洋，那个自称是他女朋友的他暗恋多时的女人，他的眼泪就下来了。

五百年，谁都知道他，却只有佛祖能解救他。

他也被压着，谁又知道他，谁又能解救他呢？

世道人心，沧海桑田，他啊，他只尝到了嘴角干涩的泪。

石小川看了眼手机，没有人给他发信息。他心里空空的，拿起手机，望着白晃晃天花板上带着灰色花纹的穹形白灯，用尽了力气将手机扔过去。手机脱离了他不足一部手掌的距离，便坠机了，直掉到地板上，啪的一声。

他浑身颤了一下。

胳膊酸痛，他连扔出去一个手机的力气都没有了。

在地板上的手机，反倒不时在响，短信声，电话声，声声都难听。

再美好的东西也会腻吗？他特意选的手机铃声，如今听着，比鬼哭狼嚎差不了哪里去。

他感觉到窗户上的日光渐渐淡去，屋子里的白色渐渐暗去，灰色降临了，那是比白色更恐怖的凌辱吗？他不敢多想，害怕更深的黑色像梦魇一样缠住他，缠住无力的他。

·3·

石小川听见门铃响。他心里高兴，还有人惦记着他。他一下子就踢踏着拖鞋到了门口，咣当开了门。

郭渺渺神色清爽地站在门口，一个姑娘如果好看，又化了妆，那还真是值得多瞅瞅。美丽的东西谁都喜欢多看两眼。

“你怎么这么憔悴啊?”郭渺渺问了句废话。

石小川没搭理，看到是郭渺渺，心里不咸不淡的，他还以为是萧远山从欧洲回来看他了，或者是杨五郎想起了兄弟情谊，或者是张大春想到当年的小弟如今正受苦想可怜他，抑或刘忠明、宋志达和亓干，拍片拍累了，想让石小川来试试拍片的痛苦，他们好看着笑!

但竟然是郭渺渺，这个跟自己不清不楚的女人。

石小川去了下卫生间，他好像一天没去卫生间了。他本来想刷个牙，算了，不想动弹。将郭渺渺赶走，自己待会。心里空落落的，装不下任何东西。

郭渺渺说：“我还以为你没事了呢！这些天你在干吗呢？我这些天跟着你们之前那个项目，拍得挺一般，我这边还有其他的宣传，每天也累得够呛。你怎么了？你那么坚强，不是要跟我说你垮了吧？别心里乱想了，什么事儿，现在的人也都记不住的，很快就忘了。”郭渺渺说得眉飞色舞，“但有些事儿有些人，也可能永远忘不了”。

她像是来过多次一样，在屋子里动动这个摆摆那个，她没看到石小川厌烦的脸色。

石小川不说话，就是郭渺渺在说，她说累了。“你就不会说个话啊?”

石小川不说话。

郭渺渺忽然哭起来，“就你欺负我。所有人都喜欢我，就你欺负我。”

“我没欺负你，也不想欺负你。刚下班是吗？你有事吗？没事快回家吧。我很累，想休息。”石小川有气无力地说着。

郭渺渺来到石小川跟前，很深情地说：“小川，我愿意在这个时候嫁给你。”

“这个时候是什么时候？”石小川问。

“你最无助的时候啊。”

“我不需要你的可怜。”

“你又误会我了。我不是可怜你。我是爱你才这么说。我就是想能跟你好。”郭渺渺说得有些急。

但石小川这个倔脾气，心里的厌恶一旦形成，就慢慢长成了毒瘤，很难切除。他的冷漠让郭渺渺彻底伤了心。

“走吧。好好工作。再见。”石小川对着迈出他家门的郭渺渺说。

郭渺渺走得很快速，边走边头也不回地大喊：“石小川你个没良心的大坏蛋，你活该，你活该，你活该！”

“活该”的声音远去了。

石小川躺着，似乎有些清醒。他是活该。但他觉得有病就得治。伴着头晕，难受，他想着上次发烧时吃的药是在哪里呢？体温计也在那个地方吧。他下床去测了体温，37.5℃，赶紧吃了药躺床上，头沉沉的，疼，晕。

应该叫个上门按摩的来按摩一下脑袋，叫谁呢，来了肯定又不是正规的，还是算了，他哪里有心情。他记得之前有次很累，他叫了个上门按摩的，就听那技师在叨叨，说曾遇到个客人，要求技师拿客人当狗，让客人学狗跳，让客人跟狗一样来舔自己，技师边说边做着动作在石小川身上描述，石小川就立即按了停止键。他只是头疼，其他地方不需要。

快睡着吧。

他又被敲门声惊醒。他也听见手机在地板上梆梆梆梆地响。他迷糊着睁开眼，挣扎着起床，手机在哪里呢，借着透过窗帘的微光，他似乎觉得地上有个东西，应该是手机，往前一走，不小心把手机踢到了远处。他想还是先开门吧，谁敲门敲得这么猛。

他问："谁?"继续敲门，没人答应。他没好气地开了门，心想睡个觉都不安生。

是彭洋。

彭洋说："给你短信也不回，电话也不接，敲门都没人理，你还真是要闭关了呀！咱东山再起也不用这么急吧，还不趁这段时间休息休息？快让开呀，没看到带这么多东西。"彭洋嘴里叨叨着，提着两大袋子水果零食之类的进了屋。

"累死了，累死了。看什么看？穿错衣服了?"石小川有点愣了，他像傻子一样看着彭洋，彭洋瞅了眼自己穿的衣服，牛仔裤，格子衬衫，似乎没哪里穿错。

彭洋做了个鬼脸："再看把你眼睛挖出来!"

"把我的心挖出来吧。"石小川接了句。他自己都有些吃惊，他是能感受到落魄的状态的，但这句话明显很轻佻。瞬间，他觉得心情舒畅了好多。

"你要做丞相比干啊？可惜我不是苏妲己，你这样的坏人死不了。

再说现在挖人心，得冒多大的险啊，像一些恐怖片里挖人心的那些镜头，真是讨厌，教坏小孩子。哎，你说，人心得多脏啊，还有人吃?”彭洋将买的东西给石小川放进冰箱，又洗了个苹果，递给石小川。

也没说声谢谢，石小川客气地接过苹果，“这个苹果倒是很像颗心。”

彭洋笑着说：“我还以为你会在家要死要活呢，结果没说两句话，句句都不怀好意啊。”

石小川也笑了，他咬了一大口，没咬动，浑身没有力气。他怔怔地跟彭洋说：“饿了。”

彭洋说：“那咱就去吃饭，吃得饱饱的，然后该干吗干吗，好吗?”

石小川眼巴巴地望着彭洋说出这样像是该妈妈说的话，边嚼着苹果，边咽着那么轻易被感动下的泪。

“你怎么这么脆弱啊，跟朵花儿似的，还保护这个保护那个的，你不可怜可怜这个水资源危机的国家吗，别这么浪费了，好不好?”

石小川说好，又说：“我得先刷个牙，洗个脸，对了现在是什么时候了?”

·4·

彭洋拉开窗帘，屋子里瞬间充满阳光。

她拿起桌子上的一盒药，问：“刚才吃饭时你说吃的这个?”

石小川说：“是啊，37 度 5，就赶紧吃了，还真管用。”

彭洋就哎呀起来："神人啊你，大难不死，你发烧吃感冒药干吗，你吃的是康泰克，治感冒打喷嚏流鼻涕的，还没听说过能治发烧的！你还真是傻人有傻福。"

石小川一听也有点惊，忙过去看，果然。他笑起来："还真是。"

彭洋接过话头，笑着说："是吧。"

石小川睡到了第二天中午，彭洋带他去吃了两大碗面，他饿坏了。看着石小川吃饭狼吞虎咽的样子，彭洋说："灾荒年啊。"

彭洋跟石小川说："我离职了。"说完，她那暖洋洋的洋溢着光芒的眼睛笑望着石小川。

石小川不懂，问："怎么回事儿？"

彭洋说其实已经想了好久，不想做这块了，想出去走走，想换下工作环境。她就跟刘忠明交了辞职信。刘忠明吃惊的表情让她感觉到可笑。她能明确地感觉到，刘忠明在逐渐地让常小磊接替本来她应该去做的事儿，尤其是石小川跟刘忠明闹掰了之后。

刘忠明一脸痛苦的表情，问："为什么？"

彭洋说："就是觉得累，心累，不想做影视宣传了，或许以后还做，但接下来几年，肯定不做了。"

"那你想做什么？"

"想去看看外面更大的世界，想去学习学习，想去找个策划类的工作，可能去媒体，也可能还是影视公司。"

"理由虽然能接受，但情理上接受不了。你想什么时候走？"

"随时。"

"那不行，至少得三个月之后，起码得两个月之后，正常交接还得至少一个月呢。你说是吗?”

“那么长时间干什么呢?”

“《山里的铁甲银行》马上就杀青了,《乾坤大挪移》的项目也要启动了,都是咱们公司立项的,事儿多着呢。同意你三个月后走。”

“不行,我可以再做一个月。”

“不行。怎么着也得三个月。”刘忠明说得很大声。

“那如果,非走不可呢?况且刘总,您看我这个月在咱公司,也基本没干什么事儿,都是小磊在处理呢,处理得也很好。”

“你得多带带他。你要是提前走了,这月工资和各种奖金,你就甭想了。所以还是做完三个月吧。你又没有其他事儿。”刘忠明嬉皮笑脸着说。

“那就是说现在走跟一个月走,没什么区别喽?”

刘忠明琢磨着这话,看着彭洋。彭洋笑了笑,说:“那真的抱歉,刘总,我现在就得走了,我会跟常小磊交接好的。”

“哼,好啊,有种。”

“有没有种,我也不知道。但是您和宋导都挺有种的。”

“你是因为石小川的事儿离职?他追到你了?他这些天不是消沉得一蹶不振了吗?我也跟几个媒体打了招呼,不可能要他的。他就自生自灭吧,可能很快就离开北京了。他不值得你这么做。”

“你还跟一些媒体打招呼不让石小川去工作?您可真有种!”

“彭洋,我这么说是因为觉得你还是我的心腹,我不想因为石小川的事儿,让你陷进去,他一个没有底线的人,不是一直都是你讨厌的吗?”

"我是挺讨厌他没有底线的。我走跟他也没关系。但我早就不是您的心腹了。不过无所谓了。您真的拿我当作过心腹吗？刘总，我不想离开了让关系变得很糟，但我是个直性子，我就是想说，人在做，天在看……"

"你赶紧走，走走走走走走！"刘忠明急了，坐在办公椅子上，转过头，不看彭洋。

彭洋说："那刘总再见，多保重。"

她去找到常小磊，将她在刘忠明公司所有的资料都给了常小磊，然后在她的办公室，她将这几年所有跟媒介和制片方沟通的能想到的所有经验，都告诉了常小磊。

常小磊听完，特别感激地说："谢谢洋姐。"

彭洋笑着说："你去忙吧。"

常小磊出去的时候，她看到刘忠明在她办公室门口一直在盯着他俩看。

刘忠明心里也是遗憾的吧，尤其是看到彭洋在将这几年的经验一股脑儿地毫无保留地全部告诉常小磊的时候。

彭洋简短地说完，耸了耸肩："就是这样。所以现在，自由喽。真是轻松啊。哎，你之前是不是每天都很轻松呢？还是每天都有罪恶感？"

看到石小川脸色不对，彭洋意识到说话的点儿不对。她笑了笑，拍了下石小川："你想什么呢？说说你接下来的打算？"

彭洋说《乾坤大挪移》已被刘忠明公司立项并要启动的时候，心里咯噔了一下，不过他早就料到了。心想，既然事情都已经烂到了这个地步，就索性烂到底吧。他看上去欣然接受了刘忠明和宋志达他们窃取了《乾坤大挪移》这个项目的事实。

“说说嘛，你下一步的打算。”彭洋问。

石小川想了想，看着眼前的彭洋。他跟彭洋的关系，为什么一下子这么亲近了呢？从什么时候开始的呢？是他奶奶去世的时候。是彭洋感受到了石小川火热的爱，还是可怜他呢？石小川还搞不懂。但只要是跟喜欢的姑娘在一起待着，哪怕对方心里想的是其他男人，也是快乐的吧？

石小川突然就想起了郭渺渺，这个女人，痴迷于他，可是感情的事儿怎么能勉强呢？尤其是他现在的状况，谈感情，那可真是天大的奢侈。但奢侈的事情就这么摆在了他面前。

他问彭洋怎么会找到他的住处？彭洋就说，怎么都联系不到，就想着这些天发生的事情，也没看到石小川写的任何东西发表，也没听到任何动静，彭洋想着可能出事了，就找上门来了。

“怎么？还不乐意了？”彭洋问。

“没有没有，还盼不得呢！”石小川说。

彭洋就笑：“唉，算我倒霉，这一个多月，总让你占便宜。”

石小川说：“我不占你便宜。我接下来想去外地走走，你要一起吗？”

“哦。你要去哪里？”

“还没定好。可能青海湖、九寨沟、西藏、厦门、青岛之类的地方。”

“我也要出去走走，但是想一个人。哈哈。”

“正好咱们都有时间，一起呗。”石小川投过去渴望的眼神。

彭洋说：“还是别吧。先自己出去转几个地方，有机会的话，下一次再一起啊。”

“那得猴年马月呢？”石小川说着，想起也有好久没出去旅行了。

他一直在忙，忙，忙，都忘了走过的路了。

他这样感慨着，彭洋说：“是呀，都忘了该怎么走路了。”

“咱们都出去十天吧，十天后见。一路听歌，一路看风景。另外啊，你那只鱼鹰，赶紧放生了吧，本来就不应该是家养的宠物。”彭洋说。

“你不说我都忘了我的鱼鹰卡尔了。确定了要做《山里的铁甲银行》项目时，我就将卡尔放到朝阳公园的湖里了，我好久没去看它了。你说，要是放生，放哪里？云南？太远，又没法托运。”

“放朝阳公园就很好啊，你还能常去看它，说不定现在都找不到了。但别憋在屋子里就行，我刚才还纳闷，怎么你的鸟没了。”

“这话真难听。你看哪天空下来，咱们一起去看它。”

“哈哈，看我心情了。”彭洋自知话题被带得有点黄，脸色有些害羞，她瞧了眼石小川屋子里成堆的CD，问他：“你都听什么歌？”

“瞎听。朴树的比较多。”

“哇！”彭洋像个孩子一样脸上兴奋起来，“我超级喜欢朴树。”说完，她又恢复了冷静却俏皮的样子。

“是嘛！那还真是有缘！你最喜欢他哪首？”

“《旅途》。你呢？”

“幸亏你没说是《白桦林》。我比较偏爱《召唤》。”

彭洋笑："旅途召唤你。但你现在应该多听听励志的歌，五月天什么的，你就是那条《咸鱼》吧？"

"是的，我如果有梦，有没有错，错过才会更加明白坚持是什么。"石小川哼唱着，"可还是没其他歌手能代替朴树。"

"所以《旅途》《召唤》你嘛。"

"嗯，旅途召唤我，是该召唤我了。我们。如果有他演唱会，一起去吧？"

石小川说完，就觉得冒失了，喜欢了朴树这么多年，难道还不明白，他这样自我的歌手，要能开演唱会，简直是奇迹。没想到彭洋倒是很了解他的想法："好啊，不过他要是开演唱会，那得太阳从西边出来吧，站在舞台上一句话不说，唱一首调音得浪费一首的时间，观众还不急死。"

"但他的粉丝很固定，都是铁粉，如果有演唱会，票房也会不错吧？"

"可能。你出去旅游时多听听，免得跟他一样经常忘词儿。你准备好去的时间了没？"

"远方有点远，旅途听上去比较近。我的时间，差不多十天左右。"

"你备选的那几个地方，定了具体去哪个了？"

"你都不跟我去，那我先不告诉你。"

"随你啦。能心情变好了就好。总归不要憋在家里，老想着去东山再起，去报仇什么的。"

石小川就忽然不说话了。

“嗐，看我这嘴！我是想先去青海湖，再去九寨沟，然后回京找个策划类的工作，发挥特长，报销祖国。”

石小川笑了下：“报销祖国？哈哈。”

“把青春都献给祖国了，祖国还不得将来前儿的火车票给报了呀。”

两人笑起来，今天的阳光着实温暖，又不灼人，洒在身上，就像中了好音乐的埋伏，只听得耳边都是天籁。

十

·1·

石小川又来到了虎狼网，这回，他要请一个编辑小弟吃饭。

那是他去年招的一个应届毕业生，非常机灵，有想法，跟他对路子，当时他要找个策划编辑，这个叫庞开放的男孩并不是最合适的，但那天跟他聊得很欢，他考虑了一下，还是要了。庞开放很感激石小川，从当天起就发自内心地决定跟着石小川干。

石小川离职时，庞开放还很不舍，说哪天有需要了，随时叫他。石小川觉得庞开放在虎狼网一年，除了交了无数朋友，在工作方面似乎也没多大长进，但不重要了，还有人对石小川恋恋不舍，那就够了。又有多少像他一样能经常有震撼业内动作的人呢？这个时代，在媒体踏实做事儿的，不多了。他不能强求。给自己留后路总是对的。

石小川在家憋了一天，重新翻出所有名片，细致地翻完，筛选罗列出来他觉得需要去找的，他不能就这么算了。

庞开放见到石小川还是挺毕恭毕敬的。他们在离公司有点距离的一个胡同里的云南菜馆喝了点，石小川是不想让太多人看到他来的。

庞开放就说：“放心吧川哥，虎狼网的人都懒，不愿意走这么远来吃午饭的。”

石小川觉得也是，但心里又笑，当时大家经常在一起讨论中午去哪里吃，讨论个半天，最后决定叫外卖。

石小川跟庞开放说了来意，一是好久不见，想看看当年的小弟如今怎样了；二是有事相托，行业里的几个感兴趣的人物的行踪事迹，这段时间帮忙整理一下。

庞开放一直觉得心里亏欠石小川，现在石小川有难，又亲自过来找他，自然二话不说就应承下来。

庞开放虽然不知晓石小川具体的状况，但那些杂七杂八的事儿，他也都门儿清。得饶人处且饶人，不该对石小川这么狠的，毕竟他做了那么多正事，况且感情和绯闻这个东西呀，对于单身的人来说，算什么？

庞开放又想，自己要是处在石小川这个阶段，恐怕要离开北京，再也不回来了。他想起听汪峰唱《北京北京》自己热泪盈眶的场景，觉得必须要出人头地，而在虎狼网，人事斗争激烈的地方，石小川走了后他也没个靠山，想混到主编职位，那真是白日做梦。他只有走别的途径，在这个圈子里才能混出个人样来。但凡做这块的，谁心里没个说出来吓得人笑死的梦想呢，他当然也有。他观察了很多人，似乎只有石小川才能跟他一条心。

他似乎冥冥之中也觉得石小川早晚会来找他，这一天来了，是复仇的前奏吧，他很兴奋自己加入了一个听上去热血沸腾的事情中。

确实不能这么算了，连他都不能白白被欺负，何况石小川。人若犯我，我必犯人。他的哲学也不过是普通的传统的老话，但有时候，最恐怖的，往往就是老话。

石小川在家准备了一些材料，然后定了个出行计划，先去山东潍坊，再去海南陵水，后去四川泸州，结束后去找彭洋。

彭洋说，你的计划真是看不懂，这几个地方有什么破关系吗？石小川就笑，跟彭洋说潍坊、陵水和泸州的人文风情和自然风光，彭洋说不过，只好说，“罢了，石导游，这几个地方虽然人迹罕至，总算也是剑走偏锋，能放松心情想开了就是最棒的。”

石小川想着彭洋的话，心里很温暖，但他知道必须暂时摁下这温暖，彭洋是不希望他再对过去的事儿打斗纠缠的。

他俩也多次讨论过这个问题。

彭洋说，你就觉得吃点亏这么吃不起，这么年轻！

石小川不是吃不起，他是咽不下。

彭洋说，那不还是吃不起。在她心里，做事业，年轻时多吃亏，以后就会少吃亏，人的多数有用经验，都是吃亏得来的，这是经商的父亲给她灌输的理论，她无比认同。石小川心里也赞同，但扭不过心里的那根筋。不过他还是摆出了一副听懂了的样子，“是的，是的，那就让吃亏多多益善吧”。彭洋说：“也不能这么说，凡事还要尽可能往圆满里做，实在没经验，那就只好吃亏了，这个没办法，你又没有人带，自己闯，总归是要走这样的路的，世界上所有的牛人，不都是这样走来的吗？”

石小川看着彭洋：“你觉得我会是牛人？”

“当然！”彭洋说，“毫无疑问，你会是。”

“那你要不要跟我在一起？”

“切！有郭渺渺疯了一样追呢，咱可不趟这浑水！”

“唉。”

“说到痛处了吧。谁让你先找茬的。对了，我一直想知道，你也不是那么缺钱，最近跟你接触多了，对你了解比较多，感觉你也不是多没底线的人，你为什么就愿意写那些不要脸的影评呢？不是写东西的人应该最有尊严吗？几百块钱红包就把你收买了？”

石小川叹了口气：“彭洋，你不懂，这个圈子，唉。很多人的确是需要这些钱的，现在写文字的难道不是最贱的吗？稿费少得可怜就不说了，各种相关的人又在压榨，写得不好说你没才情，写得好说你拍马屁，难得说句实话，还被衣食父母怀恨在心，他们难，我也难，人在江湖飘，身不由己。”

“切！制片方就是你们的衣食父母了？别总拿身不由己做挡箭牌！虽然，虽然我也理解，我做过那么多片子的宣传，太懂了。唉。”

“你看你也叹气了吧。”

“我叹气是因为你，近朱者赤近墨者黑，跟你待久了，也跟你一样矛盾，处女座的人真是消受不起。”

“您说话不刻薄，就会死，是吗？”

“会！”彭洋笑起来，如花一般摇曳。

·2·

石小川本来不想带手机，估计也没人给他发短信和打电话，但他还是带上了，毕竟有一些 APP 的软件指不定能用上，还能不时问下彭洋。石小川觉得不带手机的想法真是个错误百出的废弃想法，他在顺着手机地图在潍坊的几个小胡同里查找具体地方时，狠狠批评了自己。

在潍坊的胡同里逛荡着寻找了一天，心里放松了下来。他专门去十笏园、白浪绿洲湿地公园、杨家埠民间艺术大观园走了一遭，潍坊是国际风筝都，他买了两个大风筝，装在盒子里，给亓干快递了过去，另一个快递给了彭洋。他没有署名。

本来想去一下莫言的故乡潍坊高密，问了下，挺远，就罢了。国人盼着莫言得诺贝尔奖，得不着就是年复一年的诺贝尔意淫，得了则是中国式的一飞上天，伴随而来的还有各种嘲笑和奚落。这跟奥斯卡金像奖一样，再正常不过，每年都上报，每年都希望和绝望并生，得不着说正常，得到了除了交口称赞，就是嘲笑和奚落。这都是可以想见的现实。但他还是想，无论得诺贝尔奖还是奥斯卡金像奖，最好都别跟政治相关，那样总让他感觉像一个抗日战死的将军吃了养颜丹，放在玻璃柜里被展示一般。

石小川在潍坊待了两天，就飞去了海南陵水黎族自治县，三亚东北边的一个小县城。他先找到了陵水的一个在政府部门工作的朋友，一起去了椰林镇，寻访了几处人家，得到满意的结果后，他迫不及待地在陵水空旷的碧海蓝天里游玩，分界洲岛、吊罗山国家森林公园、南湾猴岛等，他都逛了个遍。

他还去凌水角，大美无言，这个词儿真是说得贴切。这是个远未开发的地方，他跟朋友躺在山上晒着太阳，听着海洋里时而低沉时而激昂的声音，似乎海神波塞冬在发表进攻雅典娜的讲话，天空有海鸟飞过，山里竟然也会绊到螃蟹，他开心极了，他真想跟彭洋在这里抓螃蟹。

在陵水待了三天，基本上是玩乐。如果不是有事在身，他肯定想在这里住下去。

他又飞去了泸州，中国有名的酒城。泸州大街上到处都能看到泸州老窖、国窖 1573 和郎酒的广告，还有很多很多石小川没听过的酒，不胜枚举。

他想，是不是先干一壶再办事？他还是先找到了朋友。之前跟朋友说了，要过来，虽然在北京的一些人因为他不堪的事儿而刻意失去了联系，但其他地方的朋友，还是一如既往地跟他称兄道弟。

在朋友的帮助下办完事儿，他在泸州就是喝酒了，本来还想去太平古镇转一遭，结果醉了两次，白天基本就在宾馆里醒酒了。

他迷迷瞪瞪在床上躺着，闻着酒店里才会有的酒糟味儿，想起了彭洋。

“你在哪里?”打了好久，电话终于接了。

“南充。”彭洋边走路边接电话。

“南充？四川?”

“没文化了吧！四川的。没来过呀，我可是特意来的。”

“有什么好看的呀，听都没听过的?”

“你们搞影视的能不能有点文化啊，真是！南充多钟灵毓秀啊，人家可是专程来看嘉陵第一桑梓和嘉陵江第一曲流的，司马相如和卓文君凤求凰的地方，359 度的青居曲流，跟你解释了你也不懂。”

“您知识面真是广。”石小川揶揄她。

“狗屁。哎我说，你还文艺青年呢，你肯定知道司马相如和卓文君这对吧，我现在就在嘉陵第一桑梓，夫妻树，连理枝，真浪漫啊。

羡慕吗?”

石小川当然知道司马相如和卓文君的爱情,《子虚赋》世人传颂,司马相如与卓文君私奔的事儿也曾让他着迷。他也想啊,如果跟心爱的姑娘私奔,红拂绿绮,倒是人生美事,可他又如此留恋凡尘,给自己十多天的旅行,还不单纯都是旅行,他杂念太多,还须清理呢。

“羡慕不羡慕,分什么时候。你羡慕私奔?”

“当然,多酷。”

“就因为酷?你也太草率了。那咱俩私奔吧?”

“你要是真有那个心,就不会现在才打电话了。”

这话说得石小川有点摸不着头脑。但他想也是,如果真是全心要跟彭洋好,如果别人整他的事儿就此算了,他或许会跟着司马相如一般“凤求凰”吧。

石小川心里一阵骚动。

他问:“你接下来去哪里?”

“九寨沟。”

“好地方。什么时候去?”

“今晚。你在哪里呢?”

“不告诉你。”石小川卖了个关子。

他突然觉得心情特别好,起床,收拾东西,吃饭,退房,与友道别,他要去九寨沟。

立即,马上。

·3·

九寨沟真是美，如仙若梦。

江边的火锅店里一直回荡着那首《神奇的九寨》："噢，神奇的九寨。噢，人间的天堂。"

石小川驻足听了许久，跟着哼起来。大一时，他们宿舍里有张CD，上面有各种流传的神曲，其中就包括《神奇的九寨》。他宿舍的兄弟王一乙起床时都要蹩脚地唱起这段歌词，只要他一开口，其他人也就被噩梦惊醒了。另一个兄弟严冬在王一乙上铺，立马踹床，"咚咚咚，""还让不让人做梦了？"王一乙就说："啥梦？"其他的兄弟就会七嘴八舌，"淫梦，浪梦，酥梦"，总之男人的话题就来了。严冬就会拿出他的周杰伦放上，开得很大声，《神奇的九寨》就变得哼哼哈嘿了。

石小川背着包，挨个宾馆询问，是否有个叫彭洋的姑娘入住。没查到。宾馆的服务员都在想，肯定又是哪个戴绿帽子的来找"失踪"的媳妇了。他们即使查到，应该也不会说。中国的宾馆服务员，这点保密工作做得倒不错，很跟国际接轨，注重保护个人隐私。当然，你给他钱例外。

彭洋早上到的九寨沟，在沟口附近找了家旅店，放下行李，轻装打扮，就赶忙出去找吃的。她饿坏了。她在四川的成都和南充吃了四天火锅，吃上瘾了，据说九寨沟的火锅也是辣得出奇，她必须要一饱口福。

她选了在江边的一家店，吃得满头大汗，心想可惜一个人，要是有俩人同行，就可以一起喝酒了。这样的火锅，不喝点酒，都对不起这个辣。正想着，就觉得身边站了一个人，她斜瞅了一眼，心里一惊，立马呛得咳嗽起来。

“辣死了，辣死了，进气管里了，石小川你给我拿白水啊，你傻愣着干吗，咳，咳，咳，服务员，水，水。”

好不容易，喝了足足有火锅那么大的一盆水，彭洋的嗓子才觉得好了点。

她咳得眼泪都流出来了，幸亏没化妆，不然人家还以为卧龙的熊猫跑到九寨沟了。

她看着石小川，扑哧笑出来。

“笑什么笑，你看你多 2 啊，以为在外面就没人知道你了，你笑起来花枝乱颤的样子真淑女呢，还国外留学过的呢，真是吃个火锅都意外。”石小川的第一句话，劈头盖脸的。

“闭嘴！”彭洋说，“吃不吃啊你，不吃就滚江里去。”彭洋说着自己笑起来。

石小川也笑，他坐下，先从包里拿出个牛角梳和一个笔记本，递给彭洋。

“什么?”

“大街上到处都在卖的便宜货，但据说是牦牛的角嘛，在九寨沟买的，比在北京的应该真一些。笔记本是买牛角梳的时候看到的，里面隔一页都会有九寨沟花花草草的标本，就想你回头写东西，写完一页可以看到很美的花草，心情应该很愉快吧。”

彭洋有些害羞般笑了，说：“谢谢。”

石小川说："我好吧？"

"啊？唉，本来挺好的感觉，你这话一问，一下子全没了。"

两人吃起火锅来，边吃边聊。

石小川听着《神奇的九寨》想起了大学的兄弟，要走时，发现旁边坐着一个看上去特别熟的身影。他就走了过去，果然是要找的那个人。

他说："在九寨沟，你得到处多瞅瞅，不然就错过美景了。"

旁边一桌的客人跟他们谈着不一样的话题，但接的话倒是很合适："是啊，是啊。"

这桌客人不断往火锅里放花椒辣子，真是不怕麻辣。

石小川和彭洋吃刚端上来的原味的就都辣得脑袋瓜子疼了，人家还能源源不断放花椒辣子，他俩佩服得五体投地。

石小川住到了跟彭洋同一个酒店，就住在她隔壁房间。

九寨沟，一定是中国最美的地方之一了。他俩不住地赞叹，完全陶醉，什么俗世都弃之脑后。两个人边走边拍照，俨然一对情侣。谁说他们不是呢？看到他们的游客没有任何人怀疑。

他俩一起逛遍了九寨沟，还去了黄龙，三天转眼而逝。他们准备再住最后一晚，第二天就返回北京。最后一顿晚饭，他们选择去当地藏族人家吃饭。

俩人吃得很 high，虽然青稞酒的味道石小川并不习惯。藏族的姑娘表演节目，石小川和彭洋被拉去穿上藏族衣服扮演夫妻。彭洋说："你又占我便宜了。"石小川笑了："天意啊。"

看着纯朴的藏民，彭洋说前几天在南充，她坐公交去从网上查的一个饭店吃饭，两站地，人多，她就站着。下一站，上来一个孕妇，司机说前面的乘客给让个座，却没人起身。四个老弱病残孕专座上坐满了人：拿着拐杖的老大爷、趴在前排靠背上的健壮小伙子、看上去精明的中年阿姨、打扮入时的年轻女孩。没人让座，司机也怒了，大喊："今天必须让个座位出来，不然我就不发车了。"彭洋一直盯着那个小伙子，他不起身。彭洋就盯着那女孩，女孩转头望向窗外，中年阿姨也步调一致地跟女孩做了一样的动作，彭洋就忍不住怒了，说了句："让个座！"结果中年阿姨和年轻姑娘都拿眼瞪她，瞪呗，谁怕谁，别惹她，别看姑娘平时很淑女，惹毛了，咱可是在民主国家留过洋的。中年阿姨终于不好意思了，坐着说："谁要座位来的，来这吧，我这还腰酸背痛的，还没人让个座。"孕妇说着谢谢过去坐下。坐着的年轻女孩朝着司机喊了声："司机快开车，她已经坐下了。"这话听得彭洋心里凉飕飕的，好几个小时没调整过来好心情。

吃过晚饭，两人回到各自房间。

石小川很快去敲彭洋的门，要进去。

彭洋有点紧张，说："你进来干什么？"石小川说："告诉你一个事儿。"彭洋就开了门让石小川进来。

"说吧，什么事儿？明天是要调整计划吗？"

石小川什么也没说，看着彭洋。

他心中想念了好久的事儿，他一直等着的顺其自然的事儿，总归要有个主动的人呢。跟彭洋在九寨沟四天，之前的暗恋和喜欢都如美景一样烙刻在了他心里，他必须要个结果了。

他盘算得很好，如果彭洋答应他，那么等他回京办完事儿，就结婚。如果不答应，那么，回京后，他也便不再搅扰。毕竟，每天跟心爱的姑娘在一起，却不能心灵相通，那是多痛苦的折磨。

石小川一把抱住了彭洋，彭洋吓得赶忙挣扎。

“你要干什么呀石小川，来人啊，强奸，强奸啊，来人啊！”石小川扳过彭洋的头，硬生生吻上了她。

彭洋不再叫嚷了。

她不再挣扎。

他们两个人啊，此时此刻，互相喜欢，即便之前，她对他是多么的厌烦，但是此时此刻，他们喜欢，他们都觉得彼此在日渐喜欢对方，越了解越喜欢。

电影《大话西游》里至尊宝说：“我怎么会喜欢上一个我讨厌的人呢？”菩提老祖反问：“不会吗？”是啊，不会吗？彭洋想起了这句台词。她一直在刘忠明、在郭渺渺、在她之前工作的圈子的人面前，在石小川面前，表现出一副厌恶石小川的态度，她是厌恶的，那种没有底线的没有尊严的影评。可如今她喜欢上了他。是因为跟着去了他家，看到他对奶奶的爱，还是可怜他，她不懂，她只觉得，此时此刻，她需要他，她喜欢他，真的喜欢他。

那种发自内心的喜欢在疼痛来临的时候点燃了她。

她闭着眼，只感觉到一阵阵温暖的海水汹涌而来，冲击着她，她赤身躺在沙滩上，脚丫子被风吻着，被沙粒吻着，被波浪吻着，她就想永远这样沉浸在温柔里，与太阳拥抱，与天空结合，那片摄人心魄的蔚蓝色，你彻底地掉下来吧，掉下来，化成一抹海浪，加入汹涌冲击的海潮。

石小川拥抱着彭洋，她的肌肤像万里无云的天空一样干净，心被完全融化了。

他们幸福地想，一对冤家，终于在一起了。然而他们也都在想，跟做梦一样。激情时的汗水还有余温，五脏六腑成了被揉碎的羽毛，软绵绵轻飘飘的，如梦之梦。

·4·

石小川和彭洋躺在床上，互相看着，微笑着。

幸福来得太突然，幸福又真实地在身边，两个还有心事的人就这样对望着，珍惜着难得的时光。

“你真的喜欢我，对我一见钟情?”所有的女人都会这么问吗？答案就像所有的女人都会问“你爱我吗”一样，看来冷美人彭洋也不能免俗。

“你还感觉不出来?”石小川说，他此刻觉得自己回到了大学时期，身体里充满能量，这个晚上，他不想睡觉了。

“哈哈，你看《甄嬛传》里说，所谓一见钟情，不过见色起意；所谓日久生情，不过权衡利弊。说得挺对的，是不是?”

“嘻，片刻秒杀了所有浪漫啊。那你是不是喜欢坏男人？看你那么工作狂，又经常奚落我，说话还很刻薄……”

彭洋在石小川胳膊上狠狠拧了下，石小川大叫起来。

“疼不疼?”彭洋问。

石小川说疼。

彭洋又在石小川胳膊上狠狠咬了一口，石小川撕心裂肺又大叫。

“你虐待狂啊？”石小川喊着。

彭洋就笑：“让你说我刻薄，给你点教训。”

彭洋是不喜欢别人说她刻薄的，之前石小川也说过，这回咬一口算是报仇了。父母离婚，父亲总是说母亲，“你个刻薄的女人”。她有阴影。

“我倒真喜欢坏坏的男人，不过你不是，你是脑子坏了的男人。”

石小川笑起来，觉得自己有时候也是。

“啊？你还认同？”彭洋用粉拳敲着石小川的头，又躺在他怀里。

石小川看着彭洋：“你什么时候不讨厌我的？什么时候喜欢上我的？”

彭洋笑了：“谁说我不讨厌你了？讨厌你没底线！我什么时候说过喜欢你了？”

石小川就笑了，彭洋就是这样的人吧。他看着怀里的她，觉得世界就在怀里，梦想就在怀里，一切都在眼前。我的爱人呀，真愿意就这样跟你绝情地老去呀。

“彭洋，你的皮肤真好啊，像什么呢，像万里无云的蓝天，这里的蓝天。”

彭洋抱紧了石小川，她闭上眼，感受这种久违的温暖悸动，万里无云的蓝天啊，诗人海子也说：“万里无云，如同我永恒的悲伤。”她心里，也是有悲伤的呢。这个男人，是她的真命天子了吗？应该是了吧，他那么喜欢她，她又在这一刻喜欢上了他，你有情我有意，郎才女貌，金童玉女，在一起吧，老天都会祝福的，是吧，是吧?!

石小川想了想，说："我会对你负责的彭洋。"

"怎么负责?"彭洋笑着问。

"等我忙完北京的事儿，咱就结婚！用不了多久的，两三个月，我保证。"

"北京什么事儿?"

"我不能就这么算了!"

"你还是想报复!"彭洋皱起了眉。

"你真觉得我要这么放弃？我肯定被他们看不起!"石小川解释着。

"这不是放弃，这是韬光养晦，卧薪尝胆!"

"我不懂，我就知道，人若犯我，我不饶人。"

"你有把握？你了解他们几个?"

"有一半的把握，我就必须去做！之前我可能还不是很了解他们，但现在，我觉得彻底了解亓干、宋志达和刘忠明了。我连他们老家都去拜访了，熟悉他们的人也都问了，也掌握了一些资料，我知道他们的短处。"

"你是说，去潍坊、陵水和泸州，是他们的老家?"彭洋疑惑地看着石小川，她想起来，刘忠明说过他是四川泸州人。

看着石小川点头，彭洋的心里忽然很痛。

这一刻之前，她以为石小川纯粹得跟蓝天一般，他被骗，那是人生必须的经历，只要人好，又有才，还有想法，那么早晚会有出头之日的。可是现在，她觉得眼前这个她刚准备托付终身的男人，城府太深，阴险。

她不再让石小川抱着她。

她觉得好累。

她错了，她应该相信最初的判断的，继续厌恶他下去的。

她错了，还搭上了身体，搭上了认真的感情。

所幸，悔改得还算及时。

“我想休息了，明天还要赶飞机。”彭洋说着话去开门，明显在赶石小川。

“对不起。我知道你不愿意我再去……”

“你知道那你还去！”彭洋突然大吼，从来没有过的愤怒。

石小川怕了，他好怕爱的人伤心，尤其是被他所伤，但他倔强的脾气上来，他没得选。

“对不起，你心里也一定在想我出来玩还想着怎么算计他们，你一定觉得我坏极了，但是彭洋，对不起……”

“去吧，去吧。”彭洋低沉地说，边说边拉石小川，到了门口，狠狠地一推，“嘭”，关上了门。

回到自己房间，石小川给彭洋打电话，不接，发短信，不回。第二天，石小川起床时，发现彭洋已经提前走了。

他打彭洋电话，关机。

他不知道彭洋是直接从九寨沟回了北京，还是先去了成都再回京，他们定的是先回成都的，但是按照彭洋生气了的性格，石小川拿不定主意。他还是按照计划赶下一班车去了成都，他在成都机场拿着喇叭大喊，“彭洋！彭洋！”所有人都在看他，没有人回应他。人们都在看，哦，又一个爱情的傻瓜，在学电视剧里的情节。他是想学，电视剧能给他一个完美结局吗？

他没有找到彭洋，彭洋果真是刻意早起来，买了九寨沟到北京的机票，一个人走了。九寨沟让人目不暇接的美景里，有一个穿花格子棉布裙的姑娘，拖着行李箱，面无表情，心事重重。

你们，能让她给石小川打个电话吗？

她显然不想。她讨厌那个男人，死脾气，不悔改，一根筋，太自私，没脑子，她真的很讨厌他。

十一

·1·

北京依然车水马龙，不会因为少了谁而真正地痛苦或快乐。能让人发自内心地痛苦或快乐的，只有爱：得到爱，爱不得，爱太少，爱多得喘不过气，爱无能，爱冷漠。但我们说爱的时候，往往很轻率。

石小川那句爱，一直没说出来。他想等到解开心中的结，再去跟心爱的人说对不起，再去跟她说爱。现在最重要的，他要一步步展开他的报复计划。

“亓干，刘忠明，宋志达!”他一个字一个字地念着名字，咬牙切齿地说：“嗯，好样的。”至于心里到底是不是多恨他们，石小川也说不清，他不让自己去想这些可能会让他柔软下来的问题。

萧远山在欧洲就跟石小川在 QQ 上说，“不要所谓的报仇，吃一堑长一智。”

石小川说，“忍不了，即使头破血流。”

萧远山到了首都机场就打电话给石小川，“真的要做?”

石小川说，“箭在弦上。”

萧远山放下行李后就赶忙去见石小川，两个好兄弟多日不见，看见了，心里就有一股暖洋。

萧远山又问："要不就算了，你也没少了块肉，少了块肉还不正好减肥了，原谅他们吧，琼瑶阿姨不是说，人生最大的美德是宽恕吗？"

石小川笑起来，说："这一回，倔强一把，干！"

萧远山见石小川确实心意已决，就答应了跟他一起将这事儿搞定。萧远山是不放心的，石小川吃了那么大亏，又容易头脑发热，萧远山年长一些，经验更丰富些，对石小川或许会有帮助。谁让他们是有架一起打、有妞一起泡的好兄弟呢！

萧远山还记得北京奥运会时他们一堆人半夜去一个烧烤摊喝酒。那段时间，偌大的北京城，烧烤摊却少得可怜。几个喝多了的人踩了萧远山的一个同事，还骂了这个同事一嘴，同事刚还口，那醉汉就给了他一拳。萧远山看到，二话没说，抡起手边的椅子就砸向醉汉，场面顿时乱了，石小川也加入了混战，拿着啤酒瓶子乱打一气。后来俩人都受了轻伤，被缝了四针。

泡妞那更是好兄弟的见证，不过石小川从来不上小姐，不是他多坚贞多不想，他是怕，怕还未结婚生子的万一沾染上个什么病，那人生岂不是玩完？他信小不忍则乱大谋。

但石小川每次都是跟着一起去的，他不做这个，可以做那个嘛。有个在他们兄弟中间流传的段子，说有一次萧远山、杨五郎等七个兄弟去青岛游玩，累了去洗浴中心泡妞，众人比赛，看谁时间长，输了的买单。结果萧远山五分钟就灰溜溜地缴枪了，他懊恼地想，七个人，每人五百，便宜了这帮家伙。结果他出来，看到杨五郎已坐在门口的椅子上看书。两人对视，心领神会地大笑。果真是文化人儿啊？!

萧远山跟石小川去了虎狼网、企鹅网等十个网站和北方日报、中国娱乐等十个纸媒挨个公关，网络上每天闹心的事儿实在太多太多，八卦更是挡都挡不住，石小川那些事儿，已经不算事儿了。

虎狼网的张大春就说，“小川，你现在也算是名人了，想回来的话，现在随时。”

石小川想，才刚刚过去两个月，人们就淡忘了。或者说选择性淡忘了。二十天之前，他还找不到工作。当然，也有萧远山陪同前去的关系，毕竟萧远山人脉和资源都更多一些。

石小川心里叹着世态炎凉。萧远山仿佛看出了石小川的想法，揽了下石小川肩膀，说，“人生就这样啦。”

媒体方面，比他们两个人想象的都要顺利。萧远山在业内知名度也算是响亮的了，石小川又是从狗血的绯闻里爬出来的烂名人，凭借闯荡了数年的积累，石小川手里成堆的名片还是起了很大作用。他拿着一张酷豆网娱乐总监的名片，跟萧远山说：“看吧，一张名片，就代表了一个人哪，哪怕见不到人，就看名片上的 logo 和称呼，人就不是人了，就是身份了。可怕。”萧远山说：“那咱要不放弃？”石小川说：“这才刚开始呢，就是瞎感慨一把。”

萧远山心里就想，媒体圈、影视圈，还有他们文化界，都是风霜刀剑严相逼，善良这个东西，是个很矛盾很纠结的第七感小宇宙。

石小川单独请张弋静吃饭。张弋静答应了。

石小川像什么都没有发生过一样，对张弋静问长问短，主要是说虎狼网近来的专题和项目情况，也问她跟杨五郎的感情。张弋静有些不知所措，但还是坦然且顺利地跟石小川结束了饭局。石小川要的就是张弋静不从中作梗，至于其他的，石小川根本不在乎了。

张弋静是他一手培养起来的接班人，如今这般，石小川实在搞不懂。他哪里对张弋静不好了，还是张弋静本身就是个极度隐忍和阴险的人，她一直等待着上位的机会。如果这样，那么杨五郎还是跟她分开的好。不过感情的事儿，谁又扯得清呢。他听张弋静说话，能感觉到她对权力的向往，她说张大春如何如何，说曹朝磊跟她回邮件之类，石小川有些不认识张弋静了。

但是，不重要了。

庞开放很兴奋地在虎狼网见到了石小川，光明正大的。

石小川开玩笑地说："好好干，回头哥带你闯天下。"

庞开放就认真了，单纯地说："一定的哥，你交代的所有事儿，都超出预期地完成。"

石小川很满意。他在注册办理的公司，回头必须要给庞开放留个好位置。

晚上的蓝色港湾，灯影在河面上荡漾，如若海市蜃楼。

石小川、萧远山和杨五郎，三人坐在了一起。杨五郎很抱歉地看着两位，什么也没说，拿起没掺一点儿饮料的半杯白兰地，干掉。萧远山乐呵地调节气氛："什么都别说了，都过去了。"

石小川做了个放松的没事了的表情："远山说要来蓝色港湾，空气好，都是北京，空气再好能好到哪里去，我就说去失恋咖啡，去KKTIME吗，他非要养生，好吧，人生苦短，多养。你们啥时候生?"石小川问杨五郎。

杨五郎苦笑了下，有点后悔当初的爱情。这话让萧远山和石小川有点惊讶。

杨五郎说这段时间相处，如坐针毡，心里如刺骨般疼，他以为的兄弟情谊、工作事业、感情爱人，都会和谐相处的，最后却都是一团糟。《山里的铁甲银行》据说都不给杨五郎署名，宋志达和亓干都觉得杨五郎没干什么正事，《乾坤大挪移》更是早早就没有了杨五郎的机会。刘忠明虽然在署名问题上没发表什么意见，但他公司做的所有片子，拒绝接受杨五郎的影评，无论写得多交口多客观。影评是他的生路啊，在杨五郎心里，刘忠明其实比亓干和宋志达更狠。

至于张弋静，冲动之下必定是情圣，冲动过后才发现是水月镜花。他还不够明确，他觉得张弋静爱工作爱升迁爱人事斗争，比爱他上心多了。他很难受，觉得故事不应该这样发展的。但事实摆在眼前，他仓皇地过着每一天，看看影碟，读读报刊，张弋静下班回来说句回来了，就各忙各的，才短短两个月，是他不懂怎样处理感情还是命运跟他开了个幼稚的玩笑？

他很迷茫，他想给石小川和萧远山打电话，不知如何开口。他是个腼腆的人。

说着，杨五郎垂下泪来，哽咽的声音像吹在蓝色港湾水面上的风一样。

·2·

石小川、萧远山和杨五郎又成了团结在一起的好兄弟，他们有了统一的目标。现在，他们是很认同“大树底下好乘凉”的。他们跟国家影业集团的人建立了酒肉朋友的关系，再去广电总局找相关领导，送了点对领导胃口的好礼，还连续三天跟领导去夜总会唱两曲，对酒谈姑娘，聊表情谊。

而后，萧远山那本来想投《乾坤大挪移》的达达美容机构的老板朋友撤资，跟萧远山站在了一队，《乾坤大挪移》已经开机，刘忠明和宋志达只好让常小磊抓紧招商，希望在压缩预算的情况下多些植入广告以减轻压力，不然，他俩只能投自己的钱了。

石小川约马锐宝来京畅聊，马锐宝顺便拜访了几个国家部门的领导，领导带来了几句话，说有什么好项目，影视的，尽管说，咱们要跟着政策走，文化大发展，这是为国为民的正事好事大事。这种连带效应让石小川的下一步计划大大提前。

杨五郎让张弋静帮他最后一个忙，在虎狼网娱乐头条放出独家消息：《石小川争议归来，电影大手笔疑似报仇》。石小川和萧远山看着这个狗屁不通的头条，笑了。

电话纷至沓来，杨五郎也来到 KKTIME，他说电话被打爆了。

他们放出了两条消息：一条是三千万投资的时尚爱情喜剧电影《一百万种结婚方式》正在筹备，一条是有政府参与的投资过亿的古装史诗穿越电影《关公战秦琼》已经立项，新闻中也若隐若现地提出，备受争议的石小川和杨五郎这帮影评人强势归来，进军制片行业，除了会搅动起圈内的不小波澜之外，恐怕也有对之前遭遇的报复之意。

萧远山说，在亓干把控的《山里的铁甲银行》即将上映之际，抛出这么个消息，也算是送给他们的礼物吧。

这三个人在想，那三个人在想什么呢。

那三个人没心思想对付石小川的事儿，电影是个团队活儿，挤走石小川和杨五郎，同时也不让编剧参与任何跟制作相关的事儿的刘忠明和宋志达，察觉到了没经验的苦。电影拍完剪完又审完，政府给的钱太少，至于进没进亓干腰包他们不知道，亓干出的钱也就够正好审查完毕和宣传的费用，一点儿多余的都没有。“得宣传啊，不然白搞了。”刘忠明和宋志达齐齐出现在了亓干办公室。

“宣传没钱了？宣传我这边没钱啊，咱们当初签的，忠明你是以宣传代资进入制片，志达是导演，可以出点算是出品和制片，我是个极度按照计划按照合同办事的人，你看咱们的制作费用，现在制作完毕了，还剩下了几百块钱，几百块钱也是钱啊，起码能给个记者给个影评人红包呢，他们说两句好，可能就有人进电影院看，票房就这么起来了。”亓干抽着雪茄，慢悠悠地跟俩人讲道理。

亓干当然是不愁的，这个项目全都是政府的投资，他明着是跟刘忠明和宋志达说洞房夫妻联合影业集团也投钱，实际上一分都没投，他赚了作品、版权、影响等一堆的事儿。也是，亓干从来不做亏本的买卖。

宋志达没说话，他又隐忍起来。宋志达欺软怕硬习惯了，面对大公司大老板，他总是心虚。他只有在酒店密闭的房间里，只有在没有老板在的拍摄片场，才是生龙活虎的。

刘忠明想既然这样，不妨让亓干赶紧将《乾坤大挪移》的钱给出了，这样既弥补了《山里的铁甲银行》的宣传费用，又能让他和宋志达不至于干着急。现在拍摄很紧张，每一天费用都紧张，制片主任天天给他打电话，开口就是钱钱钱，听见电话响，他就要神经衰弱了。

何苦呢这是，他想到了石小川、杨五郎和很少见面的萧远山，他们都是实干型的有执行力的人，但他们被他给挤走了，走得风雨凄厉。

他就跟亓干说，“《乾坤大挪移》咱这边的投资费用该到账了。”

亓干之前跟他们签合同时说，拍摄到中后期，本来要分三次付给剧组的费用，一次性支付。

宋志达听到刘忠明问这个，马上眼巴巴望着亓干。他希望听到亓干嘴里发出的美妙的钢琴声。他好久没有听到令他愉悦的消息了，尤其是跟刘忠明合作《乾坤大挪移》后，他半生的积蓄，都快要投到这个片子里了。

之前要给宋志达投钱的富婆，半路撤资，让他受了内伤，这帮不靠谱的呀。宋志达真想给这帮半路撤资的老板们带上高帽子去游行，老板们都一个操行。他在片场就这么骂。但现在，他希望眼前的亓干不是的，亓干应该不是的，他们从石小川事件时就结成了统一战线，他们是永不凋落的轴心国。

现在，宋志达盯着亓干的嘴唇，那嘴唇上叼着一支浓香的雪茄，雪茄的味道宋志达受不了，他忍着。他忍了一个小时了。

亓干看着刘忠明和宋志达，笑了。几十年的血雨腥风，这样的场景他多次遇到过。

他说：“现在公司正在跟政府合作一个基金，投钱的大项目啊，全部身家都放在了这个基金里，争取明年就上市。咱跟政府是胳膊拧不过大腿，只能是先出资，启动这个基金，然后政府再跟进，所以，现在公司真是一分钱都拿不出来了。唉，上午我还愁，这员工工资怎么发呀？中午饭也没吃，沈阳不是在建个影院吗，那边的人跟主管部门没沟通好，还惹了麻烦，说是拿钱去疏通一下，我哪里还出得来钱嘛，让银行将公司抵押了算了！所以，我就靠《山里的铁甲银行》和《乾坤大挪移》这两部我们公司立项的片子来赚钱了，忠明，志达，这俩片子你们都很辛苦，你们也是联合版权方，我知道，你们也投了不少，作为忠实的合作伙伴，我想说合作是非常地痛并快乐着的，你们再坚持十天不就拍完了嘛，到时候如果资金还不够，剩下的全部由我来出，好不好？你们呀，别怪大哥多事，你们知道石小川来势汹汹报仇来了吗？听说还联合上了萧远山和杨五郎，唉，年轻人啊。”

郭渺渺在门口听见了三个人的谈话，她扑哧笑了。她笑是因为又能见到可恶的石小川了，也因为她想起了一个笑话。有次跟同事吃饭，说到老板亓干很抠的问题，一个同事反驳，说老板去沈阳影院项目，带了十根金条去打点，阔气着呢。另一个同事就说，老板跟外人一向阔气，老板最愁的时候，就是每个月给员工发工资的时候。郭渺渺听到亓干说到工资问题，想起这个笑话，乐呵呵地回去跟同事分享了。她本来是要问，《山里的铁甲银行》还要不要洞房夫妻联合影业集团出资来宣传的事儿。

刘忠明和宋志达可傻了眼。他们觉得被忽悠了。但是有什么办法？撕破脸？不会的。他们是统一战线，是团结的轴心国。他俩都是《山里的铁甲银行》和《乾坤大挪移》的制片人兼联合出品人，刘忠明宣传的事儿基本都交给了常小磊，他全身心投入到制作行业中，宋志达虽然没良心，但这几个月，一直在剧组为这两部他以为顺利得要命，以为要带来绝顶好运的片子忙碌。他俩都希望《山里的铁甲银行》尽快上映，票房大卖，他们都不愿意看到《乾坤大挪移》就此歇菜，因为还有十多天就杀青了，但是资金确实是马上要断链子了。

怎么办？宋志达想让小禾色诱亓干，刘忠明说还是先放放这事，凑钱将片子拍完才是最紧要的，其他的，后期制作中再慢慢弄。宋志达问，“你那边的招商怎样了？”刘忠明终于想起了自己还有个招商团队，他马上打电话，得知有两个品牌正在等确切的信儿，刘忠明赶紧让常小磊过去帮忙，说，“无论什么代价，至少拿下一个品牌。”刘忠明抹了把额头的汗，叹了口气，轻快地说：“有戏。”

只要不是他们自己出钱的戏，都有戏。

· 3 ·

郭渺渺尝试过与其他人交往，短短两个月，她与四个男人有过情感上的交集，结果不是她被忽悠就是他们被她忽悠。她感慨感情不靠谱，她也不是个多靠谱的人。她是觉得自己挺靠谱的，只是中了石小川的毒，魔障了。她怎么会一直喜欢石小川呢，她也搞不懂，总之就是想，不见的时候想见，见了想干吗呢？她也不知道。他基本都是拒绝她的姿态，虽然他们上过一次床，但，那又如何呢？单身男女，情不自禁，再正常不过，可是郭渺渺觉得不一样了，她相信石小川也觉得不一样了。从此他看她，她看他，都会不一样的。然而再不一样，在感情上对她从一而终的冷冰冰，也会激怒她。她跟四个男人都见了面，都上了床，那又如何，哼，无论是忽悠还是被忽悠，她都有一种变态的快感，你石小川曾拥有过的身体，现在被别人践踏。只有夜深人静，想到这些自轻的可笑的想法，她才会忍不住伤感。

她知道，宋志达和刘忠明都希望她跟亓干说几句好话，她说了能管什么用呢？他俩肯定都以为她是亓干的人了！才不会！那么个老头，人坏，床上功夫估计也烂透了，跟他上床，有病呢。她可不能总想靠身体上位，她也是有能力的人，公司的各个宣传方案，还不都得通过她的法眼才能呈递到亓干面前。她不理会宋志达和刘忠明，她倒盼着前来报仇的石小川可以找她，她能帮上忙。

但石小川一直未来，她急了，忍不住，给石小川打电话。是谁说过，感情里，谁先主动，谁就输了。如果是失衡的感情，这话还确是真理。

电话接通了，她忽然不知道说什么好。

石小川在问："渺渺，是渺渺吗？"

郭渺渺听着这话真好听，渺渺，父母亲给她取了个好名字。

"近来在忙什么呢？哪天你有时间，一起吃个饭吧？"郭渺渺说着石小川不感兴趣的话题，有一搭没一搭的。她像是想起了什么，又说："亓干这边也有一些动向，昨天刘忠明和宋志达还来找亓干谈资金的事儿了……"

石小川来了兴致："然后呢？"郭渺渺就将在亓干门口听到的如实"汇报"给了石小川。她没有添枝加叶，她觉得这样最好，既不过分满足对方，又给对方留下了嚼头。果然，石小川对她表达了感激，说尽快一起吃饭聊聊近来的状态。

郭渺渺才不管那个叫"利用"的词儿，如果说利用，那也是互相利用。她想他能对她好，他希望能从她那里得到些内部消息。她确实是知道一些的，公司运营上也似乎有很大问题，亓干的老婆近日频繁出现在公司就是个兆头。跟着亓干老婆出现的还有一个香港人，中年男人，成功人士的西装打扮，长得蛮帅。

在公司内部的一个中层会议上，亓干、亓干老婆和这个香港人都出现了，只是坐在一边听。这个香港人不断瞅郭渺渺，看得郭渺渺浑身不自在。色鬼！郭渺渺分析，亓干老婆和香港人是想看看公司各级别开会的情况，亓干是作陪的。这个香港人和郭渺渺在茶水间碰到过，她对他尴尬地微笑了一下，他也笑，还说“你好”。

在精心挑选了一番后，郭渺渺还是决定在 KTV 见石小川。“你也可以叫其他人来一起唱啊，边吃饭边唱嘛，反正都是自助。”郭渺渺面对石小川的反对，执着地说。

她想给他唱歌，将心里想的再唱给他听。

郭渺渺唱歌不错，身材又好，还能说会道，没进演艺圈可惜了。然而也没什么可惜的，这个乱糟糟的破圈。

石小川一个人过来，说：“没见过约人吃饭在 KTV 的！”

郭渺渺笑了下：“这不就见过了。”

石小川不饿，吃了一点，就喝着啤酒听郭渺渺唱。郭渺渺将《只想爱你》、《如果我们能在一起》、《恋人未满》、《超喜欢你》、《越来越爱》、《相遇的魔咒》、《只对你有感觉》、《直觉反应》等一堆看上去适合表白的歌统统唱了一遍，她邀请石小川一起唱《不得不爱》，石小川说不会唱，郭渺渺就嗔怒着点了梁咏琪的《胆小鬼》，边唱边对着石小川做鬼脸。

石小川想，这么个精灵一样的可人儿，谁要是娶了她，应该是无比幸福的吧。

终究，郭渺渺败下阵来，唱累了，拿起啤酒，跟石小川碰了下，咕咚咕咚一瓶吹掉了。

她将点唱机摁了暂停，坐在石小川身边，说："我知道你不是来唱歌的，但看在你听歌很认真的份上，我觉得还是要犒劳你。"

她就强硬在石小川脸上亲了一把，弄出很大的声响。

石小川没有躲闪。郭渺渺是个好姑娘，只是他俩不合适而已。

郭渺渺说，公司运营可能出了问题，但什么问题她也不清楚。亓干这些天经常强调要全力搞好《山里的铁甲银行》和《乾坤大挪移》的票房，很可能会等到《乾坤大挪移》拍完审完，把《山里的铁甲银行》推迟一段时间再上映，这样公司看起来也是片子不断，生意兴隆。

她也说了，好像不止石小川一个人想绊倒亓干，他得罪的人确实挺多，但她也不知道是谁。至于刘忠明和宋志达，他们全力在做《乾坤大挪移》，已经快要自己掏钱了。但《山里的铁甲银行》，亓干还是会投钱做宣传的，只是他想争取更大的收益。按照亓干一贯的做法，到时候可能会跟刘忠明及宋志达俩人签订个协议，亓干再投入宣传的钱，按照票房分成再单独计算，亓干总会将利益最大化。

石小川听着，不时点头，跟他想的基本一致。他跟郭渺渺开玩笑说："那你告诉刘忠明，亓干很快投钱不就行了，免得让他们心情焦虑，拍片子多累啊。"

郭渺渺很吃惊，看着石小川："你不是来报仇的吗？"

"是。但不急。"

郭渺渺笑了："又恢复到以前的自信了呀。"

石小川笑起来，他觉得自己的笑有些苦涩，这是他想要的自信吗？

然而郭渺渺听了石小川的话，偷偷跟刘忠明打电话说，亓干很可能会大手笔投入《山里的铁甲银行》的宣传，《乾坤大挪移》也会投，这俩片子票房对他至关重要。

在这么紧张的关头，刘忠明没有选择地相信并且感谢了郭渺渺，马上跟宋志达商量，他俩决定破釜沉舟，拿出积蓄，投入到《乾坤大挪移》的拍摄中，然后跟亓干一起迎接大丰收。

那晚石小川和郭渺渺在KTV分别，郭渺渺盯着石小川半晌没吱声，临了，吐出一句话："谢谢你这么忙还亲自来伤害我。"石小川尴尬地笑，刚想说什么，郭渺渺已经一溜烟儿去了。

·4·

刘忠明和宋志达也在派人盯着石小川的一举一动，他俩也担心，石小川回来后，跟杨五郎和好如初，和萧远山一起去各个媒体公关，现在网络上没有了半点对他们不利的消息，而之前他们可都是在一起合作的。刘忠明心里有些后悔，但事已至此，坚决不能回头。宋志达也是烦透了别人说他的红都是石小川和杨五郎炒作出来的，可是此一时彼一时，他想，如果这时候，大度的石小川和杨五郎能首先抛出橄榄枝，那么双方也便言和了。想法毕竟是想法，刘忠明和宋志达，谁都没有勇气首先说这话。那么只好死扛下去，干到底。

然而《一百万种结婚方式》和《关公战秦琼》因为连带的内容多，大牌演员也多，甚至小禾都会参演，刘忠明和宋志达不得不去关注。

宋志达试探着问：“咱们再将这俩项目搞过来？”

刘忠明笑了，说：“怎么可能，咱不能总这样，圈子太小。”

宋志达说：“也是，没有整死他们，现在还上天了。”

刘忠明想了想，说：“都过去了，算了。”

宋志达说：“你倒大度，他们可不会放过你的。”

刘忠明说：“那就兵来将挡水来土掩，咱们除了怕没钱拍片，还怕什么？”

宋志达想想这话真是充满理想，他怕什么呢，他怕没人关注他，他怕没人找他拍片，他怕再也骗不到小姑娘，他怕身无分文，他怕别人说他红了都是因为其他人，他怕没有代表作，他怕的东西还真多。

两个人这回是赌了一把，将这几年赚的钱基本都放到了《乾坤大挪移》，他俩也密谋好了，生怕亓干中间生变，片子的所有物料及拷贝都留下，不见钱，他们是不会给亓干任何东西的。这部片子投资商撤资、中途换主演、剧组财务问题等各种闹心事，本来定的杀青日期恐怕还要拖延几天，拖延一天就是几十万啊，这些在棚里搭的景，这些总嫌吃不好的剧组人员，还有这些人的最后一笔费用，天天都是催钱的事儿，想舒服休息会儿，那可真是太难了。

宋志达回棚里拍片去了，他得振作起精神。刘忠明接了几个电话，一直在想着自己的钱投到整部片子的事儿，怎么就不知不觉将挣的钱都投到这个片子上了。他想这个叫《乾坤大挪移》的片名看上去像武侠片，实际上是整容题材，市场会接受吗？他想到市场就头疼，现在进影院买票的观众真成了上帝，他祈祷上帝能够多多关注美容的事儿，他祈祷上帝接下来多些跟美容相关的新闻，整容死个人、整容闹离婚什么的都可以，只要能为片子造势，就是他心里乐意的。

他很快想到了招商的事儿，想什么来什么，常小磊给他打来了电话。他想，果然是没看错人，效率真高。

“刘总，我想辞职。”

常小磊的开场白惊着了刘忠明，但刘忠明马上镇定了下来。

“怎么了小磊？为什么好好的要辞职？有什么不顺心的事儿吗？”在这么个关键时期，他还盼着常小磊给他拉来赞助呢，即使没有赞助，他也需要常小磊给他担着宣传的业务。彭洋走后，宣传的事儿都是常小磊来带着做。公司里，谁走，常小磊都不能走。

“家里有些事儿，想回家处理，并且您交代我招商的事儿也没弄好，本来两个想投的企业，现在都不投了……”

“都不投了？什么时候确定的？为什么？”刘忠明急忙问。

“刚才。也不知为什么，我问招商的张大哥，他说企业说不投就不投了是正常事儿，没必要多问为什么不投。当然企业也给出了理由，说是资金紧张，行业寒冬，需要看看形势再做决定，但我想应该不是这个原因。”

“你觉得什么原因？”

“可能他们觉得咱这个片子换角事件影响不好，并且传出来两个男演员大打口水仗的消息，可能他们怕负面影响吧。”

“这些都是能带来曝光率的，这些企业真是没有远见。”刘忠明骂了句，心里忽然空落落的。他马上挽留起了常小磊，他不能放他走。“小磊，你可别走，现在公司发展蒸蒸日上，咱冲着上市去的，今年这俩片子完了马上有新项目，明年再整几个制片的项目，你来做制片人怎么样，就你了，能力那么强，还好学，一定行的，你不是说等宣传完全熟了后就转做幕后吗？哥都交给你，哥非常看好你。况且，在咱们公司，你可以随意发挥自己的才能。你是不是觉得工资有点少呀，别憋着，跟哥说，哥缺那点钱嘛，刚开始，你是需要清苦点的，但现在，你有很多经验，提工资是正常的。哥给你再提一千，你看可以吗？提两千，你值这个。"刘忠明说到工资，咽了口唾沫。

"刘总，不是钱的问题，家里真有事，我得去处理，况且，我想做前期筹备的事儿，想做制片人，一开始就想，不是宣传做好了才做，是您一直让我去代替彭洋姐做宣传，我觉得宣传没意义。"

"那什么有意义？"刘忠明说完这话，忽然想起了《士兵突击》里的许三多，他马上觉得这话问得没有任何意义。"你想做制片人，可以啊，来《乾坤大挪移》吧，给你挂制片人的名字，没问题的，这个片子现在你哥是投资人，说给你挂个名头，完全没问题的。"

"刘总，我不想挂名，我真想做点事儿，对不起。"

"小磊啊，哥是看好你是个人才，想挽留你。当然，公司也有其他人，但哥还是不想你就这么离开。哥真的拿你当朋友处的。"

"刘总，感谢您一直器重我，我会尽快做好交接的，请您放心。另外，公司内部一些人事斗争，我想您也应该管一下，我觉得这些小事儿，您虽然一直忙于制片人的业务，无暇管理，之前都是彭洋姐在弄，她弄得挺好的，我不擅长这些事儿，但这些事儿还真是危险挺大的。刘总，人之将死其言也善，话是这么说的，理也是这样的。刘总，比如王姐，比如赵姐，您可以查一下报销以及财务方面。"

常小磊的话说得刘忠明没了再挽留的意思，看来他是决心已定。他答应了常小磊。公司里的人事斗争他也知晓，常小磊这么个堂堂七尺男儿，怎么会比不了彭洋呢。彭洋都能搞定的事儿，一个女流之辈，常小磊竟然搞不定，真是白看好你了！

至于查小王和小赵，会查的，等他先忙完《乾坤大挪移》。

他心里也恨恨地想，老张干了十多年广告招商，虽然是刚开始做影视，但是即将到手的鸭子，怎么就飞了呢。怎么就飞了呢。他一直念叨着，一直念叨着，怎么就飞了，怎么就没了，没了可怎么办呢，自个儿投钱拍电影，真是疯了，这可怎么办呢？他心里慌张极了。

十二

·1·

石小川的公司注册很快办了下来，叫作北京拿破仑影视传媒有限公司，因为有萧远山朋友的协助，注册资金到了两千万元，各类许可证件办得也顺利，可以独立来做拍摄制作和招商开发之类的项目了。萧远山说，广电总局下个月估计会很忙，杨五郎点头同意，石小川也笑，他正要将这些年他们想的所有看上去靠谱的故事在这个公司立项。当然，《一百万种结婚方式》和《关公战秦琼》在石小川拿到相关执照后就马上让人去立项了。

新公司的运营，石小川本来想找彭洋，但是每天给彭洋发短信，彭洋始终没有回复。他也经常给彭洋电话，打通了，但是不接。

他跟杨五郎、萧远山来运作新团队，另外，石小川除了让庞开放负责媒介总监，还挖来了一位他觉得很有想法的得力干将：常小磊。

常小磊已经不是当初青涩的职场新人了，他完全熟悉了职场的生存法则，他知道自己想要什么，而现在这个阶段，跟着蒸蒸日上却低调的石小川，有肉吃。

是的，石小川蛮低调的，他懂了，不再那么装低调，而是真低调，他一个曾经的失败者，不能将复仇之旅描绘得生龙活虎，多数人还是希望看到一个平和善良的人得到一场战役的胜利，他要扮演这个角色。各大投资商和制片方以及媒介，也乐意看到这样的石小川，更乐意看到远离媒体多年的萧远山又跟媒体打得火热，看到“枪王之王”杨五郎做起了国内市场所有外国影片的评论工作。

萧远山和杨五郎其实有着自己的主业，萧远山的跨界业务每天都忙不过来，杨五郎的影评也进入了流水线流程，但他们还是无私地跟石小川一起低调地做着高调的事儿。包括招人，只有他们三个都看好了，才可以进入拿破仑影视。

萧远山本来是不赞同将常小磊带进来的，可想到确实是能在这场战役中扮演重要棋子，还是同意了。

常小磊并没有给石小川带来多直接的“独家消息”，但想到刘忠明缺少了最得力干将，也算是大功一件。

常小磊曾建议刘忠明将彭洋找回来，他说彭洋现在没有工作，正在寻摸。

刘忠明火速联系了彭洋，约她出来喝咖啡。

彭洋犹豫了会儿，还是答应了。

刘忠明拐弯抹角终于说明了来意，彭洋苦笑着拒绝。

刘忠明请彭洋不妨再考虑一下。他说到了接下来的几个大项目，说让彭洋这个之前的工作狂回归本性，让彭洋想做什么就做什么，说明年后年公司可能上市，他说得激情澎湃，他跟彭洋聊天时，才发现常小磊跟彭洋相比还是差距蛮大的。

彭洋拒绝不过，只好说再考虑一下。

石小川他们开始往外放亓干、刘忠明和宋志达的消息，最先出来的是他们三个人老家的人怎么看他们。竟然是一样：有说是当地的骄傲，有说是从小精明，还跟谁谁谁家的姑娘好过。消息源是虎狼网一个记者，以即将上映的电影《山里的铁甲银行》为切入点来做的，相当生动的新闻。网络上炒开了锅。当然，基本所有人都觉得，这是当事人的无聊炒作。

三个当事人表面无事，回到房间匆忙给老家的人打电话，询问状况。方才知道，前些日子，据说有个自称是他们好朋友的石姓先生来旅游，顺便咨询了一下左邻右舍对他们的看法。三人有点吃惊，一个影评人做起了侦探的事儿，这是个非同小可的大事情。亓干也想起来，那段时间他收到了一个精美的风筝，还在纳闷是谁学雷锋呢。

原来如此。

他们决定抛去争议，同仇敌忾地予以反击。

刘忠明加速了催彭洋的进程，常小磊无意得知了彭洋的苦恼，若无其事地告诉了石小川。

从来没有过的惊讶挂在了石小川脸上。这怎么行!

石小川马上打电话给彭洋，不接，又发短信。他说，再怎么样，能不能别去刘忠明那边，正是关键时期。

彭洋一直未回，石小川有点忐忑，但他心里又很坚定地认为，彭洋不会破坏他的好事。

彭洋当然看到了石小川发来的讯息。

她厌恶极了争斗，不喜欢石小川继续这样搞来搞去。她觉得这样下去会出大事的。

她想了好久，犹豫了好久，还是主动给石小川打去了电话。

石小川正在处理郭渺渺代亓干前来询问的事儿，他叫过常小磊，跟郭渺渺沟通。

“您可终于打电话来了。”石小川笑着说，装着一点儿都没事的样子。

“小川，我再问一次，可以不这样搞下去了吗，对谁都没有好处的，你就算搞垮了他们，就心安理得了？他们也会对你报复下去，冤冤相报没个尽头。况且，你所经历的，不都是最好的经验吗？毕竟他们也没将你伤筋动骨啊！”彭洋语重心长地说。

“他们让我没见到奶奶最后一面……”石小川随即答复，说完，又不知道怎么说了。

这是他最大的遗憾。

彭洋也不说话了。

她能体会到石小川对奶奶的感情，每次提到奶奶，石小川的眼睛里的那种思念，是可以用生命来燃烧的。她想不出什么话来反驳石小川，她真不希望到最后两败俱伤。她还是说了：“奶奶也不希望你每天这样啊。”

她说着，突然声音低沉起来：“我也不希望。”

石小川心里一软，真的想马上抱住彭洋说，对不起，咱们在一起好好生活，好好做事情，再也不做这种费煞脑筋折磨人的事儿了。

他毕竟没说出来。

他问：“你在哪里？我去找你，好吗？”语气里满是温柔。

只听彭洋轻声说：“小川，听我的，好吗？”

石小川说：“彭洋，咱不说这个了，好吗？等我办完这个事儿，一定全都听你的。”他只听见一阵忙音，再打过去，关机了。

石小川觉得眼前一黑，他慌忙闭上眼，站定了，稳定了一下情绪。

他觉得，彭洋离他而去了。

好伤心，好伤心。

但既然选择了一条不归路，伤心是不允许的。

这时，常小磊带着郭渺渺来到了石小川的办公室，看来没搞定。

·2·

常小磊说了半天，公司刚成立，跟亓干没有半点过节，不会平白无故诋毁别人，且正忙于新项目，无暇顾及八卦。郭渺渺还是不回去，她来的主要目的也不是为亓干讨说法，她哪里有这个菩萨热心肠。

郭渺渺见到了石小川，她觉得石小川脸色不好看，就问怎么了，说着将手放到了石小川额头。常小磊看在眼里。郭渺渺说，没什么事儿，心里装的东西太多了，该释放一下了。说完给石小川递了个眼色，石小川正好抬头，看到了这个眼色，却不懂参考答案。郭渺渺就说亓干可能会有动作，刘和宋也会，可惜她不知道具体是什么。

“你们这帮男人，都坏透了，没个好东西，谁知道你们心里想什么！”郭渺渺说到男人，心里由衷地生气。

常小磊看着郭渺渺，觉得这个女人挺有意思，他想了解了解。

郭渺渺试探着问：“是因为彭洋要回刘忠明的公司的事儿闹心？”

石小川说：“没有。”

郭渺渺看着石小川闪烁其词的模样，就知道肯定有了。她好生羡慕，如果石小川也这样对自己，那就算短命几年，又如何呢！人年轻的时候往往都这样，爱一个人爱得连自己都忘了，有时候连为什么爱他也忘了，就知道要爱，即使为了爱而爱。而在这种爱里，死，这个字，很容易说出口，为你去死，为你少活几年，生命是多么值得敬畏啊，年轻时总是很难领悟。

郭渺渺对彭洋没有情敌的感觉，恰恰相反，她觉得彭洋是特别好的女人，做事认真，生活低调，私下里还会来点小疯，尖酸刻薄起来能一句话噎死人。如果不是石小川深爱着彭洋，郭渺渺想，彭洋不做她的闺蜜那可就是天大的可惜。

天大的可惜啊，她俩终究是在两条直线上行走，石小川这根线，穿过其中一人时，会就此止住缠绕在一起吗？郭渺渺心里没谱儿，她在努力，她相信爱能感化一切，即便用非常规手段。

彭洋可从来不知道郭渺渺有如此的想法，她有自己难念的经。她给刘忠明发了条长短信，说真不想做这块了，说有了个策划类的新工作，但要一个多月后才去履新，说自己要离开城市去山里待待，不希望他和石小川争斗，并祝福所有好人。然后，就关机了。

刘忠明看了，知道彭洋回不来了，就回了条：“还有好人吗？”

他叹了口气，亓干告诉他，政府年度最大的影视文化项目要招标，5个亿，问他有无兴趣，一起合作。他想都没想就答应了，既然是能让他起死回生的机会，他怎么会放弃。

窗外的天气逐渐阴沉，要下雨了。这个夏天雨可真多。

宋志达也没有闲着，他知道石小川在背后搞他后，恼羞成怒。本来他就对石小川这三个字有发自骨子里的逃避，如今这种态势下，他宋志达必须要做点什么才能证明他可不是任人胡捏的软柿子。

他跟小禾说："你不请石小川吃个饭？"

小禾正在跟经纪人谈《关公战秦琼》的事儿，说："那是必须的。"

宋志达知道小禾跟石小川吃饭的时间地点后，心里有了主意。

宋志达想了七八个人，最后都自己否定了，都靠不住啊。他亲自上阵，带着针孔摄像机和他所擅长的物料坐到了小禾请石小川吃饭的地方。还真是有情调呢，选在了一家欧式风情的西餐厅。宋志达早就买通了服务员，桌子底下，他安置上了无线窃听器。

寒暄，他是没兴趣的，无非是感谢和期待。

他听见石小川问小禾："宋志达最近如何？"他竖起耳朵，生怕错过一个字。小禾说："宋导近来的《乾坤大挪移》刚杀青，他也是投资人了，据说将全部身家都放到这部片子里了，所以很重视，现正在做后期。"

宋志达心里冷冷的，他投资快倾尽家财这事儿小禾怎么也知道。这个圈子，什么事儿别人还不知道呢。若要人不知，除非己莫为。石小川答应了小禾，新项目中会有她的一席之地。宋志达看着石小川，心想他怎么就没反应呢？宋志达可是让服务员给石小川用的他特意调制过的杯子，杯子上有怎么洗也洗不掉的药物，却只有遇到酒精才会融化。

哦，石小川似乎有反应了，他脸色潮红，站起来，被小禾扶着，说着什么。他听不清楚。很快，小禾搀扶着石小川出了饭店，在门口，小禾表情很犹豫，过来一个男人，是跟着宋志达做了六年的副导演，他看上去跟小禾很熟，问了几句，就帮着将石小川塞进了门口一辆车里，徐徐而去。

副导演搀扶着喝酒少的小禾和喝酒多的石小川进了酒店，安顿好之后，副导演走了出来，跟走过来的宋志达耳语了几句，随即离去。

宋志达拿着门卡，轻松进入。

他看着醉倒在床上的俩人，人生多意外啊，多少天之前，这俩人曾在同一个房间，同一个姿势躺着。现在是你石小川不仁，别怪我宋志达不义了。他努力将俩人靠近，轻轻褪去了衣服，摆弄出忘情的画面。

宋志达显然是个拍情色片的好导演，拍出来的相片真是美极了。

他拍了有十分钟，很满意，将门卡扔床上，瞧着床上的两个被药迷倒的人，心想，希望这回，别浪费了这么贵的房间。

·3·

石小川显然没想到宋志达会出这样的阴招，他醒来后发现小禾躺在身边时简直要疯了。

他叫小禾，小禾没反应，费了好大劲儿，终于醒了。

小禾还以为石小川将她怎么样了。

石小川努力在跟她解释后，小禾相信了石小川。

他俩在想来之前发生的一切，都有谁知道他们相约。小禾说吃晚饭时自己有些头晕，正好宋志达的副导演经过，主动说送小禾跟石小川回家。副导演将两人放上车，小禾说完自己家地址后就睡着了，再醒来就看到了跟石小川在酒店的房间。

石小川马上明白了，这肯定是宋志达布下的局。他想起刚才凌乱的衣服，指不定宋志达已经让人拍了不雅照片或者视频。他没想到，宋志达会做这种龌龊事儿。

石小川安慰小禾，“没事的，我会处理，我知道是谁。”

小禾说，“难道是副导演故意的?”

石小川说，“是宋志达。”

小禾大惊，“不会吧，为什么，他为什么这样对我?”

石小川没说什么，他知道，宋志达对小禾可是轻浮过很多次。

临别，他对小禾说，“无论接下来出什么样的新闻，不要回应，以后也少跟宋志达接触了。”

小禾看着石小川严肃的样子，点了点头。

宋志达对媒体真是一点儿都不熟！他本来想让副导演将他选出的十张精美照片给虎狼网的，后来想想还是自己去保险。他想到了张弋静。他说：“给你个大头条，非常独家内幕，八卦!”张弋静本来对宋志达没有半点兴趣，听他这么一说，饶有兴致地问：“谁?”宋志达说：“石小川和小禾。”

张弋静跟宋志达在虎狼网的小巨蛋会议室碰面后，看到了宋志达一脸得意地展出的十张照片。

张弋静问：“就这些了?”

宋志达说：“其他的都删了，看着这俩人的样子就恶心，不删还怎么的。”

张弋静说："这十张在相机卡里的也删了？"

宋志达说："卡里的都删了，电脑里还有。"

张弋静随即说："确实是非常独家，当红女星跟改头换面的影评人酒店开房被偷拍，火了！"

宋志达每次听到"火了"这个词儿，总会敏感得要命。他问："火了？"

"当然啊，这么高清的近距离的亲密的劲爆照片，不火才怪！"

"那负面影响大还是正面影响多，您是专家，给鉴定一下！"

"虽然事情看上去是负面事件，但两个人都是在各自圈子里有名气的人，还都是单身。小禾是单身吧，所以曝光后，对他们自身来说，正面影响会多一些，起码身价会高涨一点，观众就喜欢这样的同情嘛。"

"哦。"宋志达听完，若有所思。

张弋静观察着宋志达，递上一句话："明天就发出来？"

宋志达刚说好，马上又否定了，说："别，我再想想。"他收起硬盘，看着张弋静，"我先拿走吧，过几天想发了再过来，怎么样？"

张弋静淡定地答应了。

宋志达心里很委屈，他妈的，岂能为他人做嫁衣裳。他想，这么卑鄙的事儿，又不能随便跟刘忠明或亓干讲，他那副导演小弟，给他十个胆也不会乱说，这事儿就先憋心里吧。还是赶紧将《乾坤大挪移》搞上映了赚出本钱来再说。

虽然看上去是出闹剧，但张弋静觉察出了几个人争斗的手段都在没有下限地使。她马上告诉了杨五郎，杨五郎吃惊的样子不啻于听到哪个地方发生了特大地震。

张弋静问："你怎么做？"

杨五郎说："当然是告诉小川。"

张弋静想了想说："还是告诉他吧。"

她其实挺想知道小禾跟石小川真的上床了没，而杨五郎想的则是，石小川现在恐怕还蒙在鼓里吧。

杨五郎听到石小川说知道是宋志达，并且故意设计陷害时，更惊讶了。他忽然觉得这个圈子真是处处有刀锋。

石小川说："没想到这厮竟然这么快就找媒体发，不过幸亏找的是虎狼网。当然，虎狼网是最大的网站，影响力最大，宋志达这点是知道的。他也就知道这点。有时候，他聪明得厉害，有时候，他真是笨得可以。难道这就是拍任何片都想上遍剧组所有女性的导演的通病吗？"

杨五郎建议石小川："还是要想办法拿回照片，不然留着总会是祸患。况且，现在是对战的关键时期，《山里的铁甲银行》很快就要大规模宣传，上映日期也确定了在下月初。"石小川挠着头，怎样才能拿回来呢？

他不想给小禾添麻烦。小禾已经是当红女演员，却还是有着出道新人的一些优点，他觉得挺难得。起码，这个女演员相对还算善良。善良，这是他对女演员的极高评价了。他想到了一个人，可是他又犹豫，万一像宋志达这么色的导演对她不利，那岂不是……他心里苦恼，那些照片要是落在其他人手里，指不定会发生什么事儿。他不愿意让彭洋看到这样的新闻。

失恋咖啡，石小川约了郭渺渺。郭渺渺提前到时，发现石小川已经在了。

“这么早！”郭渺渺说。

看着石小川笑，她想起来，石小川曾经说过，最讨厌两件事，一个是逛街，另一个是迟到。石小川是从不迟到的，这在圈子里很有名。

“找我肯定有事吧？不然你怎么会约我？说吧！”郭渺渺说。

石小川又笑：“没事就不能找你了？”

郭渺渺说：“你要是没事也找我，就轮不到常小磊了。”

石小川说：“什么？常小磊？”

郭渺渺知道说漏了嘴，忙说：“没什么，我说就轮不到你总让常小磊跟我交涉工作上的事儿了。”

石小川说：“不就是一两次嘛！”

郭渺渺说：“好久没来失恋咖啡了。”

石小川应和着。石小川说了整个事件，他说，自己倒没什么，怕给小禾带来不便。

郭渺渺问：“你们发生什么了没有？”

石小川说：“当然没有。”

郭渺渺看着石小川，眼睛里满是醋意。小禾的名誉怎样，才不关郭渺渺什么事儿，她关心的是石小川，她厌恶看到石小川跟别人在一起，何况还要变成新闻，被随随便便的人指指点点。她说：“我想想办法，看能不能搞定。”

石小川说：“安全第一。”

郭渺渺问：“你为什么觉得我能做这个事儿，你想到的时候没觉得会不安全?”

石小川一时语塞，他听见郭渺渺说，如果成功，跟她在一起。

石小川笑着搪塞：“别啊，两码事儿!”

对于郭渺渺来说，这可不就是爱情那一码子的事儿嘛!

她约宋志达，宋志达说没时间，《乾坤大挪移》现在就是他的命，后期要弄好。她只好搬出了亓干，说想单独跟他对一下《山里的铁甲银行》的宣传，毕竟洞房夫妻联合影业集团又肯出钱跟刘忠明一起来做宣传了，刘忠明负责硬广的，亓干公司负责软广的，主创当然包括在内。

郭渺渺说：“难道你不想火吗？难道你就放弃了这部即将上映的片子去专攻另一部未上映的片子?”宋志达多想火啊，就是想火，才有时候不理智。他答应了郭渺渺，但是说，“能否在我家里谈，我每天都是起床后在家吃点东西就赶去剪辑室，两点一线，可以在家随便吃点。”郭渺渺说，“不吃了，就在你家谈谈吧。”

宋志达家里真够乱的，到处都是封面性感喷血的影碟，看来也是一位用功的导演啊。宋志达给了郭渺渺一杯水，一杯可乐，郭渺渺说，自力更生，随身带着呢。宋志达蛮失望的。郭渺渺早就瞧出了宋志达连这么点空隙都不安好心。她给宋志达一个U盘，看她费了一个小时给瞎弄出来的专门宣传宋志达的计划，问他有什么看法，同时问宋志达，他的硬盘在哪里，她想找点素材。

郭渺渺将硬盘连在自己的电脑上，本来想找到那些特定的照片会很费劲，没想到打开就看到了，她马上点击了“剪切”到自己电脑上。

宋志达说，对他的宣传不能提情色片，要多往情怀和才情方面打造，同时要注意多提他对当红艺人的看法，这样显得他说的每句话也会有分量，容易引起受众的关注。郭渺渺说，情色这个点还是要打的，她再修改一下。

郭渺渺坐在宋志达的电脑前，宋志达去洗漱，他刚起床。

郭渺渺说："宋导，你硬盘里的数据，都在电脑的哪里啊，我想多下载些！"

宋志达就说："F盘，你找找，你一会儿再找吧，先改完计划，我看完了的，我给你找，我好多毛片的哦，你可不要看，一个女人不能找这样的东西看的。"

宋志达嘟嘟囔囔。郭渺渺顺利地找到了宋志达拍下的照片，竟然还有一段视频，她本来想看的，还是算了，立即全部摁了"删除"。

宋志达对郭渺渺修改后的计划，表示很满意。

他挽留郭渺渺再坐会儿，伸手拉住郭渺渺的胳膊，郭渺渺说："你再这样，我就不宣传你了。"宋志达说着就放开了郭渺渺："没想怎样呢，能跟你怎样啊，都是合作伙伴！"

郭渺渺给石小川发了条短信："一切安全搞定。你欠我的。"

石小川笑了。

宋志达在郭渺渺走后，想着宣传计划有那么多对他利好的点，想着想着，也笑了。他心想，这片子给他造势，然后《乾坤大挪移》给他挣钱，人生真圆满啊。

十三

·1·

本来是石小川张罗的电影项目《山里的铁甲银行》要上映了。本来是，现在不是。现在，石小川和这部片子没有关系了。

马锐宝和贵山市的几个领导来出席发布会，刘忠明和亓干想着，接下来他们投标政府的影视文化大项目，必须要争取政府各方面支持，这次首映式要万无一失。他们派了很多人盯着石小川等人，怕他们出老千，但一切无比顺利。

刘忠明擦了把汗，他可是出老本了，从来没做过硬广的他，这回在一部之前只想赚些名声的片子里，成了主导者之一。他就盼着影片票房好点，虽然现在网络上说他、宋志达和亓干联手炒作的人不在少数，尤其是那些老家的照片和老家人的说辞，让人觉得炒作的手段比较低，这让他们不胜其烦。

马锐宝跟石小川喝酒，杨五郎、萧远山、郭渺渺、庞开放、常小磊作陪。

马锐宝被灌得很高兴，搂着石小川说："小川，我唯一不高兴的，就是这个片子跟你没关系了。"

石小川说："没关系，现在跟你也没关系了，我很高兴。"

马锐宝笑着说：“是啊，马上就上映了，是骡子是马，就那样了。领导不就是为了这次发布会嘛，发布会上看到那些摄影机照相机往那儿一站，长枪短炮的架势太哄人了，领导就喜欢这个！”

萧远山跟杨五郎密语，说，“这就是一个地级市的副市长啊，可真年轻。”杨五郎说，“你又不是没见过。”

庞开放看着谁的盘子里少了菜，就给盛上。常小磊坐在郭渺渺身边，一直在小声跟郭渺渺说着什么，郭渺渺一副不带搭理他的样子。

石小川是轻松的，影片上映，跟马锐宝就没关系了，他也没什么后顾之忧了，好好拍死这个片子，再拍死《乾坤大挪移》，是他接下来要搞定的事儿。他看了眼在座的诸位，有信心。但他看到常小磊色眯眯盯着郭渺渺看的样子，感觉心里不舒服。他想，当初，常小磊是不是也这样看彭洋呢？想到这里，他就想将常小磊开掉。但他当然没有，常小磊可是他挖来的。

饭局结束，常小磊本来说要送郭渺渺回家，石小川说：“让郭渺渺一个人走吧，她又没喝酒。”他让常小磊送马锐宝去酒店。常小磊不情愿地去了。

杨五郎说：“明天《铁甲》上映，水军可就行动了呀！”

石小川点头：“评论最好一针见血，最好别提及政府，就是人身攻击，就是公司攻击。”

郭渺渺说：“你们在说什么？是针对我们的影片吗？”

杨五郎看着郭渺渺，又瞧着石小川，说：“你到底是站在哪一队啊，我都糊涂了。”

萧远山看着这帮人，脸上笑着，心里却有些难过。他是不愿意做这样的事儿的，但他还是做了。他看着眼前的小弟庞开放，一个90后，已经在跟着他们做一些不算正当的事情，这对他以后的人生观会有什么影响呢？萧远山想想，都觉得不寒而栗。

石小川跟郭渺渺说再见，郭渺渺不想再见。“那你想去哪里？”石小川问。

郭渺渺见其他人都走了，拉住了石小川的胳膊，说：“去你家。”

石小川这些天很累，心累，但每天还要表现出对复仇兴奋的状态来，他是必须要完成这项任务的吧。

他闻着郭渺渺身上浓郁的香水味，忽然间觉得醉了，身体轻飘飘的。

他说：“去我家坐坐是没问题的。”

郭渺渺说：“那就去做做嘛。”拉着石小川就走。

有时候我们谴责出轨，仿佛我们站在道德的制高点上，清白如若处子。两个心照不宣的人拥抱在一起的时候，如果恰逢男欢女爱，如果又是有求有需，再疲累的生活去他妈的吧，再美好的理想去他妈的吧，两颗灵魂只需要汹涌的浪涛袭来一个又一个高潮，从此，湮没了吧。湮没在温柔乡里，只愿就此比翼。可惜美梦终会醒，可惜世间本无圆满事，高潮散去，沙滩上的脚印被抹平，一股更凉的海水还是会被白皙的皮肤感知。

郭渺渺不管，她觉得习惯了，就会自然而然了。她说想辞职，石小川说别，好吧，那就别。她拥抱着他，紧紧的，生怕没了。只要在一起，就是很美的。只要听到他对她身体发出的由衷赞叹，就是很美的。

·2·

在国内最知名的两个电影评分网站豆芽和星光上，《山里的铁甲银行》分数低得简直可以让制片方钻到地洞里去了，而最活跃的微博上，校园网等SNS社区和论坛上，对影片的说辞可以说是完全一边倒，一个字：烂。这都是杨五郎组织的水军的功劳。

当然，片子本身也一般，虽然不至于口碑这么差，但掌控了媒介发布源头的他们，已经可以对一部本质并不上乘的影片左右口碑了。

按照萧远山的话说："现在的国产片，夸好你，不容易，贬死你，还是很有效率的。"这话没错，国产片的脆弱和虚弱，不是一帮水军就能导致肾虚的，但一帮水军就真给国产片倒腾成了肾虚，这还真让国产片无地自容。

至于《山里的铁甲银行》的影评，杨五郎组织了五十个影评人轮流开骂，毫不客气，很多对亓干、刘忠明和宋志达的人身攻击的言语也此起彼伏。

影院上映第一天，因为洞房夫妻联合影业集团经常出烂片，这回集合了当红女星小禾，还有话题导演宋志达，影院本来是希望多排一些的，如果能成为黑马那就太好了，贵山市甚至下了行政命令，撤下所有除《山里的铁甲银行》以外的电影，集中放映一个月。可惜上座率被口碑严重给挫败了。

各大主流媒体的记者也收到了石小川方面发去的红包，还有石小川在饭局上跟他们诉的委屈："这部片子本来是我的……"在主流媒体上基本难见到这部片子的大消息，也不为过。即便刘忠明方面再增派人手，可惜经费有限，他主要做硬广。软广方面，亓干将宝押在了《乾坤大挪移》上，《山里的铁甲银行》更多还是政府项目，他能出点软广费用，搞次发布会，配合一下刘忠明，已经感觉无比仁义和大度了。刘忠明又哪里有钱来多打点媒体呢？他确实有点捉襟见肘。

第三天看到多数影院基本没有了排片后，刘忠明彻底死心，果断取消了各种打点，全力来做《乾坤大挪移》。

宋志达哭了。他妈的，他妈的，他妈的，怎么都是骂的！想到拍摄时的辛苦，他委屈啊。虽然拍摄时他跟好多个姑娘在酒店的床上厮混，但骗姑娘难道不需要亢奋的精力和宝贵的时间吗？宋志达委屈地哭了。

他的头脑发热起来，将手里的钱算了算，马上托刘忠明找水军维护口碑，他可不能坐以待毙。但无奈大势已去，媒体基本也不报道。他在微博上倾诉苦楚，说自己遭遇黑水军，当然他也不敢说一定是石小川做的，他没有证据，但这条微博意外地火了。宋志达这个一点儿委屈都受不了的导演，成为史上第一个不打自招供认说找水军维护影片的导演。这事儿被热炒起来。但是真的，真的，大势已去，再炒也没用了，何况炒作的点都不是对影片有利的呢。宋志达有点急火攻心。

刘忠明在给宋志达打气，他说：“别急，别急，这个是政府项目，现在的观众对政府项目有偏见，可以理解，咱的《乾坤大挪移》一定没问题的。”

宋志达听到这个片子，心里很担心。他是真担心啊，万一，那可就……他想都不敢想，不行，没有万一。

他突然想起了什么，就问刘忠明："上次说的政府的影视文化招标，到什么程度了？"

刘忠明说："亓干在让人弄方案，他有经验，这几天应该会让郭渺渺发过来！"

宋志达气得一拍桌子："郭渺渺，这个贱人！"

刘忠明有点惊，忙问怎么了。

宋志达说："有个朋友拍到了石小川跟一个女人乱搞，我就想咱留着回头整死丫的，结果郭渺渺以谈宣传的名义，来我家里给我偷着删除了。"

刘忠明有点惊："你确定？是郭渺渺？去你家里？"

宋志达点了点头，刘忠明没继续问，他忽然想到，郭渺渺跟石小川，会不会串通勾结呢？虽然亓干给他保证过不会，但是被感情迷晕了头脑的人，谁能保证做不出这种事儿呢！

刘忠明和宋志达去找亓干，亓干正在对着票房表怒气冲冲地吸雪茄。看到两位制片人进来，奚落着说："忠明啊，你这宣传的，是不是一分钱都没花啊，为什么影评人还都在骂呢？"刘忠明说："亓总，这事儿必有蹊跷，肯定有人捣鬼。"

宋志达说也是。

刘忠明马上说了他和宋志达对郭渺渺的怀疑，亓干之前是没怎么想的，但是看着从来没有过的惨淡票房，他不得不怀疑郭渺渺跟石小川早就打在了一起。

当然了，影评都在骂，这很明显，是杨五郎捣的鬼，三个人没有半点怀疑。但是都在骂，他们又怀疑，怎么可能都呢！“都”，这该是多大的血本啊，又该是多弱智的电影呢。

杨五郎和石小川没有花血本，他们本身就是影评人出身，这是他们既定的资源。圈子这么小，大家得抱团。

亓干让郭渺渺过来，笑着问：“渺渺，你跟石小川透露过咱公司或者咱们项目的情况吗？说实话。”

郭渺渺看了下宋志达和刘忠明，心里明白了几分：“亓总，您又从哪里听的风雨啊？我可是咱们公司最忠诚的员工了，这么多年了。”

她说的也对，她确实是洞房夫妻联合影业集团最忠诚的了，其他人，比郭渺渺泄露的消息可多了去了，还将公司的各种规章及合同到处乱传给竞争对手公司，真是不怕没底线，就怕更没底线。

亓干说：“那就好，那就好。《乾坤大挪移》的宣传方案你明天给我吧，我瞧瞧，然后就执行了。”

“这个片子不是还有俩月吗？”

“提前了，提前了。咱们这不赔钱了嘛，得赶紧赚回来。”

郭渺渺答应着，低头退了出去。她看到刘忠明和宋志达都用一种恨恨的眼光看着自己，她有点害怕。

亓干跟面前的两位尊神说：“什么事儿都别想逃脱我的法眼，不给他们点颜色看看，我就……”他想了想，就什么呢，当着两个失败者的面，说什么都不合适，“你们别傻呆着了，早点回去弄《乾坤大挪移》吧。对了，招标的事儿，明天中午咱们一起讨论一下，必须要拿下来，无论用什么手段，不然，可就真赔啦。”

· 3 ·

亓干不愧是老狐狸，他让郭渺渺提前宣传《乾坤大挪移》，就是要看看石小川那边会不会见招拆招。郭渺渺果然将宣传计划传给了石小川和杨五郎，他们还在KKTIME逐条分析怎么无缝隙地让《乾坤大挪移》从一开始就陷入无期待的坏循环。

就在郭渺渺发出“宋志达导演最新美容时尚大片温暖励志”的消息后不到两个小时，关于宋志达的品位、情色作品、各种绯闻八卦等的对应指责性报道纷至沓来，而郭渺渺刚让人发给媒体“洞房夫妻影业掀起美容行业时尚革命”的稿子，网络上则马上出现了几篇针对性极强的对洞房夫妻影业的运营模式、片子口碑及未来前景做了采访式的分析和评论。

亓干跟郭渺渺说，晚上参加个局，关系重大，招标项目的，顺便庆祝一下发了两篇稿就能在网络上引起轩然大波。

郭渺渺去了，没有任何防备。

当晚，她喝得不省人事。

招标项目的主管是政府某部门握有实权的张秘书，他喝酒的时候一直盯着郭渺渺看。

亓干说，张秘书，今晚你也喝多了，就在我这边酒店里休息吧，让渺渺陪你。

张秘书心领神会，抱着郭渺渺进了房间。

而房间里，所有的，亓干都安排好了。他想，这些视频，足够可以要挟石小川，也足够可以成为招标到手的最有力核弹。

刘忠明和宋志达都作陪了，他们知道张秘书要对郭渺渺干吗，他们没有说一个“不”字。他们知道，从这一刻起，郭渺渺实际上已经被亓干解雇了。

郭渺渺醒来的时候，就知道发生了什么事儿。她也是经历过风雨的人，尤其是这种床事儿，她心里充满屈辱，这个昨晚跟自己喝酒的秘书，她一定要毁死他。

郭渺渺摸到手机，拍下了还在睡觉的张秘书的照片，以及床上凌乱的内衣照片。她在轻轻穿衣服的时候想，是喝多了被这个禽兽强暴了呢，还是亓干在其中捣鬼？她想到作陪的人，想到酒量非常不错的她只喝了两杯红酒就晕得不省人事，就知道前因后果了。

她想，石小川，你就欠我的吧。

郭渺渺烧了一壶水，水开的时候，张秘书依然在睡，他昨晚看来很累。郭渺渺想起这个就更加生气，她也气亓干，毕竟跟着他做了这么多年，竟然这样卑鄙！还跟她耍手段，太卑鄙了！郭渺渺拿着热水壶来到床前，悄悄掀开张秘书的被子，露出肚子以下膝盖以上的部位，她将整整一壶热水全倒在了张秘书裤裆里！

只听“啊”的一声炸响，张秘书醒了，在床上张牙舞爪！

郭渺渺扔下水壶，扬长而去！

酒店里的服务员听到声音往房间里跑，“怎么了，怎么了？”他们看到了一个浑身赤裸的政府官员在卫生间里用凉水一个劲儿地冲小鸡鸡！这八卦，就在民间传开了。

郭渺渺给石小川打去电话的时候，石小川正在开会，他的《一百万种结婚方式》和《关公战秦琼》批文都下来了，而一部分资金也都到位了，可以正式筹备了。郭渺渺回家洗了一个小时的澡，边洗边流泪，然后睡了两个小时，起来后，她想先去公司将自己的东西都拿回来呢，还是去找石小川呢？她给石小川打去了电话，石小川马上接了。

“正要给你打电话？怎么回事呢？”石小川在电话里的声音很急促。

郭渺渺一愣，难道他知道了。不可能啊。她说：“什么？”

石小川说，亓干刚才给他电话，说发了个邮件，又说，郭渺渺已被永久开除！石小川听着这话蹊跷，就赶忙看了下邮件，是郭渺渺跟一个男人在酒店里激情的视频，而时间显示是在昨晚。

亓干说，赶紧停下所有的不该做的事儿吧，不然，这些视频就会公开，也别想着报警，因为视频中男主角的弟弟，就是公安局的。

郭渺渺一下子懵了，她哽咽起来，哭泣起来，大声的，低沉的，她该怎么办，她跟谁上床都无所谓，但她不想让石小川知道，她不想让石小川知道她被其他人碰过。

她挂掉了电话，第一次在石小川还没说完的时候就挂掉了石小川的电话，趴在床上，哭啊，哭啊。

·4·

石小川来到了郭渺渺家。他拥抱着她，安慰着她。他忽然觉得，这个女人真是不容易，可怜啊，关键是，她受到伤害都是因为他。他抱紧了她，安慰她：“没事的，没事的。”

郭渺渺不哭了，就是不说话。这让石小川不知所措。郭渺渺可一直都是话痨型的。

石小川懂的，郭渺渺是因为他知道而介怀，他清楚郭渺渺的期待和忐忑。爱情和婚姻真是两码事吗？石小川想到了这个问题。

一个女人，愿意为你做任何事，你如果还不跟她在一起，那不就是犯罪吗？可是，强扭的瓜不甜，他不爱她，他在她面前就是行尸走肉，那婚姻有什么意义呢？石小川的母亲经常批评他，什么爱不爱的，结婚了都爱，结婚了哪个女人不是为自家男人着想呢！石小川不想反驳，这个不是为谁着想的问题。但他现在心里冒出个吃惊的想法，他想娶郭渺渺。那是郭渺渺一直期望的，而他的抱歉只有通过这种方式才能弥补。或许这种情势下，结婚不失为一种最好的公关策略。就算亓干公布了录像，石小川和郭渺渺都是受害者，舆论的同情会让他们受益，可这岂不又成了对郭渺渺的片面利用了吗？他真的不想再伤害郭渺渺了。

他承认，跟她上床，多数是欲望作祟。至于爱，那转瞬即逝的东西，怎么说得清呢。可能也有吧，在床上的那一会儿。石小川努力在想郭渺渺的好，她确实是个好姑娘，即便石小川对她不感冒，喜欢她的人倒是一大堆，连常小磊都成了她的裙下客，这可逃不过石小川的眼睛。可是又如何呢，这都是因为爱他。

这个矛盾的人，爱，是所有伤害的挡箭牌吗？他又迷惑了。然而看到郭渺渺伤心至极面无表情的样子，他心碎了。

郭渺渺坐在床沿，石小川给她倒水，她不喝。

石小川半跪在郭渺渺跟前，认真地说："渺渺，咱们结婚吧。"说完这话，他想到了彭洋。

他的彭洋，他深爱的彭洋，对不起。她会理解吗？他不知道。

他现在握着郭渺渺的手，感觉应该有枚戒指在的，但他什么都没有。他想起没有信物，表情有些尴尬。他暗自将手腕上的表褪了下来。

郭渺渺愣了一下，摇头苦笑了一下。

上天鲜有杰作，但是玩笑开得很专业，她的爱情观忽然半身不遂了。

她看着石小川，这个她朝思暮想的男人，现在跟她求婚。她多期待这一刻啊。可是如今，她又动摇了。石小川是可怜她吗？一定是的。他真的喜欢她吗？她不确定。她喜欢跟他在一起，喜欢看他做事的样子，喜欢看他写东西，喜欢被他征服的感觉，她就是喜欢他，说不上具体的原因，就是喜欢，喜欢得要了命。

但她对着她喜欢的人说："别开玩笑了。我没事。"

"我是认真的。咱们在一起吧，结婚吧，好吗？"石小川强调说，"就是说得有点仓促，没有买戒指。"他将手表拿出来，给郭渺渺戴上。"这块表，是我刚工作时买的，电子表，没想到现在还能用，我戴了很多年，现在送给你。我明天去买了戒指，再给你戴，好不好？"

郭渺渺站了起来，在镜子前看了一眼，捋了捋头发。她说："小川，可能之前，我真地答应了，但现在，不行。我有些累了。你忙你的吧，接下来会有很多事儿呢！"

郭渺渺的态度这样180度的转弯，还是蛮让石小川吃惊的。他知道，这次的伤害，对郭渺渺这个没心没肺的人来说，终于成了伤害。

石小川将亓干故意设局伤害郭渺渺的事儿告诉了杨五郎和萧远山，杨、萧二人又惊又恨。做得这么绝，简直是犯罪。倒是想过报警，可是报警了又怎样，证据不足，警察草草处理，况且男当事人是政府人员，他们必须私下里解决。

“搞死他，畜生!”杨五郎气得破口大骂！事情已经到了剑拔弩张的程度，不是你死就是我亡。

·5·

萧远山说，那就赌一把吧！他们想，既然录像中男主角是政府某官员，亓干想必不会轻易对外泄露视频的。他们决定立即还击。

石小川想到了曾让刘忠明发给政府各个部门以及各个媒体的资料，那是亓干在投资、制作、影院、房产方面的数据，没有一项是跟媒体上见到的数据吻合的。他让常小磊打听到了刘忠明的情况，这些资料，多数有价值的，都没有对外发出去。石小川将郭渺渺提供的亓干公司的内部有用资料跟这些数据打包到一起，让庞开放分电子版和打印版，以匿名的形式，分头发给当地政府的纪委、商会、公安、检察等所有相关部门，也发给了贵山市政府一份。

事情很快有了消息。常小磊说，他在洞房夫妻联合影业集团内的朋友，说公司这些天比较乱，正在整顿内部纪律，并且每天都有纪检部门的人过来，亓干也是破天荒地每天一大早就出现在公司。石小川又让庞开放将相同的文件，发给了五家网络门户和五家报纸媒体，他想，该来的总会来的。

网络上并没有想象的那般热闹，多数人，谁会对一个投资人感兴趣呢。但网友对亓干各种欺骗股东和观众，瞎报数据的行为有着统一的谴责，恨不得诛之而后快。萧远山和杨五郎就在微博上煽风点火，拿着准备好的调查资料，隔几个小时爆一次料，说洞房夫妻和亓干在操作和运营上多么假，不过丝毫未提对石小川的项目掠夺之类的话题。

他们想，亓干的影响还不够大，应该再放出一个有争议的话题导演和一个新晋制片人的消息，这样的三角，就热闹了。

于是，知名导演宋志达勾搭女演员、女化妆、女服装、女道具、女摄像、女助理、女灯光、女美术、女司机、女剧务的消息每天都有更新，消息源也不知道在哪里，总之是微博上和天涯社区经常出现的爆料账号。因为加了个"据传"，更增加了事情的神秘性。

宋志达的电话又被打爆了。当然这回，他是有多爆头。

而刘忠明被爆料"背信弃义"，却是他想不到的。网络上有篇帖子，将《山里的铁甲银行》前因后果都说了一遍，只是将石小川回来的叙述，说是石小川振作精神重回影视圈，正在兢兢业业筹备新片。

文章中说圈子争斗害死人，害群之马一天不除，整个圈子一天难安。

这篇战斗檄文让刘忠明冷汗淋淋，因为众多微博大号看热闹一样地转发，他公司里所有人现在看刘忠明的眼神，都让他浑身不自在，他们都在想，老板竟然是这样的人啊！刘忠明想到这里，瘫坐在椅子上，觉得脖子像要断了一样地疼。可是刘忠明真的在乎这些吗？

宋志达和刘忠明齐刷刷来到了亓干的办公室，但见一个个穿制服的不同的政府部门的人来询问亓干，宋志达和刘忠明也有点懵，他俩看到网上散布的消息引起有关部门的重视了，心里有些慌张。他俩最先担心的是《乾坤大挪移》，当然还有招标。招标啊，那是他们翻身的机会。

亓干看着两个狼狈跑过来的风云人物说："别急，别急。"其实他也急，但他这个时候不能急。什么风浪他没经历过呢！

"亓干，亓干，你出来！"敢在公司里这样大声直呼他名字的，肯定是亓干的老婆了。他老婆收到了匿名信，各种证据在显示亓干隐瞒了很多钱，而近日网络上的流言蜚语也让他老婆感觉难堪，她必须要拿出点大少奶奶的威严来！

亓干的老婆很神秘，又带着几个男人，貌似保镖的样子，公司里的人看到太后驾到，自然不敢多言。亓干笑眯眯地出来相迎："亲爱的，你怎么来公司了？是不是听到了一些流言？都是假的，你还不相信我吗？"

他有说这话的底气，他豁了出去，他自已账户里的钱基本都拿来填补了亏空，虽然好几个数据还不对，但大体上，公对公的项目看上去是一致了。

当然，他也心疼这两天打点纪检部门领导的费用，这几年赚的钱都伺候这帮孙子了。他心里恨恨地想。

然而他老婆是不能惹毛了的，他也知道，在家里，只要岳父一句话，他说走人就得走人，他不过就是个形式而已，他跟老婆，各做各的，有一年多没有同床了，他真的就是个工具而已。

他那怒气冲冲地拿着离婚协议书有备而来的老婆被拉到了办公

室，刘忠明和宋志达瞧见家庭剧上演，知趣地走了。临别，还问招标的事情。亓干说，到时候一起去，一定没问题。

而石小川觉得，亓干招标的事情是没希望了。他们也想拿到这个标。

5个亿，各种资金就都有了。

萧远山不放心，让人去打听政府部门对洞房夫妻联合影业集团的看法，是他们满意的结果，很多人都对他们有微词，没有好印象是肯定的了。杨五郎跟庞开放不断在媒体造势，说亓干公司还要准备投标一个过亿项目，网友一片冷嘲热讽。

·6·

政府年度最大的影视文化项目招标即将举行，因为投资额度有5个亿，参与竞标的公司和个人比较多，名人也多，关注度很高，所以虎狼网娱乐频道决定直播。他们很快跟相关部门达成了意向，政府也愿意这个项目能够真正地公开公正透明，大领导是这么想的，就怕有小领导从中使坏，让整个招标流程走于形式，所以直播，应该是最好的方式了。

石小川、萧远山和杨五郎在公司讨论了数个方案，一周后，定下了连马锐宝都觉得牛到家的打包形式，不仅如此，他们还从公司拿出巨资，大方打点各路沾边的神仙。这个招标，一定要成，因为资金诱惑太大，项目牵扯内容太多，政策也有很多优惠补贴，如果做好，一举可定乾坤。他们对这次的招标显示出了从未有过的重视，整死亓干等人，成了招标会之后的事儿。况且，不用再整了吧。看看石小川脸上得意的表情，他忍了憋了几个月，终于快要爆发了。影视界，等着我吧。他心里想。亓干老婆可不是一般人，这回不治死亓干才怪，公司那么多数据漏洞，政府又多次派人去查，这回是肯定不成了。

在石小川心里，他就算投标失败了，也不希望这个标落在亓干手里，那可真是小人得志了。当然这种情况不可能发生，亓干已经被他们整得没有还手之力了。

至于刘忠明和宋志达，他真是高估了他俩。常小磊探听来的情报是这样的：《乾坤大挪移》推迟到了年底上映，是亓干好不容易才说服了刘忠明和宋志达这样做的，刘和宋的身家性命在里面，盼着马上上映换来票房，换来口碑，他们被近来集中的闹心事给整得身心疲惫，他们对平台这个东西做了错误的判断。亓干则称，现在最要紧的是稳下来，做好眼前最重要的招标，他承诺，刘忠明的公司资金链断了的话，他来注入，宋志达则可以签到他公司，直接发工资，不用担心生活问题。刘和宋虽然对亓干的条件心里都暗自咬牙，但现在确实还得傍着亓干，就勉强答应了。

竞标前一天，石小川打电话给彭洋，未接。

发去短信，说，“最后的一次博弈，然后正常工作，不再抱有怨愤之心。回来，好吗?”

彭洋未回复。

他给郭渺渺打去电话，接了。声音微弱。石小川问她在做什么，郭渺渺说没什么，听上去一副没精打采的感觉。石小川问她心情好点了吗，她说没事儿，就是乱想想。石小川告诉她，明天竞标。她说竞就竞呗，别人的事儿。她马上又说，有个电话进来了，回头再说。

电话挂了，石小川心里有些怅然。

怎么两个人的关系，变得这样了呢？他跟她求婚之后，不是应该更好才对吗？他搞不懂了。

竞标现场，石小川、杨五郎、萧远山都是正装出席，庞开放和常小磊也打扮得帅气，他们是信心百倍。

他们在现场竟然看到了亓干夫妇，两人挽着手，落落大方地坐下。亓干的眼睛很快碰上了石小川他们，亓干微微一笑，撇了撇嘴。杨五郎说，这两口子怎么和好了？萧远山叹了口气，还真是两口子啊。事实让他俩猜对了，还真是两口子，亓干跪在老婆面前好说歹说，公司对账的方面，该交代的都交代了，他老婆又让人查，基本没什么缺口，亓干又说石小川等人在故意黑他，自己忍辱负重，必须要拿下这次标。况且，这个标对公司发展也是意义重大。他拿出了他准备好的杀手锏，一条微博：

“那一年她爱上了他，她是一个优雅而漂亮的女人，而他是个一无所有且懒惰的男人，朋友都不看好他们，父母也说她这是用自己的幸福在赌。交往后，他像变了个人似的奋发上进，若干年后他有了自己的事业和魅力，她问：你当年怎么会突然像变了个人一样？他回答：你用一生幸福做赌注，我怎么舍得让你输。”

是微博上的一个段子。然而亓干觉得这个故事，必能搞定老婆大人。

果然不出所料，亓干说，“这就是我想跟你说的，我爱你。”

亓干老婆看完了，差点就要掉下泪来，不过还是忍住了。

亓干老婆虽然对亓干没有那么多兴致，但毕竟夫妻一场，又听到了这么好的故事，还听到了这个死鬼好久没说的“我爱你”，她的离婚协议书暂时就收了起来。她警告亓干，以后别胡来。她也答应亓干，这回竞标，夫妻合力。

这让石小川他们有点意外，不过他们对自己的项目有信心。

一共十家竞标公司，本来石小川公司是第六位出场，亓干公司是第八位出场，现场突然改成了亓干公司是第五位出场。

萧远山握着石小川的手，说：“稳住。”

张弋静不知何时来到了现场，坐到了杨五郎身边。

庞开放目不转睛地看着现场的一举一动，他第一次见这样的场面，平静之下，隐藏着汹涌暗流。

亓干亲自上台演讲他的项目。PPT 在大屏幕上显示出来的时候，石小川团队一伙人都傻了，这不是他们的创意项目吗？石小川马上反应过来，被内鬼出卖了。是谁？他看到杨五郎和萧远山跟他一样的表情，正在看身边的人，庞开放一副目瞪口呆的表情，而常小磊却不知去向。就是常小磊了，肯定是他，这个三姓家奴！

石小川突然觉得喉咙一热，哇，一口血喷了上来，晕倒在地。

现场一下子乱了。而亓干则不紧不慢地等石小川被现场医生抬到休息室，有针对性地讲完，刘忠明和宋志达笑着拍起手，其他人也跟着鼓掌。坐在刘忠明身边的，是常小磊。刘忠明瞧着石小川晕倒，这分明是气倒的，哼，想跟我斗，早着呢！

亓干讲完，主持人说，“下一个公司，主讲人是石小川。”主持人叫了两遍，下面有人说刚才晕倒的人就是石小川，有人在起哄说被前面的项目吓跑了。

杨五郎跑过来，说他是公司副总，他来演说。

杨五郎将PPT放入电脑，准备演讲，刚打开，屏幕上出现的竟然是郭渺渺与一个背影模糊的人在酒店激情的视频截图，杨五郎大惊，下一页，是另一张，再摁，终于是他们的项目内容了，但是他们的项目内容，跟亓干讲的，并无区别。

张弋静看着眼前的一切，她不知道发生了什么。

但现场明显已经乱了，起哄声此起彼伏。

杨五郎收起PPT，正色道："我们要起诉洞房夫妻联合影业集团的亓干，他抄袭了我们的方案，内鬼就是坐在前排的那位。"他指着常小磊，常小磊面带笑容，摇着头。

亓干站了起来，镇定地说："这是我们团队花了一周时间，没日没夜想出来的方案，常小磊是我们团队的优秀策划总监，抄袭从来不是洞房夫妻的特色，杨先生这般诽谤，我们将保留追究的权利。"

亓干坐下，刘忠明和宋志达又起劲儿地鼓掌，其他很多人也跟着。多数人就是这样，喜欢随波逐流。岂不知，这随波逐流的人群中，有多少是事先给过好处的呢。

·7·

石小川没有大碍，就是一时急火攻心。他确实气坏了。他本来信心满怀，但他很紧张，因为成败在此一举。他大意了。

石小川闭着眼，问："谁赢了？"

听得萧远山的声音说："亓干。用的咱们的方案。"

石小川听了又是一阵咳嗽。

他觉得有只熟悉的手在他胸口轻揉，他努力睁开了眼睛，他的心差点要停止跳动。是彭洋，竟然是彭洋。为什么每次都是他脆弱的时候，彭洋出现在他身边呢！

他做了个要拥抱的姿势，却没起来。

彭洋微微一笑，知道石小川想拥抱她，忙俯下身子抱了下石小川。

彭洋说："你别说话了。我是正好路过这边，就顺便过来看看。一会儿就走。"

石小川嘴唇动了动，他忽然觉得自己不知道说什么好了。他看着周围的人，杨五郎、张弋静、萧远山、庞开放，他突然想到了常小磊，又想咳嗽，彭洋忙给他揉。

彭洋说："你别气了。这也不叫事儿。你还有两个启动的项目呢。慢慢来。人生没有什么工作是必须的。"

石小川握着彭洋的手，不知道说什么。他的眼神充满渴盼："别走，好吗?"彭洋摇了摇头。

但彭洋还是没走。石小川得去医院待两天。彭洋让杨五郎他们回去，她来照顾石小川就行。杨五郎本来要告诉石小川 PPT 上出现了郭渺渺的激情照，张弋静拉住了他。萧远山也使了个眼色，等石小川休息好回公司再说。

石小川跟彭洋去了医院，亓干则领着一帮人去了夜总会寻欢庆祝。同去的还有政府张秘书。张秘书听亓干说，酒店里有人追了郭渺渺很久，看到她进房间，竟然录了像，还好他眼线多，知道那人，将录像拷贝下来，都给了张秘书。

亓干说，不妨这样，截张照片，将你身影弄模糊，这样，咱的标，必定百分百拿下来，你张秘书也能拿到至少1%的提成。

张秘书的脑子快速算了下，3亿的1%：“哦，完全没问题。”亓干笑了。

石小川躺在病床上也在笑，因为彭洋拿着iPad不住地给他讲冷笑话。

同一个病房的一个中年男人说：“你媳妇真是好，跟哄孩子一样看护你。”

彭洋有些羞涩，也没解释。

石小川笑得更开了。

他的心情慢慢舒展开了，唉，这都做了些什么呢，争来争去的。这么想着，这么看着彭洋的时候，他忽然就想起了郭渺渺。这个为他受伤的姑娘现在好些了吗？她在干吗呢？

十四

·1·

在医院待了两天，彭洋给他讲了两天冷笑话。彭洋说："我将今年所有的话都讲完了。"

那是美好的两天。两个人出奇地没有谈感情的事儿，更没有说工作的事儿，就是说各种开心的笑话，人生原来也可以这样每天笑这么多。

石小川总觉得自己不会讲故事，他努力了一把，要给彭洋讲个试试。

"从前，有只恐龙，特别笨，神经比较短，尾巴被踩了，半年后才知道疼……"

还没说完，彭洋就笑起来："是在说你吗？"

石小川笑着否认，"怎么可能，我才不是。"不过他看着彭洋灿烂的笑容，心里真是有股想去一亲芳泽的冲动。

彭洋每顿饭都会变着花样做些好吃的东西出来，石小川惊讶彭洋的厨艺。

"让你惊讶的地方还多着呢？"

"那你让不让我继续惊讶？"

“不让！你的惊讶太文艺了，受不了，也挺二的。现在谁还写情书啊。”

“啊?！你知道是我写的。我都给你写了有一百封了吧？你一封都没回。我还纳闷是不是没收到呢。”

“收到了。路人皆知。就你不知。”彭洋瞧着石小川惊讶的样子，无奈地笑道。

“啊?！”石小川应该是吃多了，惊讶的表情配合着打嗝一个接一个。他还以为他做得天衣无缝呢，怎么很多人都知道他给彭洋写情书吗？而彭洋竟然一次都没回复过他。这个真是太难为情了。

石小川拉住彭洋的手：“你能给我回复一封吗？你给我回复一封吧。”

“不回。我写字又不好看，情绪也不饱满，又没有那么多话要说。”

“回复一封嘛，写一句话也行呀。”

“好吧，看我心情。”彭洋诡谲地嫣然一笑，看得石小川怦然心动。

临出院，他终于问到了点子上：“咱们在一起吧，好吗?”

彭洋叹了口气：“你放不下争斗的，我不愿意看到你每天这样，所以不行。”

石小川坚定地说：“我这两天想开了，不去跟他们争了，我觉得战斗已经结束了。”

彭洋是知道这两天发生了什么事情的，就说：“那如果再生事端呢，你确定都去宽恕?”

石小川说：“事情已经结束了，只要我放弃，相信他们也不会乱搞。毕竟他们已经拿到了最大最好的项目。”

彭洋说：“你先回答我的问题。”

石小川攥着彭洋的手说：“我答应你，宽恕，人生最大的美德是宽恕。”

彭洋笑了，从包里掏出个笔记本，正是之前石小川送他的那个，在上面写了几个字：“今天石先生说答应我了，要学好。”

石小川问：“写的什么？”

彭洋将笔记本放包里，笑说：“不告诉你。”

石小川在第三天早上，跟彭洋一起去了公司。

路上，彭洋想起来看到刘忠明和宋志达在 KKTIME 磕头的事儿，告诉了石小川，两个人笑得前仰后合。

奇怪的是，这么正常的日子，杨五郎和萧远山都在。

石小川说大家这么早啊。没人理他。他看到了杨五郎在发的“郭渺渺激情图与北京拿破仑影视文化有限公司无关”的稿件，惊住了。

原来，亓干等了两天，昨天下午开始在网络上散布招标会上石小川公司的丑闻，同时配上了郭渺渺的激情图。

郭渺渺倒是没什么动静，投资人对公司不满意却是真的，要求第二天上午必须出声明，撇清关系。

石小川也知道了当天的情况，他在办公桌上还看到了亓干快递给他的另一个礼物：对于《山里的铁甲银行》组织水军诽谤抹黑的起诉书，法院来传单了。

石小川的好心情可真没了。

他本来想给郭渺渺电话的，不知道她看到这样的消息，会是什么反应呢。他又在网上查，好在，图片都已经被删除了。

他说：“还扛上了！那老子就扛到底！”

杨五郎说：“《一百万种结婚方式》这边咱先弄顺了吧，然后再跟他们扛？”

萧远山说：“还是先把《关公战秦琼》的批文拿到手吧，投资方最看重的是这个呢，况且现在得让投资方消除郭渺渺这些照片的恶劣影响。”

石小川说：“对，先催下批文，这个要是拿不到，那岂不是白弄。亓干他们，咱们下午再商量下怎么整！”

几人应和着，石小川忽然发现，彭洋不见了。

他忙出去，喊了几声，不在。

他又打彭洋电话，关机了。

他想起来彭洋跟他说的，不再做这些你争我斗的事儿。他知道彭洋生气了。

可是，石小川心里在纠结着原谅自己，这真是有难以拒绝的事儿，必须要去完成了，没办法，没办法。

下午，就在石小川他们商量怎样“突破”亓干他们的时候，他们收到了《关公战秦琼》未通过审查的批文。理由是，穿越电影，胡编乱造，撤！

石小川急了，忙给电影局领导打电话，都未接。

投资人也在这时打来了电话问情况。萧远山忐忑着，如实做了回答。投资人勃然大怒，扬言要马上收回投资，他们可指着《关公战秦琼》赚钱呢，他们拉了个地方政府，花 5 亿建了个关公秦琼游乐场，这要是不拍了，岂不是没他们的事儿了。

萧远山好说歹说，投资方终于答应再给一个月期限。

石小川等人慌忙打起精神，备足了礼直接去了广电总局。可惜要找的人，电话始终不接，短信也不回。一连三天都是这样。他们急了。怎么办？看来是领导故意不接呀。

出了什么事情呢？再这样下去，公司被收回大投资，项目做不了了，他们三人就撑不住了。

·2·

到了第二十八天，离投资人规定的期限还有两天，石小川嘴上长满了火疮，杨五郎和萧远山也是急得一个劲儿地抽烟。他们该想的办法都想了，还想过在这个基础上赶紧融资，也让几个评论人和记者在网络上说北京拿破仑影视文化有限公司多有前景，还对石小川、杨五郎和萧远山的三人团队做了详尽的正面描述，每次发布，都会通过萧远山方面委婉地让投资方知道。

这个公司，石小川自己也是投资了一部分的，但跟大投资相比，真是寥寥。他的多数钱还放到了前期启动的《一百万种结婚方式》中，在这么个“非诚勿扰”、“陌陌”和“遇见”等移动软件漫天勾搭的时代，他是看好这个项目的市场前景的。

然而公司新换了大办公场所，搬到了寸土寸金的三里屯，新招了十五个同事，新项目的筹备也在进展，如果资金断了，这烂尾的项目，可不是他石小川一个人能承受得起的，他该让多少人从此觉得他不靠谱呢！

他跳楼的心都有，他想起了彭洋跟他说的话，后悔当初没听彭洋的，然而骑虎难下，该怎么办呢？

杨五郎和萧远山这些天脾气也不好，跟石小川经常因为一些怎么办的问题吵起来。

有一次萧远山一拍桌子，指着石小川的鼻子："还不都是你坚持要报复报复报复，害人的人能有什么好结局啊，咱这不是自找的是什么！"

石小川冲萧远山大喊："我说报仇你们不是也一起了吗，你倒是劝住我呀，你跟我一起狼狈为奸还骂我，你算什么好兄弟啊！"

杨五郎气不打一处来，但却不想看到内乱，他忙调停："算了算了，咱自己别乱了。"

萧远山就骂杨五郎："算什么算，乱什么乱，五郎你别当好人，咱黑个人又不黑死，老当好人，当好人还去做什么恶啊！"

杨五郎就骂："你别跟狗一样到处咬人啊，我现在心情也好不到哪里去！"

萧远山继续高声道："谁他妈跟狗一样啊，你骂谁呢！"

石小川倒成了劝架的人了，忙说："都是我不好，都消消气，别吵了，别吵了，咱还不够烦的吗？！"

三人怒气冲冲地坐下来，谁也不理谁，萧远山就一个劲儿地喝咖啡。"妈的，咖啡怎么就喝不死人呢！"萧远山边喝边嘟囔，杨五郎和石小川在心里暗笑，想起眼前的局面，又心急火燎，这可真是怎么办好呢？

晚上，石小川看到庞开放发来的邮件，说他私下里跟常小磊也会有交流，常小磊说亓干方面的项目准备启动，资金应该是在一个月内就到账，常小磊让庞开放加入。庞开放表达了对石小川的感激和忠诚，说：“川哥，无论如何，咱们价值观是一样的，我会跟你坚守。”

石小川很感动，他破天荒地，跟与杨五郎、萧远山之外的人谈公司现在的困境。说着说着，石小川有些迷惑了，从奶奶去世后，他回到北京，到底都干了些什么呢？没干什么正事！

他看到了一封邮件，竟然是彭洋发来的。

什么都没有，只有一个笑话：

“几年前，我跟一个寡妇结了婚，她有一个已成年的女儿。后来我父亲跟我妻子的女儿结了婚。我女儿就成了我继母，我父亲成了我女婿。两年后我妻子为我生了个儿子，她是我后母同母异父的弟弟，儿子管我叫爸爸，我管我儿子叫舅舅。我女儿又为我的父亲生了一个儿子，他是我的弟弟，但他又必须得管我叫外公。同时我是我妻子的丈夫，我妻子即我后母的母亲是我的外婆，所以我是我自己的外公……于是我想到了死……”

这是网络上他之前就看过的一个老段子。然而他还是笑出了声，脸上的肌肉跟着笑起来，放松极了。

他好想念彭洋。

彭洋一定是想到了他目前的窘境吧，难道彭洋知道了他会寻死？他还真是想过一死了之。彭洋的意思是，只有像笑话中这种境地的人才会寻死呢，是吧。

他又笑起来，给彭洋打电话，关机，他发了条短信：“我不会寻死。不会让你成为寡妇的。”他发完，觉得在这种时候开这样不着调的玩笑，显得太不合时宜。

可他面对彭洋，似乎一下子就成了什么都放得开的人，如果可以，他真的愿意放下所有，跟彭洋一起，只羡鸳鸯不羡仙。

他想，两个好兄弟杨五郎和萧远山，跟他的心情必定是一样吧。杨五郎可能还要承受张弋静的指责，石小川觉得自己真是罪过。他们吵归吵，吵完依然是好兄弟，有共同的经历，有那么多一起的悲喜，好兄弟怎么是一两次风雨就可以吹散的。

然而石小川心里还是翻江倒海一般难受，他急啊。他想起了《假如给我三天光明》，他想，如果再让他重来一次，他从老家重回北京，一定好好总结经验，用一副宽容的心态去面对生活赐予他的种种，他甚至可能再去找亓干、刘忠明和宋志达，说愿意继续合作，之前他做得不对的，还请多多包涵，过去的就让它过去吧。

或许，他的大度会让事情朝另一个方向发展也未可知。他还年轻，有着无限可能，怎么就解不开心结，去做这样他想来想去都不会觉得自己能干得出来的卑鄙龌龊事儿呢！还报仇，哼，真可笑，都什么年代了！他没有经验，所有的经验不都是这样吃亏过来的吗？关键是没有资本没有保障啊。他太拿自己当回事儿了。你不跟亓干他们合作，还可以跟其他人合作啊，你可以跟张干李干周干郑干合作，你又何必较劲！所以不稳重，轻视他人，很容易被击败。心态比较飘，放不正身段，看不清自己，石小川，真是问题太多太多。

他越想越惭愧，他还拉进来这么多人，还以“报仇”的对抗名义成立了公司，梦想呢，都成了附庸。他想起当年舞台剧狂热的时候，他陶醉地跟朋友们说："站在舞台上，就像看到蓝天。"如今呢？梦想啊，发自内心的梦想，你还在那里，石小川却脏得不值得让你拥有！

他仿佛看到了九寨沟的万里无云的蓝天，一个姑娘背对着他远去，消失不见，他没有去追，仰望着天空，天空上笔挺地竖着一句话："万里无云如同我永恒的悲伤。"

他难过得要死。

他想念彭洋，想念她，跟她在一起的点滴像梦一样。

她是他的梦想，比童话还要梦想的梦想，终极的梦想啊。

·3·

都说人生如戏，戏呢，好看就在于矛盾纠缠峰回路转，人生无常也似戏这般偶然必然有意无意，故而如梦若戏，戏如人，人如戏，皆一体。大学时总说从全国各地来到一个学校，遇见你是我的缘，工作后成为朋友成为对手，独居后成为邻居，饭店里看到某人，影院里听到某首歌，哪次机遇让你起家，哪个公司让你得益，人生中最大变数的偶然，在空气里悠闲织着心中有数的网。你有什么样的准备，就有什么样的机遇，偶然都不是注定的，但注定的，必定看上去好像偶然。

石小川就是经历着这样的人生，短短半年，他经历了生死路转。一个以梦想为生存方式的人，当善念不再，梦想也便成了无地基之大厦。石小川后悔了，他真地有点儿后悔了。他忽然觉得，他怎么是这样的人呢！

时间已经到了投资人规定的最后一天，他心里已经要放弃了，接下来，他的公司将被投资方接管，投资方对他的三人团队不再信任，他们参与的项目，也会在越来越多强势人物进来后变得不再有那么深的石小川标签，他的梦想将重新洗牌，他得想想以后是做媒体还是做影视的新出路，他要跟朋友们道歉，他错了，他要跟彭洋道歉，他错了。他要跟彭洋说对不起。

石小川早就收到了冰城电影节的通知，在“大限”的最后一天，他去了开幕式。他想了想，还是去吧。这会是他参加的最后一个电影节吗？

他们三个人一起去的。

八月下午的冰城，温暖的风打在身上，如同杨絮痒在脸上。

一个个跟电影相关的人，坐在休息区喝咖啡谈事情。他们知道亓干和刘忠明在忙着筹备新项目，没有来，宋志达来了。

他们看到了趾高气扬的宋志达，双方对上了眼。宋志达瞅了眼仨人，本想说点什么，却什么也没说，面无表情地挽着一个女演员的胳膊进了会场。他们本来想，宋志达会对他们摆出嘲笑的表情，或者奚落他们一番呢。

濛濛的嘈杂声音传来，顺着声音望去，电视明星邓帅和孙美大婚后，第一次出现在媒体前，顺便发了下喜糖和红包，结果红包数量有限，媒体记者多得要命，好像随便一个路人带个证都可以称自己为记者一样，到了签到台就说是某媒体的，分不到红包就吵了起来。人群中有人说为了个红包值得吗，然后就动手打起来了，一片混乱。你说人家喜事，这么闹腾，真不嫌丢人。

杨五郎叹了口气，“素质啊！”不过想想当年自己也曾是这样的“红包党”，也便不说话了。

石小川想起他们给一个叫《最爱你的人是我》的电视剧做宣传时，本来请了五十个记者，没想到来了六十多个，多出的十几个人，说是听了某媒体谁谁谁说的今天有活动，也有的说是特别想采访这个电视剧，还有说对剧中演员感兴趣，就都过来了。过来当然要给红包，还不能记下银行卡号以后发了稿再打，必须当场给。“宣传的紧要关头得罪谁也不能得罪媒体啊，给就给吧，就当买狗粮了。”杨五郎当时愤愤地跟石小川说。谁知这帮孙子去现场转了两圈，就说有事走了，有的甚至拿了红包直接走人，为了几百块钱，赶一大早过来费尽心机，丢人。

萧远山不停地跟投资方打电话，说最后一天，还是要坚守的，他们正在努力。

石小川其实已经放弃努力了，他想，这就是报应。他听见杨五郎叫他。

杨五郎指着一对过来的人，跟石小川说：“又有戏看了。”

郭渺渺挽着一个戴眼镜的香港男人，直面向石小川走来。

石小川在思考这个男人是谁，心里竟有些忐忑。

郭渺渺跟萧远山和杨五郎打了招呼，站在石小川面前，微笑着说：“好久不见。”

石小川说：“好久不见。”

郭渺渺介绍身边的男人，她男朋友，香港英凯公司副总，四十岁，之前跟亓干老婆有过生意上的交往，也投资影视，以后有机会可以合作。

她说，后天去香港。

她说，她要结婚了。

看着石小川等人吃惊的样子，郭渺渺说得有些心酸。她继续说：“我跟未婚夫是一见钟情，放心吧。”石小川还没想到放心不放心的问题，然而郭渺渺说起来，他终于想到了。他俩合适吗？这个男人是玩玩吗？他看着这个高大的男人，面相善良，说话客气，彬彬有礼，看上去倒是蛮好的。

而郭渺渺呢，她在一次彻底的受伤害后，懂得了沉重。这沉重的生活，沉重的不顾一切的爱情，沉重的伤害。她知道有舍才有得，她知道学会用完美的眼光欣赏一个并不完美的人，是多么有挑战。就像爱上石小川，这个男人这么不喜欢她，她依旧自然而然地付出。挥霍情绪，等着结局，后来的痛，交给时间收尾吧。唉，他和她的声色犬马，她与他的淡若天涯，就这样横亘在了一个陌生的城市。

郭渺渺看着石小川：“小川，拥抱一下吧，以后就找不到拥抱的理由了。”说完，笑着拥抱石小川，她手腕上那块破旧的电子表闪着濛濛若雨的光，像她美丽的眼睛。

她还记得，有次她非让石小川跟她合唱《你的眼睛》，石小川不会唱，但他在她每次唱完一节，都会说：“不看你的眼睛，不看你的眼睛，你的眼睛里有眼屎。”

他们拥抱着，笑着。为了不哭，就笑吧。

她抱着石小川的肩，闻着熟悉的味道，往事如海水般潮涌。两个有缘无分的人，怀揣着各自的秘密，原谅了彼此的心机。她在他的肩膀，用尽一生爱恋的力气，咬了一口，血都出来了，粘在郭渺渺牙上。

石小川强忍着，没有在其他人面前表现出被咬的样子，他知道，他欠她的。

两个人分开后，郭渺渺眼睛里噙着满满的泪，却没流出来。

她挽着未婚夫的手，跟石小川他们说："后会有期。"快速地转身，潇洒离开。

她未婚夫边走边用手拭去她忍不住的眼泪。虽也是找到了相爱的人，但心里那些突然而来突然而去的风，那些永远填不平的海坑，在哪一天才能真正地心安理得呢？

郭渺渺抓紧了未婚夫，抓紧了他，从此，是他了。多偶然的遇见，一见钟情，在一起，就想要立即离开这个繁杂的城市，结婚，从此，是他了。想到这里，她的眼泪就止不住。

萧远山和杨五郎安慰着石小川，石小川苦笑："赶紧想想怎么办才是硬道理，明天咱们就喝西北风了。"他刻意不去想这场偶然的相遇，或许这样的结果才是最棒的。

他心里默默地祈祷，发自内心地祝福郭渺渺。

杨五郎坦言，他都做好放弃的准备了，不过现在反而无比放松了。萧远山想着，一会儿参加完明年新项目的推荐会，他就跟投资方再争取一把，如果实在不行，那就从头再来吧。这么一想，他也觉得放松了。然而想着好不容易争取来的资金没了，还是在眼角流露出了惆怅。

"小川，我猜着你就在，果然吧。"韩俊后带着几个人走过来，老远就伸出了手。

石小川想起好久没联系韩俊后了，也不知道这个神秘的家伙在干吗。

两个人握着手，韩俊后说：“你这还真是不对，亲哥给你打了好多次电话，你都没接。”

石小川的手机，陌生号码都设置了来电转移，可是他有韩俊后的号码啊。

他问：“哥，你换电话了？”

韩俊后身边的一个人说：“韩总的电话常换。”

韩俊后就笑起来：“常换常新嘛！”

韩俊后知道了石小川的困境，他之前就看到了冰城电影节上有《一百万种结婚方式》和《关公战秦琼》的项目，他想帮石小川过关。至于亓干等人的事儿，韩俊后说别急，让亲哥来帮你。

石小川一脸纳闷：“你？”

韩俊后笑起来，他身边的人也笑起来。韩俊后说：“等着吧，亲哥来给你搞定。”

石小川听说韩俊后的人脉深不可测，又怕做出黑道行径，忙说：“亓干那边的事儿，就算了吧。我现在就想公司能正常运转，资金别断了。”

韩俊后吃惊地说：“呀，我说看好你嘛，果然是。但是做人呢，还是要该狠的时候绝对不能手软，对好人要好，对坏人要坏。知道吗？”

石小川听着韩俊后的话，有点迷惑。他看着杨五郎和萧远山，三人的眼睛里都充满了迷惑。半路杀出个韩俊后，能帮他们摆脱困境？他为什么要帮他们呢？石小川也在考虑这个问题，之前，韩俊后倒是多次表示要跟石小川合作，说是看好他这个人。难道就这个理由吗？他搞不懂，也想不通。

·4·

北京拿破仑影视文化有限公司账面上又有了足够的资金。石小川、杨五郎和萧远山三人击掌相庆，杨五郎说，真想喝个烂醉。萧远山却说，不想搞这些闹心的东西了，还是搞作品比较好。

石小川心里感谢韩俊后，他不知道韩俊后能不能搞得过亓干。要是韩俊后因此蒙受损失，石小川心里会更过意不去。想到这里，本来就已经不想再惹事端的石小川，马上给韩俊后打去了电话。他想让韩俊后别整亓干等人了，他想宽恕他们。

打了三次电话才接通。

韩俊后说："晚上咱们庆祝一下吧。"

石小川问："为什么？"

韩俊后说："你说的事儿，亲哥给你搞定了呀。"

石小川大吃一惊。

韩俊后说："一句话的事儿嘛，况且亓干等人我早就掌握了他们的材料。你刚才打电话来时，我正在跟一个外地来京的厅长吃饭，怎么了？"

石小川说："本来想让哥哥不用整亓干了，想放他们一马……"

韩俊后笑着说："善有善报恶有恶报的，你不整他们，也会有其他人整，不用心里有结。等我信儿，晚上一起喝酒。"

当晚，在"人间天堂"夜总会，石小川、杨五郎和萧远山，听韩俊后讲述了几通电话和邮件就搞垮亓干的过程，目瞪口呆。

韩俊后三年前就对亓干坑蒙拐骗的商业行径有所耳闻，后来亓干的老婆托韩俊后帮忙在三亚搞一台晚会，韩俊后跟亓干认识了，亓干从此每隔几个月就会给喜欢古玩的韩俊后送些石头玉器之类的东西。

韩俊后是个极其尊重商业规则的人，他觉得现在的中国社会缺乏契约精神，对合同协议视若无物，对此他极其反感。两年前，韩俊后等老板级人物都收到过亓干对一家颇有名望的公司欺诈的证据材料，后来这个事情因为亓干老婆的关系而摆平，但那次之后，韩俊后就让人盯防亓干，对他开始有所防备。

石小川所整理的材料，其实足够致亓干于死地，可惜很多要人没有递到，很多老板也没有收到，所以影响极其有限。韩俊后还埋怨石小川，遇到这样的事儿也不想着问问亲哥。韩俊后手中有亓干贿赂贵山市市长的材料，区区贵山市，韩俊后说他在北京有能耐的朋友可多得是。他还通过亓干的酒店经理顺藤摸瓜找到了郭渺渺与张秘书激情的视频，他说，亓干通过张秘书的关系，花重金搞定了政府影视文化项目的招标，买通的官员有四位，都不是多大的，但都是能对最后确定哪家公司有影响的人。

韩俊后让人将所有材料整理成册，派专人送去了北京的纪检部门。同时，他还给亓干的老婆打了个电话，说明了此事。他说，亓干现在不是被查，就是正被他老婆拉着签署离婚协议呢。

石小川说，那就是说，他完了？韩俊后点了点头，又说，亓干两个跟班，没什么贪赃枉法的行为，就是喜欢占小便宜，自生自灭吧。石小川知道韩俊后说的是刘忠明和宋志达，他心里忽然充满了内疚。

韩俊后跟萧远山唱了首《少年壮志不言愁》，执意要再拉着石小川和杨五郎一起合唱《真心英雄》，唱到“不经历风雨，怎么见彩虹，没有人能随随便便成功”时，石小川看到杨五郎和萧远山眼睛里泪光闪闪。有哪些原始积累，是干净的呢？

坐下来喝酒时，他问韩俊后：“哥，为什么对我这么好？我不懂。”

韩俊后笑了，说：“你心里有太多杂念，总问这个问题。不用太懂，总之亲哥喜欢做事有规则的人，喜欢保持良善的人，亲哥进过监狱，到今天这个地位，不容易，亲哥知道珍惜什么样的人，知道要跟什么样的人做朋友，亲哥真看好你！”

石小川听了这话，心里都要笑出声来了，但他还是没搞明白他什么时候做事有规则了。

他举起杯，想着韩俊后做事一贯磊落，也不至于是利用他才这样做，心里就很放心，高兴地一饮而尽。

石小川对韩俊后说：“亲哥，我有个要求，你看能否将郭渺渺跟张秘书的视频彻底给删除了，郭渺渺是我特别好的朋友。”韩俊后听了这话，忽然很郑重地瞧着石小川，一直盯着看，足足一分钟，然后嘴角露出豁然的神色，欣然应允。

在亓干公司，亓干老婆逼着亓干在离婚协议书上签了字。她脸色铁青，嘴里说着：“希望你这事儿别给我爸惹麻烦！不然你就更吃不了兜着走了!”然后再无话，带着几个保镖，昂头穿过公司，扬长而去。

亓干在办公室瘫坐着，有关部门的人已经跟他打了招呼，事情已经要走法律程序，而刚竞标得来的影视文化大项目，也被收回。

看着在他办公室眼巴巴望着他的刘忠明和宋志达，这两个不争气的家伙，唉，说什么好呢，他浑身没有力气，人生此一时彼一时，他都要进监狱的人了，也不知道多少年，能有个人去探望，那就是福气了。

他从办公桌的橱柜里拿出一个袋子，费劲地放在桌子上，好不容易说出一句话：“忠明，志达，拿着，走吧，走吧。”

刘忠明过去，一脸疑惑地拿过袋子，装满了东西，很沉。

亓干说：“三十万现金，公司的项目利润，不是黑钱，拿去吧，没事。我要进去了，希望你们两个逢年过节，能去看看我。”说着，亓干的眼泪下来了。

宋志达也走到了亓干办公桌跟前，他俩吃惊亓干的大方，又听出了他话里的深意，知道这道坎儿是过不去了。

看着一贯都是以“笑面虎”在业内行走的影视大佬亓干流泪，刘忠明和宋志达兔死狐悲，都伤心得难以言说。

他们两个主动跟亓干拥抱，刘忠明说：“亓总，您多保重。”

·5·

一切转换得过于迅速，让石小川觉得有点像做梦。然而公司的事情越来越多，他无心想这些了。

马锐宝给他电话，说已经成为市长了，多亏石小川跟他提出做《山里的铁甲银行》这个项目，不然市长不受贿，他要提升也还得个三四年。

马锐宝问，“接下来还有合作的项目吗？”

石小川说有，马锐宝就高兴地说好，过几天就来京面谈。

石小川说，他可能要出去个一年半载的，所有事情都跟杨五郎谈吧。

马锐宝问他去哪里？石小川说不知道，就想让自己安静一下，充充电。

马锐宝说好，你们文化人就爱搞这一套。

马锐宝挂掉电话前，问了石小川一个人的名字：郭渺渺。

“你知道郭渺渺吧？”

石小川心里一震，反问马锐宝，怎么会熟悉郭渺渺。

马锐宝在电话里的语气轻描淡写，两人之前因为项目肯定知道呀。“我是说，你知道她现在怎样了吧？唉，我就是大嘴，说好了不说的。”

石小川就将所知道的告诉了马锐宝，郭渺渺去了香港，跟有钱的眼镜男过上了幸福的生活。石小川调侃着一边说一边笑：“你不会是看上人家了吧，不过郭渺渺这样爽快的姑娘，男人喜欢太正常了。”

“她死了。”马锐宝淡淡地说。

“什么？死了？”

“郭渺渺死了。”

“开什么玩笑。”石小川瞬间头嗡嗡的，然而铁定以为是马锐宝在说笑。

马锐宝叹了口气，说很多手续都是在我这边办的，韩俊后本不让说的。

石小川眼前一黑，电话掉在了地上，他晃荡着身体差点栽倒。他的头好痛，血管要爆裂，怎么回事，郭渺渺不是在香港吗，跟韩俊后又有怎样的关系，怎么又扯上马锐宝，到底是怎么回事？

马锐宝说小川你别急，他讲了一个简单的故事。

郭渺渺去了香港，跟那个英凯公司副总眼镜男并没有结婚，只是住在了一起。眼镜男总是拖着，说很快就结婚。后来郭渺渺知道，眼镜男有老婆，而她与眼镜男在一起，竟然是亓干老婆下的套。亓干老婆气不过亓干就这样被干掉，她总觉得在公司待了多年的郭渺渺不仅跟亓干有一腿，这些年应该套了亓干很多钱，并且也应该是石小川等人的内线。她让眼镜男对郭渺渺许以重诺，在一起后，眼镜男又对郭渺渺施以各种家庭暴力，他还是个性变态。郭渺渺想离开香港，却发现所有证件都被眼镜男藏了起来。郭渺渺知道石小川也一摊子事儿，不想麻烦他，就联络了韩俊后。其实自从郭渺渺与韩俊后经由石小川介绍认识后，韩俊后对郭渺渺一直存有好感，还私下电话说有什么事情尽管找他。韩俊后说让香港的朋友将郭渺渺接出来，送走。郭渺渺也开始为自己打算，她曲折地找到马锐宝，将一些知道的眼镜男的钱，打到一个贵山市的名为郭渺渺的账户里，她告诉马锐宝，钱呢，一部分是她的，一部分是她回内地后给马锐宝的，毕竟马锐宝跟石小川是好朋友，另外马锐宝跟郭渺渺也有过业务合作，剩下一部分，作为石小川的，足以帮石小川渡过难关。

郭渺渺想得很好，第二天眼镜男就找了过来，原来他将郭渺渺的手机卡号复制了一份，郭渺渺跟谁打过电话，谁给郭渺渺打过电话，眼镜男一清二楚。眼镜男很快也知道了账户里很多钱被挪用的事情。他打得郭渺渺遍体鳞伤。

一天夜里，韩俊后的人找到了眼镜男和郭渺渺的住处，敲门，眼镜男不开，他用被子蒙住郭渺渺，不让郭渺渺喊。韩俊后的人见没人开门就下楼了。眼镜男确认门口没人后，从被窝里拽出没被憋死的郭渺渺，狠狠地打。郭渺渺在屋子里逃窜，眼镜男就追。到了阳台，郭渺渺说再追就跳下去。他们住在 26 楼。眼镜男不信，说你跳啊。郭渺渺恨恨地瞧了一下眼镜男，转身跳了下去。

韩俊后很快到了香港，他真是个对喜欢的朋友两肋插刀的人。他带着香港几个帮会的人去找眼镜男，眼镜男一下子就蒙了。韩俊后带着一只狼狗，说将你所有的钱都给郭渺渺家里处理后事吧，不然杀人偿命。眼镜男还想反驳什么，韩俊后带的那只狼狗，“意外”咬掉了眼镜男的生殖器。眼镜男写了份协议，将自己的钱转给郭渺渺，还在协议书中写，是他逼得郭渺渺跳楼，是他让郭渺渺跳楼，他罪有应得，只想私了。

在查账户时，韩俊后知道有一笔钱到了贵山市马锐宝那里。马锐宝也便去了香港。韩俊后不想这事儿闹大，他让马锐宝将郭渺渺的亲人接到贵山市，详细告知原委，并将所有的钱都如数转到了郭渺渺在贵山市的账户里。韩俊后让马锐宝别把这事儿告诉石小川，怕他难过。

石小川什么也听不进去了。他觉得整个人都是浮在空中，不存在了。他眼前都是郭渺渺。他能看见郭渺渺从 26 楼跳下去时脸上绝望的表情，他能听见砰的一声巨响。郭渺渺，你怎么这么傻！

马锐宝说，韩俊后问眼镜男，郭渺渺临跳楼前还说什么话了。眼镜男说，郭渺渺没跟他说话，郭渺渺临跳楼的时候还笑了，她很大声地喊："石小川，你他妈跟彭洋给我好好过。"

生命的最后一刻，郭渺渺想的还是石小川。

·6·

石小川手指在发抖，拨电话迟迟拨不出去。

他给韩俊后打电话，问郭渺渺的事儿。

韩俊后说没告诉他，是怕他伤心。"哥相信，郭渺渺也是希望你好好生活下去的。你心里知道的是她去香港过上了幸福生活，不是很好吗？"

石小川泪如雨下。

韩俊后和石小川两个人通着电话，不说话，话筒里只有石小川啜泣的声音。

三个小时后，石小川来到了韩俊后面前。石小川整个人憔悴了好多。

韩俊后说："亲弟，事情都过去了，咱们都往好处看。"

对于别人来说，一个朋友的逝去，随着时间的流逝，也就流逝了。但是对于他石小川，郭渺渺可多多少少都是因为他啊，他们之间还有那么多的亲密和无言的默契。当你失去一个你并不在意的其实在你心里很重要的东西时，这种痛苦往往是最大的。

石小川深呼吸，镇定下来："哥，是郭渺渺让你帮我的吗，你告诉我，是不是？"

韩俊后没有直接回答，他点上一支雪茄，抽了一口。

"亲弟，你要相信自己，做你所爱，上帝终会眷顾。我承认对郭渺渺的好感，傻子都能看出来她对你的喜欢。一个让女人这样喜欢却不计代价的男人，该是有很多闪光点的。当然你确实有很多人喜欢，你瞧。"

韩俊后从包里拿出一个信封，信封是一张纸，上面的字体清美可辨，熟悉得就像窗外的阳光。石小川浑身颤抖。他看到了这封信的署名：彭洋。

信上写：

韩总您好！

我是石小川的好朋友彭洋。冒昧打扰。

直接写信给您是表示敬重。有个事儿，石小川遇到些麻烦，您能否帮他一下。石小川当年在虎狼网时，听说您的杂志还曾跟虎狼网合作过，应该能感受到他是个不错的人吧。他如今刚做影视这块，遇人不淑，太实在，有麻烦，我能想到的，可能只有您能帮助他了。他不知道我给您写信，我也只是尽一个好朋友的职责。我只是想说，他是个好人，不应该就这样失败。当然，再好的人，这样失败的案例也很多，但那是别人，我会做我该做的。

另外，还请麻烦您不要告诉石小川，我曾给您写过信。

祝您身体健康，发大财，走大运。

彭洋

2012年9月5日

彭洋的字很漂亮。

石小川不知道说什么好，心里忽然空落落的，他对不起的郭渺渺，他思恋的彭洋，两个人对他这样，他对两个人都怎样呢？他自私啊！他在这么好的两个姑娘面前，卑微得不如地上的尘埃。

韩俊后收好信件："这封信，我还是拿着吧。你也就当没看到过。但是亲弟，在这个世界上，真正对你好的人不多，要珍惜。"

石小川望着韩俊后，眼泪巴巴地点头。他只能点头了，他说不出话，他满肚子委屈的泪水。

·7·

石小川去探望了郭渺渺的亲人，以郭渺渺朋友的身份。他说，如果有需要，随时给他电话。他说，如果不嫌弃，就将他当成自家孩子。

他在郭渺渺的墓前献了花，他站在那里一整天，一直在对着墓碑上郭渺渺的照片自言自语。

风吹过，陵园里空寂无人，只有风在吹奏想念的音乐。如果有来生，对，如果有来生，他定然不会让她从身边溜走吧。

回到北京，他关机，自己在家待了一天。他将认识郭渺渺的所有细节都想了一遍。他对自己说："嗯，我会好好的。"

他想，郭渺渺很爱唱歌，他都没好好给她唱过歌呢。他便去了KTV。

他努力地想郭渺渺之前唱过什么歌。

他把郭渺渺唱过的歌挨个唱了一遍。*Scarborough Fair*、《他不爱我》、《一个人的精彩》、《第一次爱的人》、《如果这都不算爱》、《记事本》、《别在我离开你之前离开我》、《忘了自己》、《孤单芭蕾》、《算你狠》……

每次唱完，他都会自言自语："比你唱的怎么样？"

唱到最后，他说："郭渺渺同学，咱们走吧，很晚了。"他马上学着郭渺渺的样子说："不，你再唱最后一首歌，献给我的。"他说："好吧，最后一首歌，献给你的。"

他想了好久，点了胡德夫的《匆匆》。你应该找这样的男人啊，郭渺渺。

他一直唱，一直流泪。

"初看春花红，转眼已成冬，匆匆，匆匆，一年容易又到头，韶光逝去无影踪。人生本有尽，宇宙永无穷，匆匆，匆匆，种树为后人乘凉，要学我们老祖宗。人生啊就像一条路，一会儿西一会儿东，匆匆，匆匆。我们都是赶路人，珍惜光阴莫放松，匆匆，匆匆，莫等到了尽头，枉叹此行成空。人生啊就像一条路，一会儿西一会儿东，匆匆，匆匆。"(胡德夫《匆匆》)

·8·

石小川想将公司交给杨五郎打理，他要去找彭洋。他要跟彭洋好好过。这也是郭渺渺所希望的。

他真的放下这个世界上他梦想的制作了吗？他觉得是。他不知道是哪一刻做的决定，他就是觉得好累。可能很多天之前，他就累了，只要有一个台阶下，他就放手了。

他的翻身太运气，即使运气是努力碰上了机会。他想当初为什么出发，他想他屎壳郎的梦想，他的童话，他慨叹单纯是多美好的白云啊。

那些正经的复杂的有心机的纯净的人呀，都不过是生命中的过客，人过留名雁过留声，其实并不一定的。每天能心安，就最好了。这些年，他有多少天是活得心安理得呢？他本是个纠结的人，人终究还是要做适合的事儿。而每一天都是崭新的，每一天都有充满美好的可能。

走之前，他想见几个人，正好，也将三十岁生日给办了，就在后天。

亓干已经被正式批捕，至于判多久，石小川已经不关心了。但他心里是有歉意的。

他给刘忠明和宋志达都发去了邀请，希望他们能来参加他的生日局，抛弃过去，重新开始。他不知道他俩会不会来。但石小川没有给常小磊发邀请，这个人，在他的朋友词典里，已经被删除了。他说不上来，就是担心再跟常小磊共事。

刘忠明的公司项目停滞，宋志达成了无人问津的导演，《乾坤大挪移》成了烫手山芋，谁也不想接。他们俩每天疯了一般，静下来想，也后悔当初容不下石小川。刘忠明还在想，当初好的时候，他跟石小川说过的最后一句好话是什么呢？他记不得了。

石小川定好了第二天过生日的包间，收拾好了桌子上的东西，过完生日，他就要去寻找彭洋了。他最后处理了一下邮件，萧远山给他发了封信：

小川，跟你发封工作之外的邮件，虽觉得矫情，但见面时说不出口。我知道你心里是介怀的，对于亓干，对于刘忠明，对于宋志达，你更介怀的，是当初鼓动我和杨五郎跟你一起报仇雪恨。多古典的情节，咱们兄弟做了。我想说，人生总是这样，充满意外，充满偶然。你是好人，不一定不做坏事。你是坏人，不一定每天烧杀抢掠。咱们现在开始了新生活，但你坚定了心，要出去一年，我和五郎也都理解。咱们都喜欢的《艋舺》，最后阮经天说，因为我们混的是黑道，谁还有得选啊。赵又廷说，你混的是黑道，我混的是友情，我混的是义气。影片结束，他们这对兄弟说，那一年，我跟我的兄弟们，都以为踏入黑道、以暴制暴，才是王道，才是唯一的生存之道。小川，我这几天一直在反复听这段话。真的。咱们的生存之道是什么呢？咱们这偶然得来的机遇会是美好的朝阳吗？我不知道。可我现在心里很明确，我要做个好人，即使这个社会多么没底线。我要做个好人，即使我的兄弟逼我去做不齿之事，我会用生命去告诉他，为梦想，向善，

才是有意义存在的根本。我深信，你也是这么想的。

石小川看完，很感动。萧远山还从没给他发过这样的信件。他用手机拍了下来，方便在这一年半载常看。

还有个快递没打开。应该是哪个公司快递来的纪念品吧。他本不想打开，但看了一下地址栏，没有写地址，反而勾起了他的兴趣。

他打开，竟是他日思夜想的彭洋给他的生日礼物：一封信、一个笔记本和一本叫《青春禁忌游戏》的书。

信封是两个字：情书。

信只有一张纸，纸上只有一句话："也不知道从哪天开始，就想经常看到你。"

石小川的眼泪一下子就出来了。

笔记本，是他在九寨沟送给彭洋的那个。他翻开，第一页上写着："很荣幸，你参与我的生命。相信你也是。生日快乐。人的生命不长，不能用它悲伤，那些坏天气，终于都会过去。"

第二页上写着："牛角梳，我留下了。很好用。"

美好而庞大的过去碾过来，他的想念跟藤蔓一样疯长！

彭洋写的"生命不长，不能用它悲伤，那些坏天气，终于都会过去"是朴树《在希望的田野上》的歌词。

哦，朴树，他想起来了，朴树要有演唱会了，彭洋会不会去呢？他们相约过一起去看的。石小川总是想起他和彭洋相约看朴树演唱会的事儿，可想起来就心痛。

朴树终于要开演唱会了，真是个奇迹。那么彭洋会跟他在一起，也要出现奇迹吗？

他又看了一下地址栏，怎么也没个显示从哪里快递过来的章呢。

第二页上写着：“里面的内容，都是九寨沟一别后，对你发的脾气，对你的想念。不知道还有没有机会再见，只知道，不喜欢争名逐利的你。愿你好运。愿你看完这个本子，我亦再无挂念。”

石小川马上给彭洋打去电话，关机。彭洋是想从此不理他了？

石小川翻着本子，一页又一页，上面都是寥寥几个字，写着：“今天石小川让我特别生气，他不听我的话，一定要去做害人的事儿，他生气的样子很难看。”“今天石小川给我发了短信，说刚开始看到我时，就喜欢上了我。我知道了呀，笨蛋。”“今天我想起在九寨沟将自己给了石小川的情境，眼角眉梢一直在笑。”“今天我知道爱上了一个不该爱的人，这个混蛋。”“今天那个坏人石小川，又在想怎么害别人了，真讨厌。”……

看着，想着，伤心着，折磨着。

他还记得彭洋跟他说，回头我每天给你讲冷笑话。

人这一辈子，有多少个“回头说”，就是再也不说，再也不见了呢。

·9·

石小川三十周岁生日，他跟杨五郎、萧远山、张弋静、庞开放、韩俊后，他的几个合作伙伴，还有公司的人，每人干了一瓶。不过才进行了两个小时，他就要醉了。

他跟所有人说感谢，感谢他们对他的忍耐和宽容。他说希望公司接下来在杨五郎同志的带领下，在“有趣而有情怀”的道路上越走越远。

他特意跟张弋静说抱歉，让杨五郎跟她生出了几分隔阂。张弋静也说抱歉，她感慨，感情的事情，顺其自然比较好。“你呢，怎样了，那个彭洋？”张弋静问，石小川就笑说：“顺其自然。”

他跟杨五郎拥抱，什么话也不说，都在酒里了。

他跟萧远山拥抱，什么话也不说，都在酒里了。

他跟庞开放说，多跟着哥哥姐姐们学。

他跟韩俊后拥抱，说感谢亲哥。

韩俊后说等他回来，一起做事情。

韩俊后凑近石小川耳朵，喜滋滋地说，你回来参加亲哥婚礼。

石小川露出惊喜的表情。他捂了下肚子，瞧着韩俊后。韩俊后喜滋滋地点头。这个将近天命之年的男人，忽然跟个二十岁的小伙子一样害羞。韩俊后盼望许久的，他女朋友终于怀孕了，他要结婚了。

两人马上对吹了一瓶，以表庆祝。

石小川喝多了，说自己是恶人，跟《天龙八部》里的萧远山和慕容博一样，是大恶人。韩俊后说，人都没有十分的好或者坏，你所看到的好人，也经历过坏事，你所看到的坏蛋，内心不一定不向善。石小川记得韩俊后之前跟他讲过类似的话，他其实心里就是觉得自己脏，他想让自己真正地从新开始。

他想，一年，他可以多看看世间真相，多享受一下苦短人生，他一定会真正地认清楚自己，一定会的。

小禾姗姗来迟，石小川说都喝醉了才来。石小川祝福她大红大紫。小禾跟石小川拥抱，说感谢。

她说，“真的，按照你的口头禅，发自内心地感谢。”

大家唱着歌，喝着酒，交流着，释放着，石小川觉得，此夜之后，不去夜总会，不存害人之心，不写没有底线的稿子。他边许愿，心里又觉得，会不会愿望太多呢。

就要切蛋糕时，门开了，进来的是刘忠明和宋志达。众人都愣住了。

石小川马上招呼着他俩过来：“嘿，老朋友来了，忠明，志达，来得早还真不如来得巧，快过来吃蛋糕。”

刘忠明和宋志达有些尴尬地过来，石小川拿起块蛋糕就抹在了两人脸上，场面立即欢乐起来。

刘忠明和宋志达坐下来，石小川给他俩倒上酒。石小川知道两人要说什么，他先开口了：“谢谢你们能来。过去的，就都过去了吧。”他跟两人干杯。

刘忠明喝完，说：“对不起。”宋志达也跟着来了一句对不起，又说：“之前我是觉得不服，现在是觉得没必要，人红了一个样，不红又一个样，人情冷暖啊。”说着，一个将近两百斤重的大男人哭了起来。

石小川安慰不止，就大声说：“快来看啊，宋导哭了。”宋志达就不好意思再哭了，他给石小川倒了一杯，说：“啥也不说了。”一干到底。

刘忠明说：“《乾坤大挪移》快上映了，就一起合作吧，本来也是你来筹备的，到时候咱们分成！”

石小川笑着说：“好啊，我是拿投资方的30%吗？”

刘忠明忙尴尬地说：“你看着来，你看着来！”

石小川笑了：“开玩笑，我知道你们对这部片子的投入，五郎会全力帮忙做好这部片子的宣传的。”他说，他要去外面走走，应该是一年。

刘忠明问：“找彭洋？”石小川不语。刘忠明又说：“她好像这几个月总在外地旅游，听公司里跟她要好的前同事说，她资助了山区的三个小孩。”

石小川忙问：“那现在呢？”刘忠明说真不知道。

宋志达说：“小川，认识这么久，还从没听你唱过歌，来一首呗。”

石小川点了首《难念的经》，林夕的词儿真像是他们的人生：

笑你我枉花光心计/爱竞逐镜花那美丽/怕幸运会转眼远逝/为贪嗔喜恶怒着迷/责你我太贪功恋势/怪大地众生太美丽/悔旧日太执信约誓/为悲欢哀怨妒着迷/啊，舍不得璀璨俗世/啊，躲不开痴恋的欣慰/啊，找不到色相代替/啊，参一生参不透这条难题/吞风吻雨葬落日未曾彷徨/欺山赶海践雪径也未绝望/拈花把酒偏折煞世人情狂/凭这两眼与百臂或千手不能防/天阔阔雪漫漫共谁同航/这沙滚滚水皱皱笑着浪荡/贪欢一晌偏教那女儿情长埋葬

唱着这些词儿，石小川忽然看到这些年交口称赞的影评人和媒体

人岁月滚滚眼前过，那些绞尽脑汁的争斗，那些过眼云烟的名利，都在他眼前如梦一般。

他看到杨五郎和萧远山也拿着麦克唱起来，还是他的好兄弟们知道他的心。

他们三个抱着肩一起唱，唱得声嘶力竭，泪流满面。

一直唱到凌晨分别。

他始终没有提到郭渺渺。他刻意不去提起。他知道，此生，在他心里，这个名字，这个人，有一个位置，任谁也无法抢走。

石小川没有回家，他径直去了朝阳公园。他想起了他的鱼鹰卡尔。

他在朝阳公园找了半天，没找到。他坐在椅子上，看着浓浓的太阳升起来，想着鱼鹰卡尔应该跟太阳一样，在朝阳公园里没人管没人欺，活得自由自在吧。他便笑起来，低头时瞧见几只蚂蚁在草地上匆匆来去，他吹口气，蚂蚁飞了，他抬抬脚，蚂蚁完蛋了。他以前也这么干过。每当这个时候，他都抬头看看宽容浩大的天空，感觉到也有另外一个这样的目光在注视着他。

• 10 •

石小川给自己列了个计划，先去九寨沟，因为他觉得彭洋快递来笔记本的地方，可能就是九寨沟。接下来他要去湖南的山区，彭洋会不会在她资助的孩子们的家乡，继续待一些时日呢？然后他要去海南陵水，因为他跟彭洋说过那地方多美，彭洋会不会去呢？

他想念她，有时候想念让他窒息，有时候让他欢笑。

他念着她的名字，彭洋，你去一个没人爱的地方，不会觉得荒凉吗？

正在确定着路线，刘忠明打来了电话："最新消息，应该是准确的。"

刘忠明问了好几个可能跟彭洋相熟的朋友，终于打听出了一点眉目。"彭洋可能会去上海，看朴树演唱会。她的一个前同事刚去了新公司，想约人吃饭庆祝一下，就跟多日不联系的彭洋通了个电话，没想到她前同事定的那天正好是朴树演唱会的日子，她前同事只好说改天。"

石小川感谢了刘忠明，立即订了去上海的机票，打点了一下衣物，背着个包就去了机场。

路上，他想订朴树演唱会的门票，没有了。他深吸一口气，后天的演出，去碰运气吧。

第二天，他去上海大舞台门口，果然有很多黄牛，他高价买了两张内场的票，一张特别好的，一张相对后面一些的，他要在现场来回找彭洋。他对朴树是有偏爱的，从朴树 1998 年出道到现在，十多年了，朴树一直没怎么变，依旧像个孩子。彭洋也多次表达过对朴树的音乐的喜爱，那么，去他演唱会，应该是无疑的了。他们还曾相约过，如果他开演唱会，一起去的，可惜造化弄人。

上海电台有个好朋友，负责一档叫"吃遍上海滩"的节目，知道他来上海，带他去各个特色店挨个吃了个遍。然后他就在酒店里待着了，看彭洋发给他的《青春禁忌游戏》。

是俄罗斯作家柳德米拉·拉苏莫夫斯卡娅写的一个剧本，石小川看过的。

那天收到这本书，石小川还不明白彭洋为什么会送他本书，他一直不理解。待他翻到男孩巴沙和女孩拉拉争吵的情节时，忽然明白了彭洋的用意。

男孩巴沙想要不择手段获得他想要的东西，他希望他的女朋友——女孩拉拉——嫁给他。女孩拉拉说："我只知道一点，这年头想要过好日子，就得成为无耻的人。可我不能肯定，当你变成这样的人，我那时还会不会爱你。"

女孩拉拉这段话，被用红笔标了出来。毫无疑问是彭洋标的。

石小川心里像打翻了五味瓶，各种不是滋味。

他多想跟彭洋说，亲爱的，我就是那只尾巴被踩了一脚，半年后才觉得疼的恐龙，我疼了，我就回来了。

他只是对爱生疏了。

当时间从它一贯退守的苍白角落里挺身而出，生命中的那些吉光片羽，那些美好庞大的过去，就成了爱的奴仆，围在四周，缠在心里，萦绕不去。

看完《青春禁忌游戏》，他又翻彭洋写字的笔记本。他翻来覆去地看，亲吻着彭洋写的字，想念着这个见第一面就注定了让他追求一辈子的女人。

演唱会那天下午，石小川早早就去了，他站在上海大舞台北大厅的一个检票口，看着进进出出的人，希望能看到彭洋的身影。他没有看到。他想可能还有其他的入口，他询问后又跑去看，来来回回地跑，仔仔细细看着。没有找到。

演出就要开始了，他从第一排开始找，他跟每个可能打扰到的人说对不起，说我的爱人丢了。

有人热心地问，“你的爱人坐在第几排，穿什么衣服?”

石小川都惭愧着说，“不知道，对不起。”

他找啊找，一排又一排地找，依旧没有。他的心在悄悄坠落，从充满希望的万里无云的蓝天，坠落，坠落进暗黑无际的炼狱，无声无息。

是她还没有进场吗？还是有几个空座位的。

他每看到一个空座位，都会问旁边的人，“这个座位上刚才是不是坐着个漂亮的姑娘?”没人给他满意的答案。倒是有两个说，“是呀。”他记住了位置，过了会儿，他又跑过去看，座位上是陌生人。

茫茫人海，彭洋，你在哪里呢?

演出开始了。

他看见朴树在舞台上放肆地唱，心都要出来了。这些年的起起伏伏，酸甜苦辣，太阳底下的鲜艳，无人角落里的阴霾，都有他的音乐相伴。其实每个人都有一个死角，自己走不出来，别人也闯不进去，他们把最深沉的秘密放在那里。石小川的死角里，都是朴树的音乐。你懂得也好，你不懂也罢，你只要愿意倾听，他和他的那些秘密，都剖心挖腹地讲给你。

每个人，每件事，每首歌，他们曾经发生，像梦一般，如今却清晰地就在眼前。你再也不能拥有，你只能回忆，靠着他那些穿过青春的音符。

那十多年的青春呀，就这样一晃而过，而石小川呢，却还在没有彭洋在身边的座位上，双手不停挥舞，内心翻江倒海。

所梦想的，所爱的，都如夏花一样生长和凋落。

他的眼泪就下来了。

他看到朴树的妻子吴晓敏快乐开心地笑，镜头不断扫过她荡漾着幸福的脸，看到他们快乐，他的想念啊，像这个奇妙的夜晚一样疯狂流淌。

他喜欢的彭洋呢，到底在哪里感受着跟他一样的欢喜和忧伤？

他不住地回头望，彭洋啊，你在哪里唱着，流泪着，想念着呢？你在哪里啊？他恨不得拉住每个欢笑哭泣的人，委屈地跟他们说：你看到彭洋了吗？你看到我的爱人了吗？如果你知道，请告诉我她在哪里，好吗？

他来来回回寻找着，左顾右看，他大唱着他的青春，他大喊着她的名字：“彭洋，彭洋！”

而他喜欢的姑娘啊，明明看到了他，却在悄悄地躲着他。